COLLECTION OF FAMOUS CHINESE
SCIENCE FICTION WRITERS

中国
科幻名家
典藏系列
纪念收藏版

赶在陷落之前
BEFORE THE DESTROY

全球华语科幻星云奖组委会/编

北方联合出版传媒(集团)股份有限公司
万卷出版有限责任公司

ⓒ 全球华语科幻星云奖组委会 2023

图书在版编目（CIP）数据

赶在陷落之前 / 全球华语科幻星云奖组委会编 . ––
沈阳 : 万卷出版有限责任公司 , 2023.6
ISBN 978–7–5470–6181–7

Ⅰ . ①赶… Ⅱ . ①全… Ⅲ . ①幻想小说 – 小说集 – 中
国 – 当代 Ⅳ . ① I247.7

中国国家版本馆 CIP 数据核字 (2023) 第 034380 号

出 品 人：王维良
出版发行：北方联合出版传媒（集团）股份有限公司
　　　　　万卷出版有限责任公司
　　　　　（地址：沈阳市和平区十一纬路 29 号　邮编：110003）
印 刷 者：三河市九洲财鑫印刷有限公司
经 销 者：全国新华书店
幅面尺寸：148mm×210mm
字　　数：200 千字
印　　张：9.125
出版时间：2023 年 6 月第 1 版
印刷时间：2023 年 6 月第 1 次印刷
责任编辑：王　越
责任校对：张　莹
装帧设计：天行云翼·宋晓亮
ISBN 978–7–5470–6181–7
定　　价：48.00 元
联系电话：024-23284090
传　　真：024-23284448

目录

赶在陷落之前 / 程婧波

整个洛阳城只存在于她的梦境中。
如果她醒来,这个梦境就会坍塌。

大业四年　元宵

我第一眼见到洛阳的时候，它浑身散发着一种灼热的焦味。在漫无边际的黑暗中，嘎吱作响的洛阳城中投下一道道黑魆魆的影子。后来，洛阳燃了起来。四处亮起的灯火把它照得如在白昼中，人们在灯海中涌上街道。夜幕下的洛阳就像一枚纸糊的灯笼，它为自己的火焰所灼烧，一寸寸地亮起来，又一寸寸地黑下去。最后，这个灯笼燃得只剩下了一堆灰烬。

我的记忆中再也没有这么璀璨的元宵了。

大业十四年　寒食

西门御道里以西是长秋寺。

这儿的僧人们早课都唱的是《韦陀赞》，晚课则唱《伽蓝赞》。什么时候唱，全凭打云板的和尚什么时候打。寺里有个五味园，种着桂树、朱槿、香茅、优昙花和暴马丁香。因此长秋寺的桂花糕和花蜜饯很有名。寺里还另辟了地，种上地瓜、芝麻、莲藕和石香菜。每每僧人们晚课，我便顺着他们在泥地里踩出的一条小路，绕过莲池，去寺角摘些石香菜。

这天我刚蹲下来伸出手，就听见身后响起一声暴喝："禅师！"

我回头，昏暗的天光下，一个项上绕了一圈佛珠的男人正站在不远处瞪着我。他的面孔白而薄，似乎要透出香气来；而那些佛珠，则各个光滑透亮得像鸡子。

"我，我只是看看石香菜长新芽了没有。"我赶紧缩回手，蹲在地上看他。

"跟我来。"他丢下这句话，头也不回地走了。

我悻悻地站起来，仍旧采了一把石香菜，胡乱地塞进怀里，抬脚跟了上去。那人沿着我来的路走，每一步都踩在我之前踩出的脚印上，不留自己的半点痕迹，所以看不出来他到底是不是贴着地面在飞。

经过那驮着释迦牟尼佛的六牙白象，他走到了大殿侧门的一个禅房里。我跟了进去，他已经在佛龛前坐好了。

青灯照着桌上的一把竹尺，那尺面儿竟有些光亮得泛油。

他既不说话，也不看我。

我伸出左手来，眯缝着眼睛。

眼前有个黑影晃动了一下，接着手上传来三声：啪啪啪。

他拿尺子打完我的手，仍旧是不说话。

我只得又换上右手去给他打了三下。

"回去吧。"他说。

我站着，他坐着，我睁眼的时候只看见一个锃亮的脑袋。

我朝着这颗脑袋躬了个身儿，扭头一溜烟儿跑了出去。

几颗疏星投下的微光照着静谧的长秋寺。络绎不绝的香客和晚课的僧人们似乎都在这个平凡的春夜里消失不见了。

沿着黑黢黢的僧房一路快走，穿过两道偏廊，我猛吸着气，低头只顾着赶路，冷不丁瞥见暴马丁香树下坐着的一家子。

这家都穿着极好看的衣裳，父母正在丁香树下招着手，让孩子过去一同吃点心。那家的孩子同我一般，也是十岁的样子，却并不像我头上挽着丸子一样的两个小髻，而是将头发高高地束起。

在漆黑一团的树荫里，有荧光在这三人的皮肤和衣裳上流转。乍一看，他们就像是绣在墨色屏风上针脚绵密的一块留白。

他们似乎很开心，一直咯咯地笑个不停。

我听那对父母唤自己的孩子叫"离阿奴"，他们一同吃了点心，母亲又陪儿子下了几回棋。

那棋盘和棋子上也有荧光在动。

我呆看了他们半晌，突然想起波波匿还在家里等着我，只得拔脚又开始跑了起来。

出了长秋寺，月色更加清朗了。

回家的路一目了然。

跨进院子的时候我闻到一阵炒鸡蛋的香味。

波波匿一边往灶膛里加柴，一边头也不回地问我道："东西呢？"

我赶紧从怀里掏出石香菜，递到她跟前。

她一把抓过去，攥在手里，放在鼻子尖儿下使劲地闻了又闻，那模样就好像她又亲手抓到了一只鬼一样。

波波匿是个"抓鬼婆婆"。

我和波波匿住的地方，在西阳门旁的延年里。这里没有人怀疑我不是她的孙女。我从记事起便叫她婆婆，但在我的记忆中，她并不是我的亲婆婆；至于我的小名"禅师"，波波匿也说绝非她取的。漆黑一片的洛阳城里有多少人像我们一样，住在同一个屋檐底下，却有着旁人无从知道，甚至自己都无从知道的关系——这又是另一回事了。

而我对波波匿来说，除了可以去长秋寺里帮她偷石香菜，似乎再无用处。波波匿抓鬼并不收钱，因为没有人出银子请她去抓鬼。她是自愿的。就好比僧人讨求布施，我们之所以没有饿死在洛阳城，是因为她常去向僧人讨求小米、地瓜和蜜饯。而长秋寺那位年纪不大的云休方丈也总是放任我去偷石香菜，只是每次总要在左右手心各打三下。

在夜幕笼罩下的洛阳城里有许多鬼魂。波波匿身上总是带着一串用竹篾编成的小笼子，她从野地、宫闱、伽蓝或是民居中抓到鬼之后，就将它们放入这些笼子里。如果一次抓得太多，她就随手扯下一根狗尾巴草，将脆韧的茎压在舌头下一揉，然后像穿蚱蜢一样，穿过那些鬼魂的脊背。那些鬼魂一个个只老蝉大小，黑头黑脸，身子却有些发灰。它们被穿在狗尾巴草上，发出细细的嗡声，再也无法动弹了。

然而关于我未曾见过的一切，却总是比现实中的波波匿更加令人神往。我常想，她必定从顽童时代就是能见到鬼的。当她像我一样梳着两个丸子似的小髻时，就开始在洛阳城的街肆中收集那些鬼魂了。洛阳城从来都是这样为夜幕所笼罩。有一副巨人的骨架拖动整座城市迁徙，阳光永远无法照到洛阳，这座"夜城"也就充满了鬼魂。它们如此之多，没有人知道它们从何而来，唯一的解释就是鬼魂也能繁衍鬼魂。于是波波匿一直没办法捉完洛阳城所有的鬼魂，她这一生只重复做着同一件事，阳光从未爬上她的额头，她却已经变成一个白发苍苍的老妇了。

波波匿抓了这么多鬼，但始终没有抓到她要找的那只。

她在找一只叫"朱枝"的鬼。

"抓到朱枝会怎么样呢？"我曾问她。

"迦毕试才会死心。"

"迦毕试死心了会怎么样呢？"我又问。

"那些该死的白骨才会停止、不动。"

"白骨停止不动了会怎么样呢？"

"洛阳城就会停下来。"

"洛阳城停下来了会怎么样呢？"

"阳光会照到这里。"

"阳光照到这里了会怎么样呢？"

"我才能见到想见的那个人。"

我所知道的关于洛阳的一切都是波波匿告诉我的。

城里有三个她从来不碰的鬼魂。她们是三位光着头、穿青袍的女子，总是喜欢蛰伏在永宁寺被烧毁的浮图上。波波匿说她们是前朝的三位比丘尼，葬身在永熙三年二月的一场大火里。她们的头发、眼睛、牙齿、乳房和四肢都熔成了黑色的灰烬，嵌进了烧毁的浮图中。我一直奇怪为什么波波匿总是抓一些又小又没意思的鬼魂，却不管这三个动静很大的鬼魂。她们热衷于不歇地歌唱。三位比丘尼的歌声，从北魏一直吟唱至今，萦绕在洛阳黑夜中的街道。

而我们在朗月的夜里能够清楚听到的那种嘎吱作响的声音，则来自波波匿所憎恶的那副巨人的骨架。这具白骨力大无穷，它一下子就能将洛阳城连根拔起，然后给洛阳套上鞍子、肚带、缰绳和笼头，牵着这座城一路向西。从我记事起，就非常热衷于跑到离延年里不远的西阳门去看白骨是如何拉动洛阳城的。它的每一块骨头都是独立的，这些骨头每一根都足有一株老槐那么粗，它们悬浮在空中，骨头和骨头之间仿佛被看不见的血肉所牵引。二百零六块白骨在星光的照耀下若隐若现，直入云端。它们的律动如此一致，脊柱就好像一条长线，而那个孤零零的头颅则像飘向月亮的风筝一样。

白骨永不松懈地拖着洛阳城沉入黑夜。长久的迁徙带给这座城市一种灼热的焦味。洛阳城就像大地肉躯上一个锋利的犁，将土地耕开。地下的血脉翻涌而出，蜿蜒成一条无法愈合的疤痕。

洛阳每时每刻都在崩塌和瓦解。城里的每一口井都枯竭了。它们成了洛阳断掉的牙根，深深地插在这座带着腥味、无比巨大的口腔中，在日益萎缩的牙龈下发出碎裂的声响，逐渐变成了粉末。终于有一天，洛阳城里再也找不出一口井来。

波波匿说，洛阳离陷落的日子不远了。

如果是那样，她就可能再也见不到那个她想见的人。

白骨的主人防风氏活着的时候差不多是一条龙。他死在会稽山。有人去过那里，施了法术，唤醒了这堆白骨，驱赶它着了魔似的拖走洛阳城。

这个人就是迦毕试。

我一直以为迦毕试一定不是普通人，他与长秋寺的云休方丈不同，他与宫城里的皇帝杨广不同，他甚至与那些鬼魂也应当是大不相同的。

可是有一次，当我跟着波波匿去贫陋的东市酒肆抓鬼时，她突然指着一堆穿着破衫喝酒的人说："瞧，迦毕试坐在那儿呢！"

于是我看见了迦毕试。他坐在人群中，敞着怀，喝着酒，除了生得金发碧眼，其他都实在太普通不过。

后来我每次跟着波波匿去东市酒肆总会看见他。他的位置从来没有变过，似乎他一直都是一动不动坐在原地的。波波匿说这个胡商有两颗心，其中一颗长在左臂里。他在臂上文了不空成就佛和他的坐骑迦楼罗。因此在东市的酒肆里，你总能在一个男人赤裸的胳膊上看到一只张牙舞爪的鸟儿，它的心贴在他臂里的心上，一齐跳动着。

有一次，当我盯着他胳膊上起伏的朱红色鸟儿看时，禁不住想：他并不属于洛阳城，现在，洛阳城倒似乎是属于他的了。

从他敞开的衣襟里可以看到一条像蜈蚣一样的黑色疤痕。波波匿说迦毕试就是从那儿掏出了自己的心。他的心现在悬在九十丈高的空中——差不多同永宁寺未被烧毁的浮图一样高，那也是三个比丘尼的鬼魂能够飘到的最高的地方。在一些平淡无奇的夜晚，她们会细声吟唱出迦毕试那颗心是如何搏动着，以神秘的法术驱动防风氏的白骨的各种细节。这些细节是如此骇人听闻，以至于洛阳城的百姓在这些夜晚中通宵点着烛火，他们一整夜不做任何事，只是大睁着眼睛不敢睡觉。

我从来没有看到过迦毕试那颗血淋淋的心脏，因为洛阳总是沉溺在黑暗之中。白骨借着月色泛出银器一样的光芒，而那颗心脏却总是比黑夜还要黑。我看不到它，波波匿说它就跳跃在防风氏的胸腔里。我很快就相信了她的话，因为我总是能够听到静夜里那颗心脏收缩又鼓胀的声音。

波波匿还说，以前没有人敢用这样的法术，是因为一个人只有一颗心。一旦把心挖出来给了防风氏的骨头，自己也就死了。而迦毕试是有两颗心的，现在，他靠左臂里的那颗心活着。可是那颗心很小，只有一截拇指大，于是迦毕试只能终日坐着。

和迦毕试的一动不动相比，他的沉默更是如同磐石一样坚固。因此我只能猜测他那个疯狂举动的初衷，为的是挟持洛阳城到他远在西域的家乡去——然后在一片黄沙之中，在洛阳城陷落之前，他必定会开口说出某句重要的话。

波波匿讲了一个大相径庭的版本。她说这个男人之所以如此疯狂，是因为他深爱着一个叫朱枝的女人，那个女人死在了洛阳城里。迦毕试要想再见到朱枝，就要防止已经成为女鬼的朱枝一不小心在阳光下化为一阵水汽。他驱动防风氏的骨骼，置洛阳于永无尽头的黑暗，就是为了某天能在黑魆魆的影子中遇到昔日的爱人。

这个解释除了把胡商想象得太过像一个怜香惜玉又饱读诗书、异想天开的汉人之外，倒还算合情合理。

而一旦承认了这一点，波波匿耗尽一生心血去“抓鬼”这件事就陡然增添了许多分量。

只有抓到了朱枝，迦毕试的心才会回到他的胸腔里，这时防风氏也才会放下洛阳城回到会稽山他那湖泊一样的坟墓中去。而只有洛阳城不再往西走，太阳才会追赶上我们，波波匿才可以见到她想见的人。

这是波波匿赶在洛阳陷落之前一定要做的事。

我们端着碗蹲在院子里吃了这顿晚饭。石香菜的味道在凉夜里伴着水汽弥散开。

头顶是流泻的星光。

周围走着几只鸡，它们用最快的速度啄去掉落在地上莹白如珍珠的饭粒。

今天是寒食，城里家家户户都在过节。过节意味着接连三天都不烧火做饭，以及要去东阳门替亲人烧纸钱。波波匿却仍要我去长秋寺偷了云休方丈的石香菜，烧了火、热了灶，炒了鸡蛋。

她没有谁要烧纸钱。我也不记得我有谁要烧纸钱。

我总觉得她和我是那么的不同，而这相同的一点，竟成了我们之间最无可辩驳的“血缘”。

“我能自己抓个鬼吗？”我问。

波波匿站起身，把碗里的剩饭倒在地上，几只鸡一哄而上。

“你抓鬼做什么？”

“那只鬼发育得很好，跟我一般高。之前咱们抓的那些又瘦又小的，全归你。”

波波匿奇怪地笑了一声，回答道：“莫不是你碰到了一家三口，一窝鬼？”

"你怎么知道？"

"他们还没死透，不算鬼，还不能抓。再等等吧。"

"那得什么时候呀？"

"一个月后。"

大业十四年　佛诞

佛诞从四月初一就开始了，一直要到四月十四才完。

其实佛是在四月初八这天诞生的，后人因错过了看佛怎么从母亲右肋下钻出来，于是立了佛降生像。在佛诞的日子里，僧侣们要抬着金佛巡游洛阳，从一个寺庙转到另一个寺庙。往常，洛阳的皇帝老儿和百姓都一起到宣阳门点着火把，迎接灿烂的佛像。以花铺成的道路使得洛阳城缓缓地沉入一种舒适而腐烂的气味里。

今年的佛诞有些不同以往。因为皇帝老儿去江都了。他走的时候骑着一匹漆黑的马，带了一些同样骑黑马的卫士。他们从东阳门跃下的时候就仿佛是从洛阳这匹大马身上滚落的几粒马虱子。

波波匿决定在四月初七这天抓住朱枝。

这天终于到了。佛降生像从城南的景明寺里被抬了出来，一路经过护军府、司徒府、太尉府和左右尉府，最后到了宫门——虽然宫里已经没有了皇帝。在快到司徒府时，永宁寺的三个比丘尼突然歌声大作，夜空中掉下无数白色的绢花来。有不少人都说佛像那微闭的眼睛似乎张开了。

宫门外，迎接佛像的队伍嗡嗡地唱起了经。我在他们之中看到长秋寺的云休方丈也在。和尚们自己带着木鱼、堂鼓、坠胡和小钹，鼓乐声使得洛阳的黑夜仿佛一块纱似的要掉到我们头上来。突然，远远的一条街上亮起了无数灯火。

百戏要开始了！

我挤进人群里，看那热闹的游行队伍。里头有麒麟、凤凰、仙人、长虹、白象、白虎、辟邪、鹿马。他们走到哪里，人群就拥到哪里。突然，人群又统统朝着另一个方向跑去。那里的高台被火把点亮，来自西域的艺人开始耍起了吞刀、吐火、走索。屋檐下的灯笼都亮了起来。卖货郎沿街摆开了货摊。

这是洛阳才有的灯火夜市。

这是洛阳才有的繁华盛景。

洛阳是如此奇异的化身——它是一匹湮没在夜色里的马，一个割开土地血肉的犁，一张散发着焦味的嘴，一座即将陷落的城，一只看不到回响的瞳，一阵嘎吱作响的风，一场疯狂至极的爱，一粒闪烁着萤火的虫。

在没有止境的暗夜里，它耗尽全力发出最后一点微光。我突然明白了洛阳城的鬼魂为什么永远抓不完，是那微弱的萤火让腐朽的感情都绚烂得化作了飞舞的魂魄。

然而大业十四年四月初七这天的我并没有想到那么多。我被一个卖面具的货摊所吸引，站在跟前久久不愿离去。货摊上挂在高处的面具我根本够不着，而单是摆在最低处的这些就已经十分漂亮了！其中一张面具是一只两角的辟邪，流光溢彩，惟妙惟肖。

我伸出手来，可手指刚碰到面具，它就掉了下来。

面具背后露出一张好看的脸。

我清楚地记得这张脸。就在一个月前，长秋寺颇有些凉意的春夜里，我曾盯着这张脸看了很久。

离阿奴，我记得他的母亲是这么唤他的。

他的身上已经没有了上次见他时的那种流转的白光。他已经变成了一个真正的鬼。

离阿奴伸出手在我眼前比画了一下，笑了："你能看见我？"

"嗯，"我说，"你现在是鬼了。"

可我并不确切地知道把一个和我一般高矮的鬼放进竹编的笼子里的方法。

"你愿意跟着我走吗？"我只好问他。

他点点头。

庄桃树从墙上跃下来的时候，看上去就像一只苍黄的纸鸢。

离阿奴说，当时他的母亲并不知道，他的祖父已经死在了遥远的南方。

离阿奴、他的母亲南阳公主、父亲宇文士及三人，被宇文士及起兵叛乱的哥哥宇文化及派来的家丁庄桃树活捉在自家的院子里。

被带走的那一刻，离阿奴甚至有一丝兴奋。

然而不久，当他们作为俘虏被带到山东聊城，一个名叫窦建德的人对他们说，自己必须杀光所有姓"宇文"的人。因为姓"宇文"的人杀了皇帝老儿杨广。

离阿奴被杀了。他的母亲南阳公主只流了一滴眼泪。

然而对我而言，洛阳的宫城里住没住皇帝，是件无关紧要的事情。对于和尚、商人、百姓、官员和卫士们而言，似乎也是件无关紧要的事情。

真正要紧的是亘古不变的历法和节日，迁徙不止的白骨和都城。

我摸到口袋里还有几文钱，于是带着离阿奴去吃烧饼和糖人。

我们又听了念梵唱经，看了吞刀吐火，离阿奴很高兴。

"对你没有好处的事，你做吗？"我问他。

他嘴里嚼着油桃，摇摇头。

"我求你做呢？"我又问。

他想了一下，点点头。

"帮我抓个女鬼吧。"我说。

如果真的抓到了朱枝，迦毕试就会死心，洛阳就会见光，所有的鬼魂都会消失不见。那个时候，离阿奴也会消失不见。所以让离阿奴帮我抓朱枝，我心里很愧疚。这就是我那么大方地请他吃东西的原因。

而离阿奴只是看着我，毫不犹豫地猛点着他那漂亮的脑袋。

百戏的演出让洛阳的中心更明亮，而四周却也更黑。

波波匿一路追着朱枝的气味到了长秋寺。

我和离阿奴蹲在她设的陷阱旁，眼睛一眨也不敢眨。

二更天的时候，青石板的巷道渐渐变成了红色。

因为走来了一个穿红衣的女人。

"那就是朱枝。"我对离阿奴说。

我们看不清她的脸，她的头发散得到处都是。

只要她走过了第三棵柏树，我和离阿奴同时使劲拉起手里的线头，朱枝就会被关进波波匿事先设下的竹篾笼子里。

一步，两步，三步……

扯线。

朱枝发出尖厉的叫声。她像一颗珠子那样弹了起来，高高地飞过我们头顶，落在了长秋寺的院墙上。

她不停地叫着，叫声凄厉刺耳，我赶紧伸出两手来捂住耳朵。

离阿奴已经追了上去。

等我反应过来，气喘吁吁地跟上去时，朱枝已经消失在了夜色中。

我们靠着院墙停了下来。

我累得上气不接下气，脑海里是朱枝飞起来的样子。风吹着她深红的裙角，它们在夜幕中鼓起和飘动的姿态是那么醒目，就好像她只是一缕花蕊，而层层的花瓣正从她身上苏醒。

过了一会儿，地上映出了一个狭长的影子。

我抬头，看见波波匿。

"抓着她了吗？"我问。

她没有应声，递过来一屉竹篾笼子。我举起来，借着灯笼的微光端详：里面空空如也，只沾了些夜露。

"又跑了？"

波波匿默默地点了点头。她突然露出不耐烦的神色，我赶紧解开一直焐在怀里的蒸糕，递到她跟前。她闻到里面石香菜的气味，总算有了好脸色。

波波匿咬了几口蒸糕，同我一道往延年里的家走。

每次抓不到朱枝，波波匿就会一连暴躁好些天，我却隐隐有点快乐。或者其实我并不是真心实意要抓住朱枝的。不然为什么我们抓了这么多年，却从来没有抓到过她呢？

走到一半时她停了下来，对着空无一人的街道说：“出来吧，别躲了。”

离阿奴从黑影里现出身形来。

就这样，我和离阿奴一左一右地跟着波波匿，像祖孙三人那样，走回了延年里。

武德三年　冬至

武德三年的冬天格外寒冷，我站在长秋寺的莲池旁，手捧在脸前哈气。不远处有个跟我差不多年纪、面目模糊的小沙弥一边趴在岸上敲着池面的薄冰，一边嘴里嘟哝着：“一九二九不出手；三九四九冰上走；五九六九沿河看柳；七九河开八九雁来……”

新皇帝选了长安做都城。那是一座在若干年前我们曾路过的城市。洛阳从长安的身上碾过，向着日落的方向奔去。东都变成了西都，西都变成了东都。而在我们身后，名叫李渊的新皇帝端坐在崭新的龙榻上，他的子民在倾倒的残垣间修筑起一座全新的帝都，长安就如同当年的洛阳一样，接受着世界的朝拜。

洛阳并没有陷落，人们却已渐渐将它忘记了。

我的五官和四肢日益敏锐起来。我能在黑暗中穿针引线，在青兽一样的屋脊之间跳跃，在比丘尼的歌声中听见洛阳城里最私密的呢喃。直到有一天，在习以为常的迦毕试的心跳之外，我突然听到了另一种完全不同的心跳。这种陌生的心跳就像猫走过屋檐或是雨滴落庭院。最后我终于搞清楚，那是我自己的心跳声。

我也终于明白原来命运并不是一条路，而是一条河。它会推着你走向某处，不管你愿意不愿意。

在一个晦暗的黎明，波波匿突然厌倦了她这辈子唯一着迷的事情。"禅师，"她用一种不紧不慢的口气对我说，"你去抓朱枝吧。抓住她之后，就去找迦毕试。"

我感到了前所未有的害怕，就好像突然被人看穿了一样。我已经可以抓住朱枝，但每次都故意放走她。我甚至不再关心洛阳什么时候陷落，因为我害怕阳光照到洛阳城里时，离阿奴就永远消失了。

然而波波匿的话对我来说是无法抗拒的。孤独像脐带一样连着我们，我已经把波波匿当成了世上唯一的亲人。

冬至这天，朱枝把自己关在永康里的一间客房。

她从里面把房门闩上，独自在房里诵起了《大悲咒》和《小十咒》。

我正在门外发愣，楼梯上传来噔噔的脚步声。刚藏好，就听到来人已经走到了门口。

接着响了三下叩门声。

门内诵经的声音停了一下，马上又唱了起来。

来的人声音急切地说，自己是宇文士及。

宇文士及为什么会来找朱枝？我百思不得其解。

而那房门一直没有开。

他站在门口兀自说了许多话。他的愧疚，他的无奈，他的思念，他的不知情，他的身不由己。最后，他问她：我们还能做夫妻吗？

她回答：我与你仇深似海，这辈子恐怕没这个缘分了。

宇文士及又说了很久。朱枝仍旧不开门。

宇文士及说的那些话，就是石头听了也会开出一朵花儿来，门里的人却说：非要见上最后一面，我只能打开门一剑杀死你。

最后，宇文士及鼓起了他这辈子全部的勇气，头也不回地离开了客栈。

他的脚步声是那么的孤独，一下一下地敲打着过道……

这一瞬间，我突然明白了，门里的那个女人不是朱枝。

朱枝一定是从房门进去，又从窗户溜走了。她能在月光里像珠子那样弹得老高，像鸟儿那样展开裙袂，华美地飞翔。

原本在房里的人，应该是南阳公主。

朱枝为什么会设下这个圈套，引我去抓南阳公主？

我跃上屋顶，那里果然已经空无一人了。

澄黄的月亮下，洛阳城那连绵的重檐、藻井、卷棚、庑殿都在微微颤动。连成一片的屋顶随着西阳门外那副白骨的呼吸而轻微地起伏着，如同洛阳是一个挤满了兽的畜栏。朱枝经过的地方会留下红色的印记，现在，这抹红色正淡淡地延伸向西门御道。

我说过我会在洛阳城青兽一样的屋脊之间跳跃。现在，我就正在鱼鳞一样滑腻的瓦片上跑着。每一次落脚，都能感到脚下的青兽在拱起脊背来接住我，于是我能弹得很高，落到更远的地方去。跑得快时，青兽都变成了巨大的鲤鱼。它们从洛阳城焦灼的土地中跃出，朝着长秋寺的方向游去。

在替波波匿抓鬼的月夜里，离阿奴教会了我在屋顶奔跑。

一开始，他须得牵牢我，不然我就会从屋顶上掉下去。后来，当我自己已经可以从东阳门的宜寿里一路跑到宣阳门的衣冠里，再按照佛诞日游行的路线，经过永宁寺，独自跃上宫城里那些华丽的庑殿时，就换成我牵着他了。

波波匿并没有向我提起过把离阿奴装进竹篾笼子的方法。他大部分时候并不像一只鬼，只是有一次，我用食指戳他的眼睛，才发现那里并没有什么眼球和眼白，而是一汪墨汁。

有时候我也会想，为什么一定要抓住朱枝呢？为什么一定要让洛阳城停下来？为什么一定要等到太阳照到洛阳城呢？这都是波波匿盼望的。但是离阿奴一定不愿意在陷落于日光的洛阳城里变成水汽。而其他人呢？洛阳城其他的人和鬼魂呢？他们会想要抓住朱枝吗？为什么这么多年过去了，没有人抓住过朱枝？他们不知道朱枝与洛阳城之间那种隐秘的关联吗？而从不开口的迦毕试，他最大的秘密或许正是他的沉默吧。波波匿故意编了一个漫长的谎言，里面只有一个永远抓不到的女鬼和一个永远不开口的哑巴，这样，就没有人揭穿她了。

只有想到这里，翻涌的好奇心才会让我不顾一切地想要抓住朱枝。而除此之外，似乎再没有比离阿奴的一举一动更吸引我注意的事了。

我跑了不多一会儿就追上了朱枝。长秋寺的院墙、树木和驮着释迦牟尼佛的六牙白象，都已经变得赤红。

而这条血舌一样的路的尽头，是云休方丈的禅房。

我进到禅房里的时候，朱枝正在梳头。

她的头发就像一泓墨色的泉水，流泻在房间的四处。

云休方丈锃亮的脑袋浮在这汪泉水之中，若隐若现。

我的手心里全是汗。朱枝就在我的面前。波波匿和我各自追寻的谜底，就活生生地在禅房里站着，等待揭开。

禅房里有一种熟悉的味道随着朱枝的头发弥散。我突然发现，云休方丈用来放竹尺的案上，放着一钵新摘的石香菜。

月光透过窗棂照进来，把这气味搅得有些奇怪。在这熟悉又奇怪的气味里，我伸出手来，触摸到了从未想到过的那个结局：

朱枝的头发一寸一寸地断裂了。它们在静夜里发出蚕啮噬桑叶的沙沙声，纷纷扬扬地落到了地上。最后，朱枝的头上只剩下了一簇乱蓬蓬的白发。而云休方丈刚才被她的黑发遮住的身体这才露了出来。他正盘着腿坐着，紧闭着双眼。

我正想叫醒他，这时，朱枝的衣服也一寸一寸地掉落了。那层层叠叠的深红色裙袂像被无形的刀所剪裁，从她身上絮絮地剥离。最后，朱枝的身上只剩下了一套脏兮兮的灰衣。

我目瞪口呆地看着这一切，就像三年前我第一次看着她珠子那样弹落到长秋寺的院墙上一样。

而紧接着，朱枝的脸竟然也开始脱落了。我还没有看清她的模样，她的脸皮就变得干燥而翻卷，一阵风吹来，就像拂尘扫过佛案，那层贴在脸上的皮肤就消失不见了。最后，朱枝的面上只剩下了一张皱巴巴的老脸。

波波匿的脸。

武德四年　元宵

洛阳城仍在一刻不停地陷落。

防风氏的白骨永不松懈地牵着它往西走去，而洛阳已经不再是一匹湮没在夜色里的马了。在跋涉过不可计数的山峦与江河之后，洛阳成了一张千疮百孔的渔网。时间在这张网里无可阻止地流失，而关于洛阳城的种种传说和回忆也像光阴之河中的漏网之鱼一样，从洛阳松动的房梁上、倾倒的城墙边游走了。

若干年前那场浪漫而璀璨的迁徙，遗落为今日黑暗中的背叛与逃亡。

洛阳城里再也找不出一个可以说故事的人。洛阳即将陷落，而它早已被自己的城民遗忘了。

因为迦毕试还是没能在黑魆魆的影子中遇到他昔日的爱人。

我没有把朱枝交给他。

正月初十下了一场雪。

到十五的时候，雪还没有化。

我和离阿奴在院子里扎兔子灯。白纸糊的兔子灯往雪地里一放，几乎寻不着了。离阿奴就剪了几片红色的油纸，给它们做了眼睛。

我们做了一个特别大的兔子，这是兔婆。另有一些小的，是兔崽。做骨架的竹篾不够了，就拆掉波波匿用来抓鬼的笼子，再一弯一折，拿纸糊了，又多出几只兔崽。那几只被突然释放出来的鬼魂，带着有些意外的神情，嗡嗡地说了好一阵，赖在原地不走。过了一会儿，他们像狗一样扬着鼻子在空气里嗅着，最后一个接一个地钻进了兔子灯里，爬到装着茶油泡过的白米的小盏子上，把身体浸在米粒间，昏昏沉沉地睡了过去。

这是一些无家可归的鬼。没有了装他们的竹篾笼子，他们就自己钻到了竹篾做的兔子灯里。

我和离阿奴一边扎着灯，一边等"过灯"的队伍。他们会从东边的建春门出发，一路都会有人加入进去，队伍走到我们延年里的时候，就能是几百号人了。

我拿手拧着兔婆的耳朵，扯来扯去。等了半天，"过灯"的队伍还没到。

后来我竟等得在雪地里睡着了。

我在睡梦里听到离阿奴说"来了来了"，然后看到两盏扇面灯打头，一条长长的"灯龙"进了延年里。沿路不断有人擎着荷花灯、芙蓉灯、狗灯、猫灯加入进去。等队伍出了延年里经过长秋寺时，和尚们也点着灯加入进来。最后，有上千人都参加了"过灯"。人们似乎习惯于明亮的灯火，而不是长久的黑暗。人们也似乎忘记了洛阳正在陷落这回事，纵情享乐着。经过永宁寺的时候，三个比丘尼的歌声变成了一阵大风，把"过灯"的队伍吹散了。我手里的兔子灯晃了几晃，装着米和灯心草的盏子倒了，扑啦一下，米都撒到了我身上。火苗像温暖的豆子，在我的头上、脖子里、手背上、裤腿上滚落。我变成了一根燃烧的灯心草，灼热难耐的滋味从头到脚蔓延开……

我突然惊醒了。

院子里静静的，一片白皑皑的雪上，端坐着一圈红睛的白兔。

白兔的肚里点着灯，先前还在睡觉的那几只鬼被灯芯草烧到，噼噼啪啪地跟着燃了起来。他们只惨叫了不多一会儿，就都烧成了一缕青色的烟。

我突然觉得难受，坐在雪地里哭了起来，呕出许多东西。

离阿奴从院子外面跑回来，他对我说：今天城里漆黑一片，没有人扎灯。

"谁让你点这些灯了？"我气鼓鼓地说。

他看着我，没有说话。

"都熄了！"我爬起来，拿脚去踹那些灯。

离阿奴默默地跟着拿脚去踹灯。

等所有的兔子灯都暗下去，变成跟雪地一样的颜色，我开始把它们一个个都翻过来，朝里面喊："波波匿！波波匿！"

离阿奴没有再帮我。

他站在雪地里，脸上带着疑惑的表情，一动不动地看着我。

在发现朱枝和波波匿就是同一个人的那天夜晚，我把波波匿装进了她亲手做的一只竹篾笼子里。

原来"抓鬼婆婆"就是鬼；而她穷尽一生要抓的鬼，就是她自己。

波波匿和迦毕试究竟有怎样的恩怨，我想这个故事一定与波波匿口中那个朱枝与迦毕试的故事大不相同。

可是不管他们之间有什么样的故事，我都不能把朱枝交给迦毕试。

波波匿和离阿奴是这昏暗无光的洛阳城里我宝贵的亲人。如果把朱枝交给迦毕试，我就要失去波波匿；而当阳光照进洛阳，我也将失去离阿奴。唯一的办法就是把朱枝囚禁起来，永远不让迦毕试找到她。

离阿奴不知道，朱枝就关在一只兔子灯里。

米是鬼魂的禁符，她只能伏在那盏浸了茶油的米上。那些灯心草，不能点。

等我在一只兔子灯里找到波波匿时，她已经被熏成了黑乎乎的一团。我提起灯，走到院中的水缸边，把灯整个儿按进去。再拎上来时，波波匿已经被洗涤过，变成了朱枝的样子。身上的黑灰掉干净之后，露出她深红色的裙子，像一尾被捞起来的金鱼。

"波波匿！"我叫她。

她睁开眼睛，诡秘地微笑了一下。

"禅师，你为什么不肯放了我呢？"

"因为我不能把朱枝交给迦毕试！"

"洛阳的秘密，并不是我和迦毕试之间的秘密，"她缓缓地说，"洛阳早就已经停止迁徙了。"

"不可能，"我说，"我听得到迦毕试的心在防风氏的胸腔里跳着；我的眼睛里总是无尽的黑暗。如果洛阳早就已经不动了，太阳会照进这里的。"

"你听到迦毕试的心在防风氏的胸腔里跳着，那没错。只是你听到的另一个心跳声……并不是你自己的。"

"那是谁的？"

"是别人的。禅师，你在大业四年的时候就死了。"

"不可能！你撒谎！"

"禅师，洛阳城只是你的一场梦。只是你有的梦长，有的梦短。短的，像元宵的梦，十四年前的洛阳燃了起来，或是今年'过灯节'上灯笼燃了起来，并没有什么不同；长的，像迦毕试的梦，一直要在黑魆魆的影子里遇到另一个人，却总是遇不到。"

"洛阳的迁徙也是梦吗？"

"是的。这是你最长的一场梦。"

"你又在编故事了。我是鬼，你们是什么？"

"你梦里的洛阳城就是一个鬼城。禅师，你想想，为什么会这样？洛阳为什么总是黑夜，洛阳的鬼魂为什么总也抓不完？因为你在这里遇到的所有'人'，都是鬼。所有你以为是鬼魂的，其实都是人。南阳公主和宇文士及都还活着，他们并没有变成鬼。而我既不是人也不是鬼，我是迦毕试左臂上的那只朱红色的鸟儿。"

"你编出这样的话，为的就是让我放了你。骗不了我！"

"禅师，有一个人不在你的梦里。他可以证明我的话。"

"谁？"

"云休方丈。"

云休方丈有一张白净年轻的脸，一双素净柔弱的手。单看这些，是断不会料到他和我有多么复杂的因缘的。

然而我对波波匿的话将信将疑，终于还是带着那盏兔子灯去了长秋寺。

僧人们正在佛堂里唱着《伽蓝赞》。我走过种着桂树、朱槿、香茅、优昙花和暴马丁香的五味园，再又去园子里一一察看了地瓜、芝麻、莲藕和石香菜。我还使劲掐了一把石香菜的茎，里面立刻流出明绿色的汁液来。这怎么可能是梦呢？有这样细致入微、活灵活现的梦吗？

甚至经过那六牙白象的时候，我都特别仔细地抚摸了它。它冰凉、坚硬，不像是可以梦出来的。

进了云休方丈的禅房，他像所有比他年纪大出许多的得道高僧一样，早就知道了我的到来。

他平生第一次用和蔼的眼光端详着我，然后半是自言自语地开口道：

"禅师，这是你的执念，还是我的呢？"

然后，从云休方丈的口中，我了解到了一段波澜不惊的传奇——听起来如同发生在陌生人身上，却又的的确确与我有关。

隋朝的长公主南阳与西域来的胡商迦毕试相爱了。大业四年，长公主下嫁宇文士及，同年生下一名女婴。女婴出生的时候，脖子上缠着脐带，连哭都没有哭一声就离世了。宇文士及怕公主伤心，也怕得罪了皇帝，连夜从民间抱来一名男婴。当夜负责接生的产婆和宫女后来在一场宫廷瘟疫中全部死去。

那个女婴，其实就是公主和迦毕试的孩子。她并不是难产死的，而是被人下了咒术。下咒术的，正是迦毕试左臂上文的那只鸟儿。原来那只鸟儿可以化作人形，是一个黑发白肤的女子，自唤朱枝。朱枝也爱上了迦毕试。可是她那颗鸟儿的心脏是如此之小，而嫉妒又是如此之大。朱枝咒死女婴之后，陷入了死婴的梦里。在梦里，洛阳变成一座黑暗的城市，总是无法被阳光照射。而朱枝也成了一个白发黑肤的老妇，叫作波波匿。在这个婴孩的梦里，所有的因果报应竟然得到了精确的安排。波波匿背负着一个生生世世的难题，那就是她必须抓到朱枝。

　　我大气也不敢出地听完了云休方丈的话。

　　这才发现自己已经把手里的兔子灯揉成了一团纸。我低头看着这团雪白的纸，想起兔子灯都是中间有一个大的兔婆，两边各有一只小兔崽的。云休方丈说的都是真的吗？为什么听起来那么离奇？原来我不愿放手的亲人，并非亲人；而我一直视而不见的人，却又是生我的人。

　　这都是真的吗？

　　如果是真的，那我十四年来的生活，波波匿教给我的一切，都是谎言了？

　　我举起食指，鼓足勇气戳进自己的眼睛。

　　再拿出来看时，食指上果然沾着墨汁。

　　我真的，只是一个死去了十四年的鬼吗？

　　白骨拉动的洛阳城，真的只是一个离奇而冰凉的梦吗？

　　赶在陷落之前，南阳公主遇见了宇文士及，朱枝变成的波波匿遇见了迦毕试，离阿奴遇见了我。而我已经死了……

　　每个人，都找到属于自己的真相了吗？

　　夜凉如水。石香菜的味道又幽幽地散开来，好像很多年前的那一天。

　　朱枝从揉成一团的兔子灯里飞了起来，好似一颗赤红的弹珠。她在空中长出了翅膀和鸾尾，在禅房中盘旋了数圈之后，飞入云休方丈的左臂。我吃惊地发现他的左臂上竟然文着不空成就佛和他的坐骑迦楼罗，跟迦毕试左臂上的一模一样。

　　而云休方丈敞开的僧袍里，露出一条蜈蚣一样的黑色疤痕。

　　在这个非凡的夜晚，世界碎裂成了千万块呈现于我面前。夜色中迁徙不止的洛阳城，到底是因为朱枝太爱迦毕试，还是迦毕试太爱南阳公主？是他们刻骨的爱驱动了防风氏的白骨，抑或一切真的只是我的一场长梦？还是如同朱枝到了我梦里就变成了波波匿，云休方丈到了我梦里就变成了迦毕试。而到底是谁挖出了自己的心脏去驱动防风氏的白骨，云休方丈还是迦毕试？

　　如果是迦毕试，那就如同波波匿和云休方丈告诉我的，这一切只是我的一个梦。

　　而如果是云休方丈，那么迦毕试就完全是一个幻影。那云休方丈在遁入佛门之前，需要多么刻骨的爱，才会掏出自己血淋淋的心脏？又该有多大的执念，才会去驱动白骨拉走洛阳城呢？如果洛阳城是真的在迁徙中住进了我们这许多鬼魂，那么当云休方丈放下他的执念的时候，阳光就会照进这里，那时对于鬼魂们来说，才是洛阳真正的陷落。

　　这个世界的真相如此之多，谁又真的知道呢？

达尔文的夜莺 / 甘 泉

　　像潘达柔斯的女儿，绿林中的夜莺，
停栖密密的树荫之中，放声动听的歌喉，
当春暖花开的时候，颤音回绕，顿挫
抑扬。

——《奥德赛》第十九卷

达尔文市郊简氏人格修复诊所　下午五点五十分　晴

夕阳从通红的火烧云后面掷出千道霞光，在库伦湾的海面上洒下万点碎金。透过纱帘的缝隙，那光芒晃得我有些睁不开眼。我愣了一秒钟，眨了眨眼睛，然后转向我的"病人"，"感觉如何，汉密尔顿先生？"

"病人"摇了摇尾巴，打了个响鼻，明亮而狭小的诊室一定让他（或"它"）感觉有些局促——他是一匹健壮的澳洲良驹，毛色棕红发亮，额前有一道白斑。唯一让他看起来与众不同的，是粘在他头上的大大小小的电极，和他左眼上方硬币大小的语言合成器。

"糟透了。头疼得要死。"他有些烦躁地跺了跺蹄子，语言合成器里传出的声音冷淡而生硬，却依然能听出明显的澳洲口音，"老天，这比公共医疗中心的服务舒服不了多少，可你的要价却是那里的三倍。"

"别太挑剔，朋友。"我关掉神经映射装置的电源，把客户头上的电极一个个地拆下来，"对于一匹马的大脑来说，你的智慧多得有些难以承受了。"

"这算是恭维吗？"这匹牢骚满腹的马怀疑地抬了抬眼皮。我回他一个恶作剧式的微笑，"我说，汉密尔顿先生，当初你为什么会选择一匹马的身体？我的意思是说……凭你的财富，完全可以选择一个更加接近人类的宿主——黥鯖，或者狒狒，我听说海豚也不错。"

"说得倒容易，医生。"我的客户瞪了我一眼，"当时，我正在博茨瓦那——那国家好像是叫这个名字——的国家公园度假。要是知道非洲有急性亚型病毒，我当时死也不会到那里去。"

"嗯，我记得在大瘟疫后期，许多国家为了挽救崩溃的经济，都把自然保护区内的狩猎变成了合法的旅游项目。"我若有所思地说，"那么，你的猎物里就没有一个合适的移植对象？"

"别逗了，我刚出现感染症状的时候，周围方圆几百公里的草原上只有野牛、鳄鱼和它们身上的寄生虫。他们把我送到首都哈博罗内时，整个城市里除了人类，其他的哺乳动物已经所剩无几了，身边能找到的只有我的'飞火'。"他顿了顿，"当初那个马行老板把'飞火'卖给我时，说这匹马总有一天能救我的命。哈！我怎么也想不到会是这种方式。"

"这么说，你是迫不得已才借用了坐骑的身体……"我抚摸着这匹马柔软的鬃毛，想象着"它"还是一匹马时的模样。这让寄宿在马体内的主人很不舒服，"这具身体的年纪应该不小了吧？"我问道，"想过换一个宿主吗？"

"换一个？这可不容易。"他又打了个响鼻，"做你们这行的应该比我更清楚，政府像母鸡孵蛋一样蹲在宿主更换手术的定额上，像我这样的'老鬼'想得到一个名额，就算是花光祖宗三代的积蓄来打通关节，也不见得能如愿以偿。"

他前后踱了几步，晃了晃脑袋，不知是为了抖开鬃毛，还是模仿人类摇头的动作，"哎，也罢。我也活了这么多年了，与其困在这畜生的身体里受罪，倒不如一了百了来得痛快。你知道作为一匹马，去管理一家公司有多么困难吗？我的秘书每天都用撞到鬼一样的眼神盯着我——换了多少个都是这样。更要命的是，我不能像从前那样享受生活了——味觉和嗅觉变得乱七八糟，除了草，其他任何东西都咽不下去。"他抬起头来盯着我，"你知道吗？我也有过风流的年纪，而且自认为很有鉴赏女人的眼光。可是现在，即使和你这样赏心悦目的女士同处一室，我也丝毫不觉得兴奋——没有，什么也没有，就好像你我完全是两个物种一般。"

他的话让我有些不快。我走到窗前，拉开帘子。夕阳已经半落，在海面上铺展出一道殷红，衬出一艘货轮微小的剪影。我看得出神，不由得幻想起大瘟疫之前这座港口的繁华景象。"汉密尔顿先生，你是本地人吧？"我试图岔开话题，"这个国家在大瘟疫以前是什么样子？"

"你是说，在澳大利亚变成一座巨大的难民营之前？"语言合成器的声音没什么语气，可我依然能听出澳洲人那特有的自豪感，"那时，悉尼的国家医学中心还是一座歌剧院——看看那优美的造型你就能猜到，它当初绝不可能是一座医院；那时，达尔文是北方最繁华的港口，而堪培拉，则是这个国家的首都。"

"我去过堪培拉，那里现在除了充满核辐射的废墟，没别的东西。"

"该死的疫区人干的好事。在那以前，堪培拉人连什么是'脏弹'都没听说过。"他盯着窗外的海港，乌黑的双眼里跳动着夕阳的余晖，"那时的澳大利亚像是处在世界的边缘，人们与羊为伴，过着平淡的生活——而现在，它变成了世界的中心，不，是世界仅剩的全部。"

像是有意要把汉密尔顿拉回现实，门铃响了。接着是一串细碎的钥匙碰撞的声音，然后一阵急匆匆的脚步声从门厅一路响到厨房，再响到会客厅，随即诊室的门被推开了，一个小姑娘跑了进来。看到我和一匹高头大马并肩站在窗前，她显然有些尴尬。

"妈，我回来了。"她有些迟疑地说道，"您好……先生？"

"你女儿？"他瞥了我一眼。

我点点头，"巧玲，在家里也要像个淑女。"我一脸严肃地对女儿说，"这是汉密尔顿先生，妈妈的客人。"

巧玲向我身边的"绅士"行了个旧式的屈膝礼。我拼命忍住笑，说道："巧玲，上楼去做功课吧。今天妈妈来不及做饭了，我们订比萨吃。"

"好啊！我要烤鸸鹋肉的。"巧玲兴高采烈地跑了出去，马尾辫在脑后欢跳。"对了，别忘了给伊啼露喂食。"我在她身后补充道，回答声从楼梯间传过来："知道了——"

"做个单身母亲很难吧？"汉密尔顿问道，"很难想象，你丈夫会抛下这么可爱的女儿不管。"

"我丈夫死于大瘟疫——在巧玲出生之前。"我冷冷地答道。

"哦，对不起……"汉密尔顿尴尬地说，"我很抱歉。"

"没事，"我摇摇头，"那是很久以前的事了。"

一阵沉默。

"如果我没猜错，'伊啼露'是你养的鸟吧？"汉密尔顿想要打破僵局，"我来的时候听到了它的叫声，非常动听。是什么品种的？"

"汉密尔顿先生——？"诊所门外传来一个人声。

"是我的管家，他来接我回去。"汉密尔顿先生不安地跺了跺蹄子。"抱歉耽误了你太多时间，医生。"他冲我礼貌地点了点马头，"我的秘书会很快把钱汇到你的账上。"

"我的荣幸，先生。"我领着我的四蹄朋友跌跌撞撞地穿过客厅，来到门口，"为你的健康着想，我认为你应该每三周做一次人格修复，而不是每月一次。"

"好让你赚个盆满钵满？哈！"走出院子前，他还不忘挖苦一句，只可惜语言合成器把嘲讽的成分过滤得一干二净。

回到客厅里，我费了好大劲儿才在电话本上找到比萨店的号码。刚要拿起电话听筒，几条文字留言攫住了我的视线……

达尔文市中心公共医疗中心　上午九点三十五分　多云

从计程车里出来，公共医疗中心沉重的白色大门突兀地立在眼前，在阴沉沉的天空下，这座原本是市政大厅的维多利亚式建筑与周围环境显得格格不入。平时，这座建筑的门前总是排着长队——像汉密尔顿那样的"寄宿者"（大多是来做人格修复治疗的）以及他们的人类伙伴。迈尔斯曾经开玩笑说，这里是地球上动物多样性最丰富的地方。而今天，除了人群（和兽群）之外多了一队警车，周围草坪上的棕榈树间拉上了黄色的警戒线，把中心围了个严实。

我刚走近警戒线，就被一个警察拦住了，"请出示证件，女士。"

"没事的，让她进来。"一个陌生的声音从警戒线后面一片忙乱的身影里传出来。那个警察一脸迷惑地拉起黄色胶带。我满腹狐疑，躬身进去，径直走向周围警察最多的那辆警车。人群簇拥中，我看到了那个把我从梦乡里硬生生拽到这儿的"人"——确切地说，是一只黑猩猩。他坐在警车后备厢上，手里（如果那能称作"手"的话）笨拙地握着一只冒着热气的纸杯。他身穿一件滑稽的小号警服，胸前挂着的证件上写着：詹姆斯·古道尔警长。

"早啊，简薇女士。"黑猩猩的口音很古怪，"抱歉一大早就大老远地把你叫来。"我注意到，声音是从他嘴里发出来的，而他额头上并没有语言合成器。难怪我之前没反应过来。

"简直难以置信！古道尔，你用嘴说话的能力快赶上语言合成器了！"我难以掩饰自己的吃惊，"你的进步比我想象的快得多。"

"是吗？我还指望你会说，我已经超过那个小玩意儿了呢。"古道尔皱起眉头，这让他深陷的眼眶看起来更深了，一副大失所望的样子。不得不承认，他模仿人类表情的能力也是出类拔萃的。天才永远是天才，这条定律对灵长目动物普遍适用。

"好吧，言归正传。这次是什么事？"

"我们有麻烦了。"他从后备厢上跳下来，转身朝中心大门走去，一干警员跟随着他，"这里走，我们边走边说。"他向我招呼道。

"为什么每次出事都要请我出山？"我走在古道尔后面，俯视着他毛发稀少的头顶，"大到银行盗窃、入室杀人，小到偷鸡摸狗、街头斗殴——老天！我是个医生，不是侦探。"

"因为我们知道，你是达尔文最出色的人格移植专家，没有'之一'。"古道尔仰头看了我一眼，"还有，你和'寄宿者'打交道的时间最长，最了解他们的想法，因此也最适合解决与他们有关的犯罪问题。事实上，你还从来没让我们失望过。"

"得了吧，那几次纯属运气。"

"'而运气有时能让失舵的船儿安然入港。'"他的语气忽然变得严肃了，"相信我，这次绝对不是什么鸡毛蒜皮的小事，我打赌你会感兴趣。"

一行人在大厅尽头的一扇灰色小门前停住了。在气势恢宏的大厅里，这扇门显得很不起眼，门口的地面上刺眼地用白色粉笔画出了一个人的轮廓，周围的墙壁和地砖上都有血迹。

"死者是医疗中心的一名保安。从尸体上的伤痕推断，杀死他的是一头大型食肉动物。"古道尔解释说。

"你认为这头'食肉动物'是一个'寄宿者'？"我蹲下来察看地上的痕迹，"如果是这样，门口的扫描装置应该记录了人格移植芯片的身份识别码。"

"我亲爱的女士，什么样的凶手会大摇大摆地从门口进来呢？"古道尔用他毛茸茸的手从一名警员手里接过一个证物袋，袋中有几根金色的毛发，"根据从现场各处收集的毛发标本推断，这头动物是从一个废弃的电力系统维修通道钻进来的，它的目标很明确——那扇小灰门后面的医疗数据档案库。可是由于某种原因，它在杀死大厅里唯一的一名保安之后没能打开门锁，于是又沿原路返回了。很明显，只有人类的智慧才能制订出如此周密的计划。"

"嗯，听起来确实令人印象深刻。"

"事件的重点还不在这里，薇。"他抖了抖手里的证物袋，"化验车里的伙计们刚刚对这个 DNA 样本做了分析，发现它和地球上现存的任何一个物种都不匹配。"

"不匹配……是什么意思？"

"这个东西的 DNA 和山猫接近，但有几个完全不能识别的基因标记。我们怀疑它属于某个已经灭绝的猫科物种。"

"那就是说，一个使用不明猫科动物身体的'寄宿者'溜进医疗中心，杀了一名保安，然后逃之夭夭了。我没看出这有什么特别的。"

"别装了，薇。傻瓜都看得出来。"古道尔激动起来，口齿变得有些含糊，"这个'寄宿者'显然没有被记录在案，而且，它的身体只可能来源于违禁的克隆技术。这说明它来自澳大利亚以外——来自疫区。薇，我们面对的是一个偷渡者。"

"嗯，听起来挺有逻辑。一个初来乍到的偷渡客，潜入医疗中心企图修改档案库里的资料，以便自己能够在达尔文长期居住。"我笑道，"只可惜这是完全不可能的。他怎么进入达尔文的？坐船？每天进入达尔文港的船只扳着手指都能数出来，况且海关检查严格得连一只蚊子都别想蒙混过关。再说，想通过医疗中心的档案库修改人格备份资料也不切实际——医疗中心的终端对这些档案只拥有读取权限。"

古道尔摇摇头，"薇，你会这么说，是因为你还不了解全局。

根据我们掌握的情报，在北部领地存在着一个组织严密的偷渡网络，而这个网络在达尔文的接头者，是一个被唤作'达尔文的夜莺'的人。目前，我们对这只'夜莺'一无所知——男人还是女人？正常人还是'寄宿者'？本地人还是来自疫区？这些问题都悬而未决。"

"该不会真是一只鸟吧？"我假装严肃地说。

"别开玩笑了。你比我更清楚，由于人格移植技术的局限性，只有哺乳动物才能充当人类的宿主。"

"好吧，咱们有话直说：你是希望我通过跟'寄宿者'们的关系收集有关这个'达尔文的夜莺'的情报。"我站起来，揉了揉酸痛的腰，"恐怕要让你失望了。在我接触过的'寄宿者'中，没有一个向我哪怕暗示过这个'偷渡网络'的存在，更别提什么'达尔文的夜莺'了。"

古道尔叹了口气（老天，他连叹气都学会了），"薇，这是无奈之举。我们实在被难住了。看在老朋友的分儿上——"

"哎，算了，我试着打听打听吧。"我不情愿地说，"反正这也不是我第一次救你于水深火热之中。现在，如果你不介意的话，我要回诊所去了，今天上午还有两个预约。"我故意低头看了看表。

"谢谢你，薇。"古道尔模仿微笑的能力明显还不到家，看起来有一种做作的感觉，"这期间，我们会尽力解开这只'猫科动物'的秘密。"他一边说着，一边把毛茸茸的右爪伸了过来，像是要同我握手，我却本能地向后退了一步。古道尔尴尬地把右爪缩了回去，"总之，合作愉快！"

他怒视一眼身后忍俊不禁的警员，然后对我咧嘴一笑，露出一排白亮的牙齿。

"向来如此。"我也报以微笑。鉴于古道尔再一次把我拉下了水，稍许冒犯也不为过，"顺便劝你一句，"我指了指他手中的纸杯，"少喝点咖啡。很难说咖啡因对猴脑有什么影响。"

达尔文市区"天城"赌场　下午六点　多云转晴

晚礼服还是旗袍，这是一个问题。在敞开的衣柜前呆看了十分钟之后，我依然没有拿定主意，而巧玲已经等得不耐烦了。"妈，好了没有？五点半了。"她的声音从门外传来，"乔叔叔的车在楼下等着了。"

我打开门，手里提着两件衣服，"巧玲，帮妈妈看看，哪件衣服比较合适？"

"这件。"巧玲心不在焉地指了指旗袍，"妈，你真的不和我一起去吗？这可是我第一次参加学校的联欢会。校长说了，低年级学生一定要有家长陪同的……"

"别闹了巧玲，不是有乔叔叔吗？"见她有些不高兴，我俯身摸了摸她的头，安慰道，"今晚妈妈实在有事，下次一定陪你去，啊？现在快把伊啼露的鸟笼拿给乔叔叔。"

巧玲气呼呼地转过头，不情愿地朝阳台走去。我关上门，坐在梳妆台前，望着镜中那张已不再年轻的脸孔，和脸上情不自禁的苦笑——衣柜、梳妆台、化妆品、首饰……我曾经比巧玲更厌烦这些琐碎的浮华，而现在，这些东西顽固地包围着我。

它们本不属于我的生活。

汽车在"天城"赌场门前的草坪边停住了。周围的车位已满，那些富丽堂皇的名车让乔医生的小型霍顿车有些相形见绌。我跨出车门，旗袍的束缚让我的动作有些僵硬。驾驶座上的乔医生向我挥手道别。

"谢谢你送我。"我说，"巧玲就拜托你照顾了。"我瞥了一眼还在后座上抱着鸟笼生闷气的巧玲。

"放心吧。我会按时把她送回家的。"乔医生点点头。

"还有伊啼露，它不会有事吧？"我看了看笼中那只萎靡不振的鸟儿，忧心忡忡地问。

"问题不大，我怀疑只是轻微的感染而已，很容易治好。"他扶了扶鼻梁上的眼镜，"看来你对这只鸟很有感情啊。"

我笑了笑，关上车门，目送汽车绝尘而去，然后转身走向赌场草坪。在阴沉了一整天之后，太阳总算忸忸怩怩地从云层后面露出脸来，看了大地最后一眼。草坪尽头是一座简单的舞台，灯光把整个草坪照得透亮。著名的黄昏音乐会还没有开始，衣着光鲜的（以及长有名贵皮毛的）来宾们正四处走动，三五成群地交头接耳。

我整了整衣领，向入口处的保安出示了邀请函，然后踏进了草地。就在我东张西望地寻找熟人的时候，一匹棕红色的马走到了我面前，向我低了低头（我猜它是在鞠躬）。我愣了一下，随即注意到它额头上的白斑，意识到这正是前几天到诊所来过的汉密尔顿先生。

"汉密尔顿先生！好胃口啊。"我开了个玩笑，"看来'天城'

的老板一点也不吝惜这块草地。"

"呸！这里的草尝起来跟塑料似的。"汉密尔顿先生倒是直言不讳，"是什么风把你给刮来了，简女士？"

"一个老朋友的邀请，汉密尔顿先生。"一只袋鼠从旁边经过，向我点点头。我不确定是否见过它，也只好尴尬地报以回礼，"这几天感觉好些了吗？"

"好多了，医生！我的记忆力大为改善，你的技术果然名不虚传。更让我高兴的是，我认为我重新找到了生活的意义。你看那边——"他举起一只前蹄，指向草坪对角线的另一头。在那里，我看到人群中有一匹纯黑色的马。

"如果我没猜错的话，那是一匹母马，也许有英格兰血统。"我说。

"啊，没错。老天，她可真是个美人儿。"汉密尔顿兴奋地打了个响鼻，"你觉得我有机会吗？"

"哈！这我可不大确定，先生。"我忍俊不禁，"你完全不知道寄宿在那匹母马里的是个什么样的女人——如果真是女人的话……"这时候，我看到迈尔斯在人群中向我招手，于是对汉密尔顿说，"不过，如果你真的有兴趣，试一试倒也无妨。"

"既然如此，如果你不介意的话，"他又向我"鞠了个躬"，"我要去开始一段新的冒险了。"说完，他一路小跑着离开了。

我朝迈尔斯点了点头，他极有风度地从原来的小圈子里退下，然后走过来拉起我的手，在手背上吻了一下。

又是老一套，毫无新意。于是我抢白道："迈尔斯，如果你也说出什么'风韵犹存'之类的胡话，我立刻就叫计程车打道回府。"

"哈！'风韵犹存'？哦，我亲爱的女士。"迈尔斯似乎被逗乐了，我头一次觉得他的笑容很有魅力，"那个词用在你身上简直是一种亵渎，你还很年轻哪。顺便问问，刚才那匹马是你的病人？"

我向草坪对面瞥了一眼，汉密尔顿正和他的"黑美人"热烈交谈着——未免过于热烈了一些。我点点头，"人格修复服务——我的主要业务。动物大脑毕竟不同于人脑，它们会把人类的意识活动视作一种异常而加以纠正，所以，所有的'寄宿者'都要定期进行抗排异治疗。"我清了清嗓子，"说正经的，迈尔斯，为什么约我在这样一个场合见面？太引人注目了。"

"中国有一句古话：'大隐隐于市。'"他从兜里掏出个小东西，若无其事地塞到我手里，凭感觉，我辨认出那是一块高容量存储芯片，"完事了。你看，如果我为了这个专程跑到你府上，反而更引人注意。"

我把芯片塞进提包里，松了一口气，"说实话，咱们用得着搞得这么神神秘秘的吗？只是一些研究数据而已，这是科学家之间正常的学术交流。"

"我们在墨尔本的同事可不这么想。要是被格哈特医生发现了，他一准儿会开除我。这些可是新联合国费尽心思保密的资料。它们要是落在不法之徒的手里，你知道会有什么后果？"

"当然，当然。如果人格移植的技术泄露出去，整个澳大利亚的社会秩序就会土崩瓦解，而这个国家已是人类最后的避难所了。"

"我听墨尔本中心的前辈们说，你当年参加了人格移植技术最初的开发——纯粹出于好奇——为什么你没有选择跟格哈特医生继续合作下去呢？"

"我说过，纯粹是个人原因。我觉得有太多的'寄宿者'需要我的帮助，医生的角色更适合我。"我躲开他的视线，"再说，我了解格哈特教授。凭他的能力，就算没有我，把研究继续做下去完全不是问题。对了，顺便向你打听个事儿。"我决定岔开话题，"你对'达尔文的夜莺'了解多少？"

迈尔斯看起来很吃惊，他压低了声音："你怎么会知道这个？"

"一个朋友向我打听过，我毫无线索。"我尽量轻描淡写地说，"这么说，你了解这个人的背景？"

迈尔斯面露难色，"原则上我应该向你保密，不过，事实上没有任何值得保密的东西。我们对这个神秘人物的了解几乎是零，只知道这家伙与北部领地的若干起偷渡事件有关，新联合国情报机关还怀疑这家伙涉嫌非法的情报走私活动。"

"这么说，这是一个唯利是图的蛇头？或者是一个同情疫区的极端分子？"

"或者干脆就是疫区派来的间谍，如果是那样的话，这家伙很可能是一个'寄宿者'。"迈尔斯耸了耸肩，"他们在达尔文有一份冗长的嫌疑人列表，但没有任何实质上的线索。"

"他们不会把我也列到那份黑名单上吧？"

"哈哈！凭这句话，我想他们就该把你的名字加进去。"迈尔斯爽朗的笑声让我绷紧的神经稍稍有些放松，"你想得太多了，可能整件事从头到尾不过是某个情报人员心血来潮的幻想而已。"这时，他像是想起了什么，"'来而不往非礼也'，你不介意我也向你打听个事儿吧？"

"当然不。"我说，"乐意效劳。"

"你对达尔文警署的詹姆斯·古道尔警长有多少了解？"

这回轮到我吃惊了，"这么说，格哈特把研究组的早期资料都给你看了？"

"我知道，他是你的老朋友，也是第一个实验品——第一例使用动物身体进行的人格移植手术。这在当时是机密，现在也没多少人知道。"他咳嗽了一声，"我感兴趣的是，他原来的身体是如何感染病毒的。"

我叹了口气，"既然你诚心诚意地问了，我也不好意思敷衍你。詹姆斯·古道尔是被陷害的。当时，在亚特兰大根本就没有疫情，而古道尔却在那里被感染了，我们怀疑是他的调查给他惹来了杀身之祸。"

"他当时在调查什么？"

"说出来你也不信。"我耸耸肩，"他异想天开地认为大瘟疫是人为造成的，某国的生物实验室故意释放了病毒，诸如此类。完全是臆想——众人皆知，病毒是从某片雨林里传出来的——过度砍伐森林的恶果之一。"

"这么说，他是个'阴谋论'者？你知道，那些人喜欢没来由地怀疑大瘟疫其实是人为的。"

"愚蠢的想法。幸运的是，古道尔早就对这个想法弃若敝屣了。"

"在遭人陷害、被迫停止调查之后？听起来不那么合乎逻辑。"

"这是什么意思？陷害他的是个跟他有过节的疯子，跟他当时的调查毫无关系。"我皱起了眉头，"等等，你该不会怀疑古道尔就是'达尔文的夜莺'吧？哈！这听起来比'阴谋论'还要荒唐。

要知道，他就是那个向我打听'达尔文的夜莺'的人！"

"放松，我没有作任何暗示。"迈尔斯露出一副很无辜的表情，"要是他真的受到怀疑，也不可能舒舒服服地坐在达尔文警署的第一把交椅上。"

这时，周围安静了下来，我环顾四周，发现其他客人正用责备的目光盯着还在高谈阔论的我们。我朝舞台上望去，原来乐队已经就位。迈尔斯牵住我的手，"我想我们说得够多了，剩下的时间应该用来欣赏音乐，你说呢？"

四周的灯光暗了下来，音乐渐起。与其他体面斯文的宾客一样，我也正襟危坐，装出一副陶醉的表情，可心思却全然不在音乐上。我不时偷偷瞟一眼身旁的迈尔斯，而他似乎完全没有察觉。昏暗的灯光中，他棱角分明的侧脸似乎柔和了许多。不得不承认，迈尔斯身上有些与普通技术官员格格不入的东西，只是我说不清楚那到底是什么。

与此同时，直觉告诉我，迈尔斯似乎有所隐瞒——有关墨尔本，有关格哈特教授——他没有把完整的真相告诉我。这着实让我如坐针毡。不过话又说回来，我也没说出关于我的完整的真相。

毕竟，这年头，没有人能说出完整的真相。

达尔文旧城区某处　晚上九点三十分　阴

达尔文的天气并不总令人愉快。据说，这座城市在历史上曾经被一次夏季风暴完全摧毁。而现在，空气中的沉闷预示着另一场风暴的来临。天空中阴云密布，看不到月亮，远处闹市上空的云层被灯火映得透亮，而在这儿的老城区，周围几乎没有灯光，头顶的夜空一片漆黑。

现在，按照约定，我站在一条黑暗的小巷里。这里一个人也没有，两旁的住宅很久以前就废弃了，周围静得出奇。我低头看了看表，九点半，巧玲应该已经睡了吧？就在我心神不宁的时候，一个声音打破了沉寂。

"这么说，'达尔文的夜莺'最信任的人就是你了？"

我吓了一跳，四下里寻找声音的来源。"上面。"那声音提示道。我抬起头来，只见路边一盏低矮的路灯上倒吊着一只硕大的狐蝠。那盏路灯已经坏了，狐蝠几乎完全融在黑暗里，一动不动，像是一只死气沉沉的黑色布袋。

"这不像是语言合成器的声音。你真的在这里吗？或是仅仅用的录音？"我走到灯柱下，仰头望着那只丑陋的动物。

"我就在这儿，有血有肉。我们只不过对语言合成器做了些……小小的改进。"声音继续从头顶上传来，"你被跟踪了。这里不方便说话，跟我来。"

对方的声音很低，几乎难以分辨。我还没反应过来，那只狐蝠便一跃而起，扑扇着翅膀从我头顶掠过。我猛地一抬头，被灯柱撞得眼冒金星。待我回过神来朝身后望去，那家伙已经飞到了巷口。

我在心里咒骂了一声，朝巷口追去，高跟鞋在坑坑洼洼的路面上敲出阵阵鼓点，在空巷中回荡。我索性脱掉鞋子提在手里，赤脚追了出去。那只狐蝠几乎是无声地滑翔着，从一根灯柱到另一根灯柱，从一条巷子到另一条巷子，每次只在路灯昏暗的光圈里一掠而过，之后就又消失在黑暗里。我跟在后面，半凭视力，半靠直觉，疲于奔命地追赶着。

好不容易，那只狐蝠挂在了另一盏不亮的路灯上。我深一脚浅一脚地跟上去，气喘吁吁地扶着路灯停下来。

"我们甩掉他了。"声音再次从头顶传来，"知道跟踪你的是什么人吗？"

我弯下腰来，按住酸痛的腹部，有气无力地摇了摇头。

"当然。你甚至没注意到有人在跟踪你。"那家伙的语言合成器的确很先进，声音里溢满了嘲讽，"'达尔文的夜莺'应该雇用一个更谨慎的联系人。"

"该谨慎的是你们。"我蹲下来揉着被路面硌痛的双脚，"用电话留言来传递情报？你们的动物脑瓜子是怎么想的？"

"一点也不奇怪，负责信息操作的家伙是个新手。"狐蝠漫不经心地说，"我早就建议把他换掉。"

说完，狐蝠突然从路灯上跳到了我身上，我险些本能地惊叫出来。见鬼，我以前从来不会害怕这些东西。狐蝠腿上用胶带绑着一块微存储芯片。我小心翼翼地把它解下来，放到提包里，狐蝠毛茸茸的身体蹭得我心里有些发怵。

"东西带来了吗？"他问道。

"在这里。"我从提包里取出迈尔斯前天晚上给我的芯片，用胶带绑在狐蝠腿上，"你们为什么坚持亲自来取？用网络直接传输不就行了？"

"由于无人管理，疫区的大部分网络服务器都已经无法运作，剩下的也毁坏得差不多了——多亏新联合国军队的'定点清除行动'；而澳大利亚的网络受到的监管更严格；至于卫星网络，那是新联合国官僚们的财产。所以，只有用这种老掉牙的办法才有机会蒙混过关。"

"你身上不会有病毒吧？"我忽然有些担心，"有些动物能够携带大瘟疫的病原。据我所知，狐蝠携带病原的能力比其他任何哺乳动物都强。"

"放心，这一点我们做得比你们还仔细。"狐蝠重新跳到路灯灯柱上，一点点向上爬，"我们暂时还不想毁掉澳大利亚，毕竟，你们手里还有我们想要的东西。你的老板向我们提供人格移植技术的资料，我们向他提供在这里被禁止的生物技术，这种平衡还要维持很长一段时间。但最终，这个世界都将属于我们。"

"难道你们和新联合国之间就没有和解的可能性吗？"我不禁问道。

"和解？笑话！"狐蝠头也不回地说，"新联合国是我们一切苦难的源头。在大瘟疫变得不可收拾的时候，这些自私自利的家伙把自己，连同我们的最后希望——人格移植技术一起锁在了澳大利亚这个荒岛上。现在，他们还要派出军队掠夺我们的资源，抢走我们所剩无几的宿主以延续自己的生命。他们的暴政总有一天要结束。"

"可他们也是为了人类的生存不得已才这样做。"

"哈！那是他们的说法。"狐蝠的语言合成器精确地表达了他的不屑，"你知道吗？他们正是当初把大瘟疫释放到这个世界上来的家伙。这些疯子制造了病毒，试图用它来改造人类基因组，以提高人类的智力。当然，这个计划失败了。病毒不但不能提高人的智力，反而会缓慢地摧毁感染者的大脑皮层，使他们变成白痴，最终死去。具有讽刺意味的是，尽管病毒的变异率高得吓人，却只感染人类。因此唯一万全的治疗手段，是趁感染者的思维尚未完全退化之时，就将他的人格转移到动物的大脑里去。意识到自己的失败之后，这帮野心家又胁迫人格移植专家们和他们一起退守到澳大利亚，企图在这里建立一个由他们统治的乌托邦。这些懦夫要为今天的一切负责！"

"听起来有阴谋论的调调，嗯？"

"空口无凭，简医生。"狐蝠忽然回过头来，那双乌黑的小眼睛盯得我有些发毛（虽然我很确定他什么也看不见），"在你刚才拿走的芯片上除了通常的'交易内容'之外，还有一些额外附送的资料。我的上级告诉我，你一定会对它们感兴趣的。"

"你们送来的'货物'向来是直接交送到'达尔文的夜莺'手上，我没有权利随便查看。"我冷冷地答道，"就算我看到了那些资料，你凭什么肯定我会信以为真？"

"我知道你不相信我们，我知道新联合国的那群人是如何向公众抹黑我们的——把我们说成恐怖分子、亡命之徒、极端主义者，但是这不重要。"

狐蝠回过头去，继续"手脚并用"地向上攀爬，"这一切都不重要，因为我们终将胜利。你知道吗？他们手里所掌握的人格移植技术远比你想象的要先进，它的应用潜力不可估量。以语言合成器为例，"他松开一只爪子，刮了刮额头上那个纽扣大小的装置，"这东西比它看起来要复杂得多。很难想象，拥有这种技术的人会不知道怎样用鸟类和蜥蜴进行人格移植。哦，不，他们只是不敢使用这些技术而已。那些懦夫害怕这些技术会威胁他们辛辛苦苦建立起来的秩序。

"可是我们不一样。我们没什么可失去的，我们有勇气向新的前线推进。得到了人格移植技术，再加上激进的生物科技，我们可以创造一个全新的物种——他们拥有人类的智慧和野兽的生存能力，而且拥有无数次生命。多么完美的作品！

"亨利·梭罗曾梦想过人与自然的重新和解。而今天，一个勇敢的新世界即将诞生！到那一天，新联合国腐朽的统治将崩塌成一堆瓦砾。他们绝不会想到，他们带来的瘟疫摧毁了旧的文明，却给人类带来了新生！"他说到最后，几乎是在梦呓般地自言自语。

一阵风吹来，我打了个寒战——一场风暴即将降临。我必须尽快离开这个前不着村、后不着店的鬼地方。

我抬起头，对那只已经爬到路灯顶端、正准备起飞的狐蝠说道："还有一件事——你们上次的计划是个失败。医疗中心的警报系统虽然关闭了，可是档案室的门锁并没有打开。"我顿了顿，见他没什么反应，于是提高了声音，"要命的是中心里竟然剩了一个保安！"

"声音小一点，我耳朵灵着呢。"狐蝠漫不经心地说，"我们会重新制订计划，叫你的老板耐心一些。"

"你们派去取资料的人没能完成任务，还被迫杀了那个保安。现在他已经暴露在警察的视线里了。"我对他的冷漠有些恼火，"你们最好想个办法把他弄到安全的地方去——能离开澳大利亚最好。"

"知道了，我会通知相关人员。"狐蝠说完一跃而起，消失在乌云密布的夜空里，他的话音伴随着翅膀扑扇的声音飘散在风中。

巴西亚马孙河岸某处　七年前　大雨

雨没完没了地下着，仿佛永远不会停止。雨点噼里啪啦地打在头顶茂密的树冠上，然后顺着枝叶滴滴答答地砸在地上的水坑里。脏兮兮的泥水溢出了水坑，然后汇成小溪，全部注入亚马孙河。过度采伐造成的水土流失早已让河水浑浊不堪，浑黄的激流打着旋儿向下游奔涌而去。

我顶着防水油布，站在帐篷外面，忧心忡忡地环视了一下四周。我们的船搁浅在河岸上——在这种天气里，只有傻瓜才会驾舟漂流。现在，唯一能做的就是坐等救援，而我不确定还有多少时间可以用来等待。

帐篷里传来一阵呻吟声。我转身把头探进帐篷，米沙正挣扎着想从睡袋里钻出来。我连忙俯身走进帐篷，把米沙塞回到睡袋里去——同他的名字毫不相称，这个俄罗斯男人身体瘦弱，而连日的高烧更是让他虚弱不堪。

"我听见直升机的声音……"米沙有气无力地说，"是救援队吗？"

"不是。"我拾起掉在地上的毛巾，在旁边的水盆里浸了浸，然后敷在他额头上，"只是流水声而已，河水涨得厉害。"

"嗯，至少我的脑袋有个伴儿了。"都到这种时候了，他也不忘幽默，"韩，告诉我，我离变成白痴还有多久？"

"说什么胡话？想毁掉你这么聪明的脑袋哪儿有那么容易？"我安慰他道，心里却痛如刀割。在我们说话的空当儿，病毒正疯狂地吞噬着他大脑里活跃的神经元。他大概还能支撑一周，也许只有五天——急性亚型的毒株也许比我想象的要凶猛。

更糟的是，我不知道自己什么时候也会被感染。这见鬼的病毒无处不在，地上、水里、食物里，让人防不胜防。

重新量过米沙的体温，我使出浑身解数抚平自己紧皱的眉头，强做出一个微笑，"你的体温很稳定，罗曼诺夫'同志'。"

"不要叫我'同志'，孟什维克分子！"虽然声音有气无力，但米沙还是像平时一样和我互相打趣儿，"对了，这东西是你的吗？"他挣扎着把手从睡袋里伸出来，指尖夹着一张照片，脸上是熟悉的坏笑。

我劈手把照片夺了过来。"从你的笔记本里掉出来的——也许你有必要把它消消毒。"米沙解释道，"好家伙，竟然把兄弟蒙在鼓里。说，你和她进展到什么地步了？"

"订婚了。"我一面假装心不在焉地答道，一面用酒精棉球擦拭着照片。酒精液滴在纳米表面上聚成一个个圆球，然后慢慢变小，消失。照片上薇儿的笑容显得格外灿烂，我看得出神，两个月前奥克兰研究中心里的幸福时光仿佛就在昨天。

"嗨，你没事吧？"米沙用藏在睡袋里的胳膊轻轻推了我一下。

我摇摇头，捡起摊在一边的笔记本，把照片重新夹了进去，然后伸手从旅行包里摸出两瓶药丸。"该吃药了。"我对米沙说，"让我们祈祷古老的鸡尾酒疗法能创造奇迹。"

"哈！我现在可不想死。"像是觉察到我眉间的愁容，米沙对我做了个鬼脸，"我还等着看你这个五谷不识的家伙怎么劈柴生火呢。"

帐篷四周的水越涨越高，就快要漫进来了。一连两天，我们被泥水追逐着，连续换了几个宿营地。米沙的健康每况愈下，鸡尾酒疗法没有起到任何作用，现在他清醒的时间越来越短了，这让一切变得更加困难。

放在帐篷外面的塑料盆已经接满了雨水。我小心翼翼地把盆子端进帐篷，然后放置在地上，等待水中的泥沙沉淀。我从背包里翻出最后一张ELISA试纸，扯下一小条，蘸了一点儿盆中的水，然后搭在盆的边缘。

一分钟，两分钟……三分钟过去了，试纸依然保持着白色。谢天谢地，至少雨水是安全的。这样饮用水就有了保障，而干粮暂时还不会短缺。我松了口气，在米沙的睡袋边坐了下来，把笔记本摊开在腿上。

达尔文的夜莺

二〇五九年四月三十日　大雨

我和米沙离开卡亚波人的部落已经有四天了。我永远忘不了到达的那天看到的景象。他们全死了，死在棚屋里、水井旁，死在卫星天线边上——死在绝望的等待中。毫无疑问，这是一种前所未见的急性毒株……尽管米沙还在昏睡，我依然一边书写，一边念出声来。薇儿告诉过我，不间断的对话似乎有助于减缓病毒造成的神经退化。我从来就没信过，但事到如今，只能病急乱投医了。

除了人类，整个亚马孙丛林里似乎找不到一种会受到病毒影响的高等动物。作为大瘟疫的发源地，这很不寻常。我们知道，几乎每一种人类疾病都有动物宿主，只有这种"进行性新皮质脑炎病毒"特立独行，只感染人类。再考虑到病毒反常的传播速度，不禁让人怀疑病毒的真正起源……

一个合理的解释是，某种以动物为宿主的温和性病毒偶然传染给了人类，然后与人类身上的另一种病毒发生了基因层面上的交换，从而变得极端致命——臭名昭著的 H5N1 型流感就是个典型的例子——这也使得瘟疫可以绕过检疫，跳跃式传播……

当然，要想验证这个假设还有待更多的观察和研究。但考虑到目前亚马孙地区被列为军事禁区的情况，这是不大可能的……

我放下笔记本，拖着麻木的双腿挣扎着从地上爬起来，尽量弓着身子不碰到帐篷顶，忽然脑袋却一阵眩晕。

"可能是低血糖。"我自言自语道，"这几天真的没什么胃口吃东西。"尽管如此，我还是决定保险起见，找来一张 ELISA 试纸，然后用一根无菌针头扎破手指。

接着，我眼睁睁地看着鲜血滴下来，把试纸染成明亮的蓝色。

我不知道究竟什么地方出了问题。也许是水，也许是干粮，也许……见鬼！也许这个新品种根本就是靠空气传播的！

这一切已经不再重要了。事实上，我真正知道的事情也在一点点地减少。我不清楚过了多少天——高烧已经几乎摧毁了我的时间概念；我也不清楚米沙的情况究竟怎样了，他躺在我脚边的睡袋里毫无动静，也许是昏迷，也许已经死了；我对大瘟疫起因的猜测也无法进行下去，那些曾如烙印般刻在我脑中的专业知识已经销熔在病痛的炼狱里。

我只知道一件事：我必须不停地说话，哪怕是自言自语！

"你知道吗，米沙？薇儿和我之所以会在一起，是因为我们都喜欢鸟，喜欢看丹顶鹤从一望无际的沼泽上掠过，喜欢听夜莺在傍晚结着露的树林里歌唱。薇儿说她一直想知道，从一只鸟的眼睛里看世界会是什么样……

"……哈！真是个傻问题。也许鸟根本就意识不到这个世界的存在。我们知道，鸟类的大脑没有新皮质，只有一种叫'纹状体'的结构，鬼知道那个东西能不能产生意识……

"……也许那就是人格移植只能以哺乳动物为宿主的原因。哈！'人格移植'？真是个啰唆的名字，我喜欢叫它'投胎'。中文真是简洁明了啊……

"……米沙，如果要'投胎'的话，你会选什么动物？我觉得熊比较适合你。呵呵，开个玩笑，其实我想的是老虎……其实我也不确定我想的是什么……其实，真的是我在'想'吗？或者仅仅是病毒在我脑子里窃窃私语而已？不，这不重要，不重要了……"

达尔文的夜莺

我不知道我是否听见了直升机的声音，是否记得身着白色防护服的军人把我抬上担架。这一切也许都只是我的想象。浑浑噩噩中我做了个古怪的梦，在一片昏暗的树林里，薇儿独自站着，怀中抱着她那本精致的日记，脸上满是忧伤。

我走近她，抚摸着她的脸，她的泪水沾湿了我的手指，"为什么哭丧着脸？我不是平安地回来了吗？"

她咬了咬嘴唇，似乎欲言又止。

"笑一笑。我喜欢看你笑。"我的手指掠过她的嘴唇——它正因悲伤而不住颤抖。

她猛地把怀里的日记塞到我手里。"快走！"她推了我一把，"离开这座森林，见到月亮之前不要回头。"

"为什么？你不和我一起走吗？"我有一肚子的问题，可是她把手指放在我的嘴唇上，制止了我，"别多问了，快走。"她扳住我的肩头，强迫我转过身去，不知道她哪里来的力气。

我犹犹豫豫地向前走了几步，想要回头，背后传来她的声音："快走，不要回头。"接着，我听到了隐隐的啜泣声。

我一步步向前走着，近了，近了，在不远处树林的尽头，月光把铺着落叶的地面染成一片银色。可就在这时，我终于抑制不住冲动，回头向身后望去。

接着，整个世界在我周围碎裂了。

我醒来的时候，躺在一张白色的床上。明媚的阳光从窗口洒落进来，照得我身上暖暖的。窗外传来几声若有若无的鸟鸣。我伸了个懒腰，忽然，记忆如潮水般涌了回来。

"米沙？罗曼诺夫'同志'？"我喊道，声音在陌生的房间里回响。

"薇儿？"我喊道，带着一丝试探，早晨带着露水的空气继续沉默着。

一阵恐慌击中了我，让我浑身不自在。我撑起软弱无力的身体，挣扎着走下床，然后走到门前。门边恰好有一面穿衣镜，我转过身去，想整一整凌乱的衣着。

看到镜子里自己的身体，我失声尖叫出来。

插　曲: 沃尔夫冈·格哈特医生的语音日志
——发现于奥克兰 WHO 研究中心旧址

二〇五九年五月十日　晴

仁慈的主啊，今日我犯下的罪过，将永世不得偿还。

是我暗中向计算机输入指令，在实验动物的营养液里加入了神经毒素。它们死了——整个研究中心所有的实验动物，一只也不剩。我们花费了三个月的时间，将这些动物的神经生理指数调节到适合人格移植的状态。现在一切都已付诸东流。

是我剥夺了韩宇生存的机会。没有合适的宿主，感染了急性毒株的他几小时内就不可逆转地进入了脑死状态。

更重要的是，是我亲手砸碎了简薇的心。她是我最得意的学生之一，我曾想过让她做我的衣钵传人。她永远也想不到，自己会眼睁睁地看着未婚夫死去而束手无策——而凶手，正是她敬若父亲的恩师。

可是我没有选择，这是他们的命令。我不能说出他们组织的名称。没错，是他们的自大和愚蠢造成了这场席卷全球的灾难。可是现在，他们是我们整个研究计划的生命线，掌握着我们所有人的生杀大权。

他们是人类最后的希望。我没有选择，只有服从。

达尔文的夜莺

二〇五九年五月十四日　阴

　　自从韩宇被宣布死亡之后，简薇就一直处在精神崩溃的边缘。她正在接受心理医生的治疗。听照顾她的护士说，她常常出现幻觉，以为自己才是韩宇，却出现在简薇的身体里——尽管她自己也很清楚，人类间的人格移植在现阶段是完全不可能的。可怜的姑娘！她怀着两个月的身孕，却要承受爱人离去的痛苦。

　　我多么希望能向简薇忏悔自己犯下的罪行，我多么希望能当面乞求她的原谅——虽然我不配得到她的宽恕。我甚至希望她能指着我的鼻子，用最恶毒的语言诅咒我——这样我心里也许会好受些。可是我不能把这一切说出口。我只能在无眠的夜晚独自承受良心的折磨。

　　我不能把这些说出口，因为他们想让整件事情不了了之。"这两个人闯进了禁区，他们也许已经看到了不该看的东西，听到了不该听的事情。那个俄国人的思维已经被病毒摧毁了，对计划已构不成任何威胁。"他们说，"至于那个中国人，我们不能让他活着开口。你知道该怎么办。"

　　他们不想脏了自己的手，可他们的灵魂已经污秽不堪。可恨的伪君子！卑鄙的无神论者！愿上帝诅咒他们！

二〇五九年六月六日　多云

　　紧张的实验计划拖延了我们的日程，我甚至希望这一天永远不要到来——但这希望注定会落空。今天，在一个偏僻的海滨公墓里，举行了韩宇的葬礼。

　　我和韩宇并不熟，但我知道他是个好人。这个勇敢的小伙子一接到卡亚波人的求救信号，就带着药物，不顾禁令，跟一个俄国同事一起闯进亚马孙——大瘟疫的中心。而现在，我背弃了希波克拉底誓言，亲手将一个比我更配得上"医生"这个称号的人置于死地。

　　我们联系不上韩宇的家人——大瘟疫已经把亚洲变成了骚乱频仍的无政府地区。参加葬礼的只有奥克兰中心的工作人员，以及几位从布宜诺斯艾利斯赶来的韩宇生前的同事。

　　简薇已经出院了。在葬礼上，她穿着一件全黑的长裙，脸上神情冷峻，却看不到悲伤。我们对她表示慰问、劝她节哀的时候，她只是默默地点点头，没有话语，也没有泪水。我无法想象她在心理治疗过程中经历了怎样的痛苦和折磨。从前那个永远微笑、对谁都很友善的简薇已经消失不见了，取而代之的是一个冷淡、疏远、沉默寡言的简薇。

　　原来的那个简薇、真正的简薇已经被我杀死了。

二〇六四年十一月十日　晴

够了。这次他们做得过分了。

当他们对外封锁大瘟疫真相的时候，我告诉自己，那是为了防止大范围的恐慌；当他们限制人格移植技术外流的时候，我告诉自己，那是为了防止我们的技术被滥用；当他们指使军队掠袭疫区内难民营的时候，我告诉自己，那是为了自卫，为了将恐怖主义扼杀在摇篮里。

而现在，他们聚集到墨尔本，摇身一变，成了新联合国的议会代表；而这些自封的"和平卫士"意欲把澳大利亚以外的世界变成他们的养殖场、资源仓库和垃圾堆填区，而不去理会依然在那里挣扎求生的数亿健康人、感染者和"寄宿者"。

这就是他们的真面目。

早已过世的母亲曾经对我说："人生中，你永远有选择的机会；当你说'没有选择'时，你只是在逃避责任。"

是停止自欺欺人的时候了，我对自己说。

二〇六四年十一月十六日　小雨

今天是我们在奥克兰的最后一天，几架新联合国军的重型运输机已经停在奥克兰机场的跑道上，准备把中心的人员和设备运往墨尔本，以便他们直接管理。就是这几架运输机，前几天刚把上千武装到牙齿的"维和部队"运到东帝汶，以"维持当地秩序"，顺便确保那里的石油资源继续牢牢地掌握在他们手里。

自私自利，独断专行，随意决定他人的生死，妄想扮演上帝，一手遮天。够了，真的够了。新联合国的所作所为必须被阻止——不管付出多大的代价。我一个人不可能做到，但如果我能和疫区取得联系的话……

我想到了简薇。

韩宇死后，简薇退出奥克兰中心，移居到了达尔文。五年了，我们从没直接联系过，但我听说她在那里开设了一家私营的人格移植诊所——新联合国当局似乎对她少见地宽容。

也许我可以利用这种宽容；我可以利用达尔文得天独厚的地理优势，把那里变成一个反抗他们的滩头阵地；我可以拉拢墨尔本分部的迈尔斯·李，我以前的学生，利用他对上级的不满，利用他在新联合国内部的关系，与达尔文建立联系；我可以把事情的真相告诉简薇，利用她的仇恨与愤怒，去引燃新联合国这堆腐朽的枯叶；我可以……

天哪！看看我变成了什么？！张口闭口只有"利用"二字。我，谋杀简薇爱人的凶手，竟然厚颜无耻地一心想要利用她！主啊，诅咒我吧！我已经变成了他们！

不，这已经不重要了。如果我注定要下地狱的话，至少让他们做我的陪葬！至少让我离开的时候，身后留下一个干净的世界。

达尔文市郊简氏人格修复诊所　零点三十分　大风

关上电脑，整个房间陷入一片黑暗。深吸一口气，我站了起来，揉了揉酸胀的双眼，走出房间，来到客厅。打开窗户，一阵狂风迎面吹来，窗前的纱帘在风中飘动着，像是要抚摸我的面颊，抚平我心中的愤怒。

这就是真相！苦苦搜寻了十年的真相。我感觉仿佛整个世界都背叛了我。

库仑湾对面灯塔上的光柱照亮了海面上滚滚的怒涛，远处达尔文港的灯光依然明亮。一阵几乎被风吹散的汽笛声隐隐传来——那是船只入港避风的信号。一场风暴近在眼前。

与此时我心中的波澜相比，它就像是春日的微风般轻柔。

但我没有工夫细细品尝仇恨的滋味。黑暗中，一个突如其来的声音打断了我的思绪。

"我真的没想到。"即使看不见说话者，我也能辨认出来，那是詹姆斯·古道尔的声音，"简薇，你竟然一直瞒着我。"

"古道尔？你吓到我了。"我尽量让自己听起来一切如常，谢天谢地，周围的黑暗让他看不见我的表情，"我不懂你在说什么，还有，你是怎么进来的？"

"说实话，我在这里静候你多时了，我的朋友。"他慢慢走近，借着从身后窗口里透进来的微光，我看见了古道尔矮小而多毛的身躯。他怀里抱着一个熟悉的鸟笼，笼中，一只黄色的小鸟惊惶地四处张望着。

"伊啼露？……乔医生？"我慌张得有些语无伦次。这不可能！乔医生告诉我他再过两天才能把伊啼露送回来。除非……

"Luscinia megarhynchos。"古道尔像是在自言自语，"这只鸟我看过无数次，却从来没有关心过它是什么品种。"

"只是一只普通的夜莺而已。"我有气无力地最后挣扎着。

"夜莺是一种短命的鸟，平均寿命只有两年，最长也不超过七年。"古道尔晃了晃鸟笼，鸟儿在笼中扑扇着翅膀四处乱跳，发出尖厉的叫声，"而这只鸟跟着你有十多年了吧？"

我张口欲言，却被他打断了："哦，没错。乔医生，那个兽医。如果不是为了排查那只神秘的'猫科杀手'的下落，我绝不可能想到乔医生的兽医诊所，也不会无意间撞破你的小秘密，而这个秘密在我身边潜伏了那么久！很明显，赋予这只鸟超常寿命的技术在澳大利亚根本就不应该存在。"

"好吧，我承认乔医生的'特殊业务'不是很……'光明正大'。可这有什么大不了的？"我恢复了冷静，"很多宠物医院都有这种'业务'。毕竟，新宠物带给主人的慰藉是永远比不上旧宠物的。"

"哦？是吗？"古道尔手上不知何时出现了一张皱巴巴的小字条，"乔医生可不这么认为。他说这个配方是你给他的，他自己完全不知道配方的具体原理，只是按图索骥而已。"

乔医生！那个懦夫，这么快就把我出卖了。我还一度把他当作知己来信任！

"我又想，那只'猫科动物'，或者任何非法入境的'寄宿者'，要想在达尔文长期居住的话，他们应该去哪里进行人格修复治疗。肯定不会是医院或公共卫生中心，唯一的可能就是一家私人诊所——据我所知，你的诊所在达尔文是唯一的一家。"

"哈！真是无中生有。你也知道，不管在公立医院还是私人诊所，所有的神经映射装置都是连接到政府数据库的，每一次人格修复手术都会被记录在案。"我的声音有些微微发颤。

"我很确定，在这个诊所的某个地方，也许是地下，肯定有一套独立的映射装置。"他装模作样地望了望四周，"凭你的才能，自己制造一台并不是难事。毕竟，是你给了我这具身体——是你创造了一个新的时代。"

我决定放弃分辩——只要警方对这座建筑做一个彻底的断层扫描，就能发现藏在地下室里的那些机器——它们的个头儿可不小。于是，我假装理直气壮地说："那又如何？那些无家可归的'寄宿者'也是人类——至少曾经是，帮助他们是我作为一个医生的义务。而且你也知道，如果他们被送到新联合国手里，会有什么下场。"

"恐怕事情没这么简单吧？"没有语言合成器，古道尔的语速十分缓慢，像是故意折磨我的神经，"你怎么解释你电话上的那几条留言？"

这不可能，那些留言早就被我删除了。除非……我真的愤怒了，"你监听我的电话？你怎么做得出来？还有，派人跟踪我的也是你吧？"

"事实上，我没有。但达尔文市的电话留言通常都会在电话公司的主机上留下记录。至于跟踪的事，我确实不知道。也许那是个打算劫财劫色的流氓？"古道尔不紧不慢地说，"你实在不该三更半夜一个人在外面溜达——即使对于声名显赫的'达尔文的夜莺'来说，这样做也太危险了。"

我扭头不语，怒火在胸中燃烧。

"百密一疏啊，'达尔文的夜莺'？那些非法入境者不知道，或者不敢公开提及你的身份，但他们都见过你养的鸟。"

捅破了最后一层窗户纸，我反而镇定下来，"好吧，就算你猜对了，福尔摩斯先生，你为什么不带上你的手下，直接将我捉拿归案？担心证据不足吗？"

"证据不足？如果证据有一丁点儿不足，我甚至都不会把怀疑的矛头指向你！"古道尔上前一步，"我没有把证据带回警署。相反，我把它们隐藏了起来，因为我信任你，我相信一定另有隐情。"他那张布满皱纹的猩猩脸上混杂着失望与怜悯，"如果你还把我当作朋友，如果你还是我认识了十几年的那个简薇的话，就对我说实话，到底发生了什么？"

良久，我才打破沉默，"对不起，古道尔，我确实不是你最初认识的简薇。你曾经的朋友，你的救命恩人，"我叹了口气，"就关在你手中的鸟笼里。"

"你……你在胡说些什么？"古道尔吃惊地后退了一步。

"我知道这一切令人难以置信。"我转过身去，面对着窗外肆虐的狂风，"一开始我也以为自己在做梦。我和米沙在亚马孙雨林里感染了病毒，奄奄一息。当我醒来的时候，发现自己寄宿在简薇的身体里，我的记忆、我的思想，全都完好无损，可我原来的身体已经死亡。我告诉奥克兰中心的人，希望他们能给我一个解释，可他们却认为我——认为简薇是因为悲伤过度而精神失常。

"他们把我关进了'心理治疗部'，我不想回忆在那里接受的'治疗'。总之，他们试图让我相信自己就是简薇。我不怪他们，因为在他们看来，人类之间的人格移植绝无可能，也是不被接受的。

"但这不可能的事情已经发生了。随着时间的推移，我慢慢勾勒出了一个假设：也许简薇确实铤而走险，尝试了人与人之间的人格移植。如果是这样的话，真正死去的应该是她而不是我……不，我不能接受这个结论。在把身体'借'给我之前，她一定设法把自己的人格转移到了别的什么地方——而我要做的，就是设法找到那个地方，以证明我所说的一切。

"于是，我开始配合'治疗'，开始假装'恢复正常'，承认自己就是简薇。这正是他们希望看到的。我很快就出院了。具有讽刺意味的是，出院不久，我参加了自己的葬礼——以自己未婚妻的身份。听着人们安慰我的话，我内心哭笑不得，脸上却只能保持严肃。

"我开始了自己的调查，中心的记录上写着：我的'死因'是一次事故，当时，用作宿主的实验动物突然全部离奇死亡，使感染了急性病毒的我不能及时进行人格移植手术。这就解释了简薇的冒险行为。简薇一定采取了相当严格的保密措施，抹除了所有有关这次实验的记录，让研究中心的人对这次实验一无所知。很明显，在这种情况下，她能找到的宿主只有自己的宠物。

"怀着试探的心情，我请人对简薇的爱鸟'伊啼露'做了检查，果然发现了神经映射的痕迹，但没有任何证据能说明有人类的思维被移植到了这只鸟的大脑里。就算简薇真的尝试把自己的思维存放在伊啼露的大脑里，这次尝试也是失败的。

"我不明白简薇为什么要这样做，死于人格移植失败的本该是我，而不是她。也许她认为当时的世界更需要我的病毒学知识，而不是她的人格移植技术。"我停了停，体会其中的讽刺意味，"总之，我不相信这个结果。简薇的人格一定还保存在伊啼露体内，只不过由于鸟类大脑与人类思维的不兼容性而暂时不能表达出来。可惜我无法验证这一切——我是个病毒学家，对人格移植技术几乎一无所知。事实上，我当时唯一的选择就是退出奥克兰研究小组。

"幸运的是，在离开奥克兰移居到达尔文之前，我找到了简薇的日记本——上面详细地记录了人格移植技术的基本原理。看来她早已预料到实验可能会失败，因而为我留下了后路。在达尔文，我疯狂地钻研那本笔记，试图找出让简薇重返人类世界的方法。

"我的努力没有结果。于是我通过关系，想从墨尔本的人格移植技术总部获取更加前沿的研究资料。但是，就算我能重新提取简薇的思维，我也不敢冒险把她放进另一具动物的躯壳里——不，她应该有更好的归宿，她有权利以人类的身份生活下去！"

"所以，你想到了体细胞克隆——只有疫区人才掌握的技术。所以，你和那些恐怖分子做起了交易，用你从墨尔本总部得到的资料换取他们的技术。"古道尔打断了我，"听起来很合理。这也解释了为什么你要派人入侵公共卫生中心的档案室——你想得到韩宇的细胞样本。你真的认为能逆转这一切吗？"

"不管能不能成功，我已经不能回头了，我的朋友。"我摇摇头，"我受够了这种生活——处心积虑地隐藏自己的身份，以别人的身份活着。你知道每天早上醒来，发现自己被困在爱人的身体里是什么感觉吗？你知道一个父亲代替妻子怀上自己的女儿是什么滋味吗？不，我决不能回头。"

达尔文的夜莺

"中国有一句古话，'亡羊补牢，未为晚矣'。不管你究竟是简薇还是韩宇，你永远是我的朋友。告诉我那些疫区杂种的聚集地，我们可以合作，一起……"

"为什么？"我问道。

"因为这是两全其美的选择，不是吗？"

"我是说，为什么你要跟着新联合国的那些恶人为虎作伥？"我转过身来，面对着他，"古道尔，你当时的怀疑是对的。新联合国故意造成了大瘟疫，正是那些人陷害了你，陷害了我——陷害了简薇，只是为了确保他们的秘密不被泄露。我也是刚刚才知晓这一切。古道尔，他们是造成今天世界上一切不幸的罪魁祸首！"

"我知道。"古道尔淡淡地说。

"什么？！"我呆住了。

"我知道。在亚特兰大的时候我就知道了。他们本想将我置于死地，但格哈特医生和你奇迹般地拯救了我，同时也引起了他们的注意。他们在人格移植技术中看到了战胜大瘟疫的希望，于是开始秘密资助这个项目。他们威胁我，如果我把他们的秘密泄露出去，人格移植小组不但将再也得不到任何支持，而且他们会把小组的存在公之于众。你知道，在那时，人们会怎样看待这种技术？"

"人们会把人格移植专家看作威尔斯笔下的'莫洛博士'，会愤怒地砸烂他们的研究所，把他们投进监狱。"我喃喃地说道，"这么说，你是为了保护简薇与格哈特医生，被迫向他们妥协？"

"这是我唯一的选择。"古道尔低下头，"他们也许是瘟疫的制造者，但同时也只有他们拥有足够的知识和财富拯救人类。"

"荒唐！古道尔，他们在利用你，你却心甘情愿。"我激动起来，"为什么不揭发他们？既然现在人格移植技术已经普及了……"

"揭发他们？然后怎么办？让这个国家陷入混乱之中？任凭疫区的人们把瘟疫带进澳大利亚这个最后的庇护所？不。我珍惜现在来之不易的生活，并且会不惜一切代价维护它——哪怕这意味着我要生活在一具黑猩猩的身体中，哪怕这意味着我要对坑害我的凶手唯命是从，哪怕这意味着我要把曾经的朋友送进监狱……"

这番话不是从他的嗓子里说出来的，而是来自他额头上的语言合成器。缺乏抑扬顿挫的声音让我如坠冰河之中。"我认识的古道尔决不会说出这种话。"我低声说。

"那么，我别无选择了。"古道尔把手中的鸟笼放在旁边的沙发上，手中不知何时出现了一把枪。我没有移动身体，只是闭上眼睛，泪水在眼眶中翻滚着。

黑暗中我听见伊啼露尖厉的哀鸣声。然后是一声震耳的怒吼，和一声不属于人类的惨叫。

我睁开眼睛，眼前是一头毛发金黄、全身黑斑的巨兽。它喘着粗气，双眼在黑暗中闪着荧光，而古道尔则跌倒在地，手枪已经不知丢到了何处。

Panthera onca，这种动物灭绝之前应该是叫这个名字。

古道尔吃力地从地上爬起来，不知用什么语言咒骂着。他冲向楼梯间，顺着扶手，手脚并用，以难以想象的敏捷身手爬了上去。我面前的猛兽大吼一声，紧追不舍。

"停下！不要！"我一面徒劳地喊着，一面紧随其后。楼上传来家具被碰翻的声音。我冲进二楼的书房，却发现已经迟了。书柜倒在地上，书籍和杂物散落得到处都是。通往阳台的门开着，门帘被风吹得"哗哗"直响。古道尔被扑倒在离阳台只有几步远的地方，鲜血染红了周围的地砖，也染红了野兽的利爪。

"薇……不……韩宇……别这样……回头是岸啊。"古道尔在地上挣扎着，语言合成器断断续续地发出最后的声音。

"'他见到自己作品时可曾微笑荡漾？他创造了你，是否也创造了羔羊？'"野兽光滑的皮毛映衬着地上殷红的鲜血，这一幅触目惊心的景象仿佛把我催眠了，让我不自觉地自言自语。

半晌，我转过脸去——我不能救他，我已经走得太远了，回头也只能看到一片汪洋。

背后传来野兽咬断猎物喉咙的声音。

时间仿佛停滞了，屋里只剩下风吹帘动和野兽喘息的声音。接着，屋外的天空里炸开一声惊雷，把我从悲哀中震醒。我扯下帘子，盖在古道尔血肉模糊的尸体上，然后蹲在野兽的身边，抚摸着它光洁的毛发。它喉咙中发出猫一样呜咽的声音。

"辛苦你了，米沙。现在快离开这儿，到海港那里去。"我凑近它的耳朵轻声说。

当年，俄罗斯人把濒死的米沙冷冻起来运回了国家。我从来没有想到能再见到他——直到两年前。疫区人用美洲虎标本上的DNA为米沙制造了这具躯体，它的基因组在澳大利亚任何一个资料库里都找不到，因此绝对不可能被追踪。

可惜的是，米沙的大脑在进行人格移植之前就几乎被破坏殆尽了。他失去了语言能力和大部分的人格特征，他再也不是那个会说笑话、会叫我"孟什维克分子"的米沙了——他现在只是疫区人的尖兵和杀手。

但他似乎还认识我，我相信。尽管我也失去了从前的外表。

大猫蹭了蹭我的脸，从阳台轻捷地一跃而出，消失在狂风大作的黑暗里。我站起来，盯着被鲜血染红的帘子，思考着应对警察的说辞。我可以告诉他们，古道尔来到诊所与我分享他掌握的情报，那只野兽跟踪了他，闯进来把他咬死，然后逃之夭夭。嗯，这样还会留下不少疑点，也许我应该说……

这时，身后传来一阵脚步声。我猛地转过身去，却看见巧玲穿着睡衣，睡眼蒙眬地站在书房门口。我连忙挪了几步，用身体挡住地上的尸体。

"妈妈，我害怕。雷声好响。"她的声音颤抖着。

平时我或许会责备她胆小，可是这一次，我走上前抱住她，让她的头埋在我怀里，"孩子别怕，到妈妈房间里来吧。"

我把她抱起来，向房间走去。身后风声渐响，闪电频频，一场风暴席卷而来。

达尔文的夜莺

斑 鸠 / 墨 熊

那一天，你离开了家乡，我像往常一样，挥挥手说"再见"……大路边，小树旁，种下的约定，伴着枫叶飘零，带着淡淡桂香。

一、未来

那里不是我想要的未来。

坐在吧台前的那个小丑，又在表演他已经耍到烂的拙劣小把戏：抛一枚硬币，赌十五块现金。

他从没有输过——偶尔有也只是装出来，糊弄一下新手，以吸引更多的傻瓜给他送钱。

至于我们这些常在这条路上跑货的老司机，绝对不会和他赌——因为根本就没有任何机会，从理论和实际上，你最终赢钱的概率都恒等于零。

作弊？不不，他用不着那种东西。

在硬币抛出去的刹那，他就已经知道落下去的是正是反——只要他愿意，或者说，只要他的注意力足够集中。

他是一个眼睛比你我敏锐六倍的超人，一个由卡奥斯城"生产"出来的怪胎，一个为了追求某种"超越"而不惜把自己弄成残废的狂徒。

他是一个代偿者，一个以牺牲第十三根脊椎以下所有知觉为代价，获得"六点二三倍动体视觉"能力的代偿者。

你得承认，这并不是一个公平的交易。试想一下，从此无法走路，无法踢球，无法做爱，连上厕所都要使用"特殊器材"，换来的只是在一个又旧又破、前不着村后不着店、满是男人汗臭味的所谓的"酒吧"里，取悦一下顾客，玩玩抛硬币的小把戏，赚点糊口费。

那就是你想要的未来？那就是卡奥斯城所宣称的"精英"的未来？

这里没有我想要的未来。

看看这些锈迹斑斑的桌椅和天花板，听听角落里那台跑调唱片机发出的噪声，尝尝混着汽油味儿的掺水啤酒，墙上的那本二月份有三十一天的山寨日历告诉我，现在可能是二〇四〇年六月的某一天，那么，离开故乡整整五年，二十岁的我又得到了什么？

从悲观的角度说，我什么也没得到。没钱，没女人，没地位，既没有可以称之为"奋斗"的心路历程，也没有值得吹嘘的传奇故事。如果说"自古英雄出少年"，那么我的英雄岁月就仅仅是得到了在这里不受打扰，一个人喝点闷酒的权利。

从乐观的角度说，我得到了人生中最重要的东西：活着——在这个时代，它可比字面上的含义要艰难得多。尤其对我这个与战争同一天降生的可怜人来说，苟且偷生便是最重要的本能。欺骗、背叛、伤害、掠夺，我犯下了很多罪，也被很多的罪所侵犯，和坐在这里的大部分人——也许是所有人一样，我们的灵魂已经被生存的欲望所污染，在我们浑浊的眸子里，缺少某种支撑"善"的东西。

他们看不到未来，很不幸，我也看不到。

"那边的中国佬，过来一下。"

左边圆桌前的光头大汉朝这边吼了一声，我知道他在喊谁，今天我是这个屋子里唯一黄皮肤黑头发的顾客，但是你看，我并不认识他，也不喜欢他的语气。

"我叫你过来一下！听见了没有？"

他的嗓门很大，伴着酒嗝和七分醉意。我的规矩很简单，不惹麻烦，对于这号喝多了酒撒野的家伙，我根本就不想去理睬，避之不及。

但今天似乎想避是避不掉了。

"我说中国佬！"他摇摇晃晃地朝我走了过来，"你到底听见了没有？吭个声！快点！"

近距离徒手攻击，最好的办法，就是用勾拳砸脸，动作小，难招架，一旦命中，下巴的剧烈位移会扯动脊椎，继而引发轻微的脑震荡，人立即就会有眼前发黑的感觉，即使不昏迷也会本能地想要倒下。

一切只需要一瞬间，从决定发动突袭到尘埃落定，在最短时间内创造出最大伤害的那一方，总是赢家，有时候根本就不会遇到所谓的反抗。这和什么"中国功夫"完全没有关系，只是一种生存技巧而已，也是无数次"推倒"与"被推到"之后总结出来的小小经验。

光头汉子像头垂死的母猪般躺在地上哼哼，他可能只是想借个钱，或者打个招呼，但这并不妨碍我把他一拳撂倒，更重要的是，谁在乎？看看周围麻木的表情，就算我一拳将他轰上了火星，也没有人会有哪怕一丁点儿的在乎。

"我的名字不叫'中国佬'。"

我不知道未来是什么样子，但如果它和现在一模一样，我觉得这个世界还是没有未来比较好。

"我叫白叶，很高兴认识你……肥仔。"

二、誓约

夜枭的鸣叫把我从睡梦中惊醒。

并不是什么好梦，所以反而有些庆幸，我揉了揉惺忪的眼睛，搓搓手，启动方向盘旁的车载电脑，屏幕上跳出了"第十五年六月五日星期一凌晨四点四十五分"的字样——还不到重新上路的时间。自从熟悉了到卡奥斯城的走私路线之后，我已经习惯在白天睡觉，晚上开车。但这次情况有些不同，文森特督察——我的"指路人"，告诉我在六月六日晚上会有圣骑士团的突击路查，若不想被抓个正着，只有在白天过卡，而他也已经和站岗的人打过招呼，到时我只要稍微"打点"一下就应该能轻松过关。

白天进城，这可坏了规矩，各种想得到想不到的麻烦肯定会接踵而至，要按我本来的性格，就老老实实等一天算了。但我说过，这次的情况有些不同。在我的储物箱里，装着一件约好必须在六月六日午夜十二点之前送到卡奥斯城比特区的小盒子——每个人都有他的底线，我的底线就是许下的诺言，决不反悔。更何况有人愿意为这个小盒子付三万五的运费——如果准时运到的话，这

斑鸠

笔钱可够我喝上好几个月了。

至于你问那盒子里装了什么？抱歉，自从去年我无意间打开了一个送到林荫区的手提箱之后，就发誓绝对不再好奇那些密封得很好的容器里究竟藏了什么不可告人的秘密——刚才我说什么来着，发过的誓，决不反悔，对吧？

睡意消散之后，四下突然就静得让人发寒。没有人可以交谈，也没有东西可以消遣，虽然早已习惯了这种带着几分苍凉的寂寞，我还是情不自禁地打开了厚实的车窗，想要透口新鲜空气。

我曾经有个搭档，一个俄罗斯女孩，这辆六轮军用卡车本来就是她的——鬼知道她是从哪儿搞来的。跑长途时我们轮流休息，无聊时还可以谈谈天。后来她嫁了人，嫁了个有钱有势的阔佬，你瞧，不管世道多么凶险，漂亮的脸蛋总会有用。而对她来说，能混到张长期饭票，从此不愁衣装，也不啻是个完满的结局了。

树林深处浮起星星点点的绿色光斑，那可能是萤火虫的舞蹈，也可能是土狼的贪婪，在盛夏的六月，这里总有数不清的生灵，将弱肉强食的故事一再复演——俄罗斯人管这里叫"轮回森林"，也许就是这个道理吧？

沿着卡车右边窄窄的土路，再往东北走差不多三百公里，就是世界经济、工业、文化与科技的交会点，一个杂糅了美与丑、善与恶、黑与白，以及各式各样信仰的混沌之城——卡奥斯。

卡奥斯城也是现在这条运输路线的最后终点，但在六月六日之前，我还有一大批货要送到阿克西斯镇，那是一个肮脏拥挤但热闹非凡的小地方，如果一路顺风，今天傍晚我就能到那儿，吃顿正经点的晚饭，洗个舒服的热水澡，再到软床上睡上一觉。哦，也许还要找人打一架——好好地打上一架。

一想到这里，我不知怎么竟亢奋了起来——"阿克西斯"，对，我喜欢它。那里曾有一个很著名的地下拳堂，现在则是"血狱"的周赛场之一。在状态好，或者说有"肉鸡"在擂台上倒观众胃口的时候，我很乐意上场去赚些外快。当然，这种"娱乐"总是有风险的，有时看上去不堪一击的对手，刹那间就能将我打趴下，而我也毕竟不是专业拳师，略有小伤便会立即退赛，所以在那里的口碑并不算好。最近两年，我还学会了一个诀窍，那就是只在星期一的晚上去打拳——那时候高手都在观望，而"肉鸡"看到与自己实力相当的人在场上招摇，难免会蠢蠢欲动。

伴随着清凉的晚风，一声绵长的狼号飘过车窗——没有什么值得担心的，这辆军用货车虽然有些年岁，但它和大部分俄罗斯人设计的装备一样，异常结实耐用，别说狼群，就算是一打卫兵级红脸那样的怪物也奈何不了我。在这条路上最危险的，说到底还是人，他们扛着火箭筒，带着重机枪，为了哪怕一块钱的"利润"也会痛下杀手。看到副驾驶座底下的那个家伙了吗？ Q9M 突击步枪，世界上最好用的翻译器，很多时候，它响起的声音就能解决一个谈到口干舌燥都解决不了的问题。

收音机里播放着《离远的约定》，这是我最喜欢的一首中文歌，静静的哀怨，淡淡的忧伤，就像我指间的这根细烟，缭绕着不平凡但却也不足称道的余韵，缓缓盘旋而上，慢慢消散在夜色之中。

就在我掐灭烟头，关上车窗，准备重新入睡的时候，一辆关着前灯的轻型越野车出现在道路尽头，以大概九十公里每小时的速度向我这边驶来——天空已经隐隐有些发亮，但绝还没有亮到能让它这么胡来的地步，我急忙打开远光灯照亮前方，希望他至少能沿着道路走直线，别撞到停在边上的我。

测速计上的数值从九十骤然跌到了零，越野车在土路上拖出一道深深的刹车印后，在我的灯光里停稳。

我听许多司机吹嘘过类似的场面，他们的故事大多以一场混战收场，我没有野外遭遇战的经验——无论对手是强盗还是野兽，在紧张地把步枪上好膛，关掉收音机之后，我硬压着忐忑的心绪，深深地吸了一口气。

越野车的车门被轻轻推开，一个穿着棕黄色短风衣的瘦弱老人从里面探出身子，他慌张地朝身后盯了几秒钟，又望了望灰蒙蒙的天空，然后快步走到我的驾驶座旁——途中还打了个趔趄。

老人看起来很着急，也没带什么武器，稍许犹豫之后，我摇下了防弹车窗。

"你好，有什么事吗？"

"好、好……"他的俄语很生硬，显然不是本地人，"你你……"

"你可以说英语。"实际上我更期待他会说中文。

"啊，嗯，"他张大嘴巴，支吾了两声，微微点了点头，"你是……你是跑货的？"

我心里咯噔一下，"跑货"虽然是个不错的糊口活儿，但毕竟不合法，被卡奥斯城的路检抓住，车丢了不说，还免不了几个月的牢狱之灾。

"以前是，现在我……"我上下打量了他一番，实在看不出什么来头，"请问你到底有什么事吗？"

"你，你能，你能帮我个忙吗？"

我无法理解他那种期盼的眼神，仿佛我就是他的最后一根救命稻草。

"说吧，"我不太情愿地皱了皱眉头，"如果我能帮上的话。"

"一件货，只是顺带，帮我运一件货。"

他的要求并不过分，毕竟我就是做这个的。

"顺路的话可以，"我点点头，"你货的重量？体积？抵达的时间和地点？"

老人踮起脚，朝我的驾驶座瞄了一眼，我这时才发现他虽然骨瘦嶙峋，但个子很高，有一米九以上。

"大概三十九公斤，"他用手在胸口比画了一下，"这么大。至于地点……"老人突然把手伸进衣领——这动作着实让我冒了冷汗，掏出一只黑色的翻盖手机——还是新款，递到车窗边：

"随便去哪里就好，过段时间我会打这个电话，告诉你把货丢在什么地方。"

我正了正身子，倦意全无，记得有个算卦先生说我这辈子会有一次奇遇，不晓得会不会是今天。"货可以带，"我冷冷地道，"但后面的条件恐怕不能接受，我……"

他掏出的蓝色钞票让我暂时闭上了嘴，那是印着防伪反光层的卡奥斯币，百元一张，摞得整整齐齐，用纸带捆好，足有两寸厚。

"你带着货随便做什么都行，一个星期两万，两个星期四万，依次类推，"老人想了想，又掏出一摞钞票，掂在手里，"……两个星期的费用，算作定金，等你接到电话，把货送到我指定的地点，费用我们一并结算。"

不知是不是注意到我盯着钞票发呆的目光，他的嗓音开始清晰起来，神情也更加自信："如何？天底下可没多少这种好生意，你最好快些决定，我赶时间……"他的语气越发强硬起来，"非常赶。"

确实，天底下实在找不到这种好生意了，这个老人很容易便抓到我的命脉——没错，就是钱，有钱男子汉没钱汉子难，像我这种无依无靠的江湖人士，更是明白这个道理。但同时我也非常清楚，这天底下没有免费的午餐，更没有不花钱就能中奖的彩票。

"我……"将视线从钞票上挪开，我盯着老人绷紧的脸孔，"我必须先看一下货。"

老人似乎很能理解我的疑虑，点点头："把车灯先关上。"我照做后，他转身走回越野车，探进半个身子，摸索了一阵，再走出来时，身后好像牵着个人。

那是一个女孩的身影，在天边晨曦的映衬下，显得格外娇小纤细。她头戴阔檐草帽，身穿露肩的浅绿色连衣裙，虽然看不清面容，但从身型来判断，年纪应当还小得很。

"三十九公斤。"我轻轻嘀咕了一声，终于明白那老头子刚才为什么要窥视我的驾驶座。

两人来到车窗边，女孩一直低着头，将脸埋在草帽之下，那姿势就好像在盯着自己的脚趾走路。

"这可坏了规矩……"我皱起了眉头，"我不跑'皮肉生意'。"

不和人口贩子打交道——这也是我的底线之一……至少目前是。

"不不不，"老人的手和脑袋一起摇起来，"你搞错了先生，这是……"他看了一眼身旁的女孩，"是我的女儿。"

女孩的黑色长发一直拖到胸口，她正牵着老人的手。两人有着明显的肤色差。

"你妻子是中国人？"我斜了他一眼，"还是日本人？"

"这不重要。"老人显然是有些着急了，"我的时间很紧，你如果答应我的条件，就赶快让她上车，如果不，就请说得干脆些。"

"只是带货没有问题，可她是个活人啊，"我顿了顿，"而且我没带过孩子，也不想做谁的保姆，我……"

"一天喂三顿，"老人打断了我的话，"你吃什么她吃什么，每隔三天换一套衣服，原来的扔掉，最好烧掉。所有的费用先全部算在定金里，等事情了结后，我一起付给你。"他这次一下摸出三摞钞票，扣在自己的右手里，"六万。定金我给你加到六万！怎么样？做，还是不做？"

收益和风险成正比——我明白这个道理，但在货真价实、沉甸甸的现金面前，那些"可能存在"的风险又能算得了什么？老实说，为了六万元，就是原子弹我也敢给他驮。

"上车吧。"我敲敲车窗，把驾驶室另一侧的门推开。

老人蹲下身，和女孩耳语了两句，然后站起来拍了拍她的背，女孩依旧是低着头，绕到右侧的门边，卡车的底盘很高，她定住脚犹豫了一下，似乎爬不上来。我探过身体，朝女孩伸出手，她没有抬头，却准确地抓过了我的手，艰难地攀爬到座位上。

那是一只多么细腻纤弱的小手啊，带着淡淡暖暖的体温，忽然间竟让我有些恍然失神。

"你的女儿……"我连忙把头扭向老人那里，"叫什么名字？"

斑鸠

老人根本就没有要回答的意思，他把三叠钞票递到车窗口："在接到我的电话前，小伙子，无论发生任何事，你都不能离开她，也不能把她交给其他人，明白吗？"

"这你放心。"我点点头，伸手取钱，"我送的货，从没出过问题。"

"别让她受到伤害，"他突然把钱抓得很死，"这我需要得到你的保证。"

"我尽力而为。"

"不，我要你发誓。"

我愣了一下，老人严肃而略显痛苦的表情里，藏着难以回绝的期待。

"好的，"我点点头，加重语气，"我发誓。"

老人这才松开手，让我取回钱。他深深叹了口气，大步走回越野车里，发动引擎，依旧灭着车灯，匆匆上路。我小心翼翼地把钱塞进座位底下的暗囊——这可真是一大笔钱，多到足够让我晚上做梦都笑出声。

天还没亮，看了看时间，也才刚好五点整，我挪了下身子，准备再睡一会儿。

"你叫什么名字？"一个细腻纤弱的女声在耳畔响起，"好心的先生？"

她的声音柔和而平静，就好像身边发生的一切和自己了无关系。

"我？"第一次同"货物"说话，总归会有些不自在，"我叫白叶，如果觉得拗口，你可以叫我怀特。"

"白叶……"我得承认，她的中文比我说得悦耳，"很好听的名字呢。"

女孩摘下草帽，放在膝头，轻抚着脸颊旁的黑色直发，露出淡淡的、纯纯的微笑。她看上去十四、五岁，五官里带着东方女子特有的精致娟秀，举手投足间都掺着一抹不加修饰的典雅庄重，眼神中……

她没有任何眼神，黑色的瞳孔就像是雕刻在眼眶里的装饰品，只是呆呆地对着前方，茫然无光。

"你是个盲人？"如此失礼的语句，我刚问出口就有些后悔了。

她侧过脸，像是在看着我，又像是在望着车窗外的某处，然后眨了眨眼："虽然我看不见，但也可以知道先生您的位置，也可以听见您的话语，也可以理解你的心境，这难道还不足够吗？"

我一时无言以对，这个女孩似乎比表面上要成熟得多，她那对眸子明明毫无光彩，却有一股看穿人心似的力量。

偶然间，我注意到在她脖根，接近锁骨的皮肤上，印着一行像是文身的黑色字母——"Turtur"。

"图图？那是你的名字？"

"那是斑鸠的拉丁字母，有很多大人这样称呼我，"她微笑着摇摇头，"但我的朋友都叫我'百灵'，你也可以。"

"喂喂，事先说明，"我连忙摆摆手——虽然明知道她看不见，"我可不是你的什么朋友啊。"

她露出有些惊讶的神色："你不是刚刚才发誓，不让我受到伤害吗？"

"对，但那只是生意，明白吗？我必须明确一下我们之间的关系：你是我的货物，我是运送你的司机，我们既不是朋友，也不是敌人，只是一种……"我一下找不出合适的形容词，"一种人

斑
鸠

和东西间的关系，我发誓不让你受到伤害，只是职业道德，明白了吗？"

"那就足够了，"她咯咯地笑出声，稚嫩的脸上溢出一湾浅浅的酒窝，"白叶先生，那就足够了。"

我从不相信一见钟情的童话故事，但心跳的感觉又怎会说谎？

"'百灵'是吧？"我也笑着，点点头，模仿着她的语气，"是个很好听的名字呢。"

三、旅歌

我再醒来的时候，已经是早上九点半了。我并不赶时间，只要在明天之前到达阿克西斯镇卸货就可以拿到运费——就算是开着手扶拖拉机，这时间也绰绰有余了。所以我检查了一下车子，吃过干粮，直到中午才动身。百灵比我更能睡，她一直半倚半躺在座位上，十二点过后才睁开眼——不过从睁眼开始，她就没再歇过了——她和着收音机里的旋律，在车里已经断断续续唱了三个小时，我觉得似乎就没有百灵不会唱的曲子。她的歌声谈不上天籁——至少没有原唱好，但也总算是能给单调的旅程增添一点点情趣。

一位牧民牵着牛经过岔道，我停车让路，顺便瞅了一眼路牌："阿克西斯，向东八十五公里。"如果一直向前，很快就会驶上通往卡奥斯的主干路——当然，那不是为走私客准备的。我轻轻拨弄方向盘，让车转向通往阿克西斯的那条路。

我拿出水壶，拧开盖子刚要喝，久违的绅士风度突然提醒我，最好先问一下身边的女士。

"渴吗？"

"嗯，"百灵点点头，"有点儿。"

当然会渴，她从开口唱歌到现在，三个小时滴水未进——简直不可思议。

女孩很自然地接过水壶，全然没有看我，手上的动作却恰到好处，连我的指头都没有碰到。以我现在的阅历，出现这种情况的可能性就只有一个。

"你是代偿者对吧？"

"嗯，"她答得很爽快，没有丝毫要掩饰的意思，"我可以听见这个世界。"

这真是个优雅到造作的修辞——粗俗点说，不就是代偿手术强化了她的听神经嘛？这和世界又有什么关系？

"听见世界？"我努力让自己不至于笑出声，"能告诉我世界在说什么吗？"

"听到呼吸的节奏，我便可知道你刚才在笑。"我吃了一惊，她的话突然让气氛变得严肃起来，"听到关节的活动，我便可知道你现在的姿态，"她顿了顿，"听到心跳的速度，我就知道你很紧张。"

她张圆了嘴，发出"啊"的一声响，然后甜甜地笑着："听到回声，我就可以判断你的位置，还有，你的模样。"

听罢，我捏着方向盘的手里不禁渗出了点点冷汗。我听说过许多关于代偿者的故事，它们中有的仿若超人，有的堪比仙子，但都不过是些居住在卡奥斯城深处的怪胎，对我来说就和天边的浮云一般，丝毫扯不上关系。但是今天，一个货真价实的代偿者，一个既是超人又是仙子的代偿者，就坐在我的身边副驾驶的位置上，她如此接近——但又是如此遥远，仿佛来自另一个完全不同的世界。

"不可思议的能力啊。"赞叹的同时，我突然想到了一个悲伤的问题，"那么你的视力也是……"

"嗯，"她依旧心平气和，"代偿手术夺走了全部的视觉，据说整个视神经都被剔除了，即使装上电子眼，我也没法看见东西。"

就是为了听到常人听不到的东西，竟然就可以放弃自己"看"的权利，谁能理解这些代偿者的想法呢？

"那你可还算幸运，"我想起一个可以用来"安慰"女孩的例子，"知道吗？我也认识一个代偿者。他视力比普通人好，但却把自己搞成了半身不遂，连上厕所都得靠人帮忙。"

"不不，白叶先生，"女孩有些着急似的插话道，"代偿手术会夺去什么东西，并不是由本人决定的啊。"

"是吗？"这我真是第一次听说，"那么是医生了？"

"也不是。"她摇摇头，"外人只能决定获得什么，至于失去什么是由代偿手术中使用的纳米机械细胞自行判断的。"

"纳米机械细胞？"我当然听过这个单词，只是不算很熟，因为它还有个更通俗的名字，"微调剂？"

"对，微调剂。"女孩略作停顿，"……但是具体的原理我也不清楚，我只是明白一个原则，那就是'想得到的越多，付出的代价越大'。听过'没有不后悔的代偿者'这句话吗？用来形容目光短浅之辈。"她轻轻叹了口气，"所以，百叶先生，以后请不要拿代偿者开玩笑了，他们大多挺可怜。"

"好的，我会注意的。那么你是为什么要做代偿的呢？"

"我？"百灵沉默了好几秒钟，看样子我提了个不那么好回答的问题，刚准备道歉，她突然指着驾驶台中间的扬声器，"这首歌！你听过吗？"

巧得很，是《离远的约定》，一首不可能再熟悉的曲子。

"嗯，听过，丽雅的成名曲，很多年前的老歌了。"

"你喜欢吗？"

此刻，货车终于摆脱了崎岖的烂泥巴道，从树丛中隐藏的入口探出身来，越过一段五十米长的护堤后，驶上了一条双车道的柏油马路。我放松肩膀，将背轻轻靠在后座上，这才继续起刚才的对话：

"不，"我颇认真地摇了摇头，"这首歌太悲了，不适合我。"

"但我喜欢。"她好像对我的回答并不是很满意，"而且最喜欢。"

说完，百灵便随着曲子的旋律轻声哼唱起来。她唱得很投入，比之前所有的歌都来得投入，甚至连表情都变得凝重，就仿佛是一个虔诚的教徒，在神灵前礼拜。

"那一天，你离开了家乡，我像往常一样，挥挥手说'再见'……"

空灵的声线、精巧的吐字、温润的韵律，无一不完美到极致，我怀疑即使是丽雅本人再世，也不能将这首歌演绎得如此美妙，感人肺腑。

"大路边，小树旁，种下的约定，伴着枫叶飘零，带着淡淡桂香……"

仿佛是着了魔，我受到歌声的感染，竟也情不自禁地跟着哼出声：

"十年一晃，可曾记得乡间路上，属于儿时的过往……"

一些埋藏在我心底深处，不愿被想起、不愿被提及的东西，随着旋律慢慢上浮，贯穿了脊柱，直抵咽喉，连声音也随之微微颤动。

"大道茫茫，枯藤枝头的鸟儿啊，将谁的故事传唱……"

压抑在心口很久的痛苦和悲怨，在这一刻爆发出来，我很自觉地松了松油门，让货车减速——隐隐约约的湿润，将视线轻轻模糊，即便努力调整着呼吸，也很难阻止某样咸涩的东西从眼眶滑下。

百灵停下了歌唱，只有我还在哼唱着，她沉默了一小会儿，突然似是自语地道："白叶先生，你很喜欢这首歌呢。"

我没有理她，因为曲子已经接近尾声："那早已素不相识的你我，是否还能找回麦田里那一秋的金黄？"

有人曾对我说过，用心唱出的歌，能分辨出好人与坏人，我那时觉得他是个搞哲学把自己搞傻了的白痴。

现在终于明白，我错了，而他是对的。

四、小镇

阿克西斯还是老样子。从我第一次见到它，已经足足三年过去了，这个小镇就没有改变过：破旧、拥挤、肮脏、鱼龙混杂，目无法纪的帮派和贪腐堕落的官员统治着这里，与一百公里开外的卡奥斯城相比，阿克西斯落后了起码一百二十年。

按照惯例，我从东面的山路进镇，把货卸在一个吉卜赛人经营的仓库里，他自称平日在做"正经的物流"，但依我的观察，除了走私，他实在找不出什么工作能养活手下那一群黑帮了——看看他们的装备，机枪、火箭炮、小型战斗机器人，在阿克西斯搞政变都够用了。

"那是你女人？"工头用下巴朝百灵比了比，"挺标致啊。"

"嗯，挺标致，"我接过签单，粗略扫了一眼，"但不是我女人。"

"卖多少钱？出个价吧。"

我瞪了一眼工头的脑门，但也不能怪他，在阿克西斯这是很平常的逻辑，出入此地的男男女女中，我这种个体走私者已经算是守法楷模了，想找个正经人可比买辆坦克车还要困难。

等货全部卸完，已经是五点半了。夕阳低垂，小半个天幕被染成一片血红，而其余部分已经为黑暗所笼罩，几颗亮星点缀其间，也是忽明忽暗。穿过老巷，走进镇子的中心，夜市却才刚刚开始，商贩们点着几瓦的小灯泡，刚好能将自己的摊位照亮。卖日用品和小首饰尚且需要吆喝，有些铺子即使不出声不挂牌也照样被人堵得水泄不通——多半是一些违禁品，从枪支弹药到盗版软件，有些卖主甚至两手空空，只是一两句小道消息就能唬到大笔钞票。

经过一排琳琅满目的食品摊时，一个披着碎布斗篷的老妪突然抓住我的手腕：

"年轻的先生，"她哆哆嗦嗦地打着牙战，用可怕的媚笑配着蹩脚的中文，"要不要来颗紫豆？"

虽然口齿不清，但"紫豆"这个单词却念得分外响亮——那是一种紫色的禁果，不能公开叫卖，有人说它是家养红富士被辐射后的产物，也有人说是由环约投下的生态炸弹搞出来的扭曲品种，我说不上来那东西是什么味道，但永远记得吃了一颗后的感觉——"乐得死去活来"。好吧，事实就是，紫豆可以当作毒品，而且是非常廉价的毒品，如果你既不会喝酒又不懂赌博也不喜欢从女人身上找乐子，那么它就是阿克西斯镇能给你提供的最好的选择了。

"不用。"我摇摇头，回绝了老妪的"好意"，相对于这颗果子，有更刺激的娱乐活动在等着我——只是它现在还没有开场。

我回头瞄了眼百灵，她戴着草帽一直紧紧跟在后面，嘴里哼哼唧唧地嘟哝不止，由于周围过于嘈杂，我实在听不清那些呓语似的低吟，于是转身问道："饿了？"

"我？"她有些吃惊地连连摇头，"不啊。"

"那是有哪里不舒服？"

"也没有。"

我皱起眉头，心生狐疑："那你哼哼什么？"

"啊？"女孩慌张地顿了顿，然后有些羞涩地、细声细语地回道，"因为周围太吵了。"

"太吵？"

"嗯，"她点点头，"太吵的地方，我就什么也听不清了。"

话虽然不假，但并没解释我的问题："这和'哼哼'有关系吗？"

"我只要发出一点声响，就可以靠回音辨认你的位置了。"

原来她牙疼似的哼唧，只是为了不至于走散，对于一个靠听力判断方向的人来说，靠发声来定位应该算是一种本能吧，就有点像是……

"听上去像是蝙蝠啊？"

女孩嘟起嘴，憋了半天吐出一句话："我讨厌蝙蝠……还有青蛙。"

我很久没有这样笑过了，在大街边前仰后合，连我自己也说不上原因——是她忍俊不禁的话语和表情，还是我内心深处那早已被压抑的幽默感。

"是我不对。"我收起笑容，却收不回笑意，"让你为难了。"

我牵过女孩的指尖，把她拉到身侧："这样你不发怪声也能辨认我的位置。"

她愣了好几秒钟，才犹犹豫豫地低下头，"嗯"了一声。

牵着的那只手细嫩柔软，带着些许羞涩。我以前梦见过和一个美丽的女子手牵着手，在一个开满鲜花的山坡间徜徉，抬头便能看到星光——最好还飘着雪花。命运满足了我百分之五十的憧憬：漂亮的女孩，灿烂的星空，当然也有百分之五十落了空：今天没有飘雪，阿克西斯也不可能开遍鲜花——我想地狱里长出杂交水稻的概率都比这种可能性要大些。

百灵不再出声，只是低垂着头，拉着手，默默地走在我身边。我喜欢这种感觉，这种难得的、暂时的安逸，但又有些害怕，我知道一切不过是虚妄的幻影，只要一个电话便会一去不返。

镇子的中央是一所东正教堂。我不是信徒，阿克西斯也没有几个信徒，但也许正是因为没有信仰，所以镇上的浑蛋们对有信仰的人格外尊重——这里是唯一不用担心被扒手光顾的场所，也没人收周围商铺的保护费，因此无论是吃饭还是购物，都比镇上其他地方便宜些。

斑鸠

熟悉的那家中菜馆竟然倒闭了，也难怪，大厨和老板是两个华裔，连汉语都不会说，把食材随意扒拉熟就算是中国菜，不倒闭才是天理难容。之所以会经常去那吃，只是因为他们允许我自己动手下面条而已。

"你饿了吗？"这回倒是轮到百灵问我同一个问题了。

"怎么？"我颇好奇地反问，"你听到我肚子在叫？"

她捂嘴窃笑两声，算是回答。

于是，我松开拉着她的手，就近推开了一家快食店的门，选了一个离门最远的位置落座。百灵和其他正常的客人一样，在没有任何指引的情况下，很自然地坐在了我对面，还顺手翻开了桌上的菜谱。

"这家的牛排很好吃，嗯，法面也还可以，"我抬头看了她一眼，然后压低声音，忍住笑道，"还有，小姑娘，你的菜谱拿反了。"

"没关系，"她脸上不见半点尴尬，也没有动手翻转菜谱，"从记事起我就看不见东西，所以也不懂你们用的文字。"

"你……算了。"我打了个响指，叫来了服务生，点了两份牛排，每份只要十五元，已经是相当合算的价格了。

我看看四周，这家小店与上次来时相比完全没有变化。老旧但整洁的桌椅，杏黄色的木质地板，叠得方方正正的餐巾，能照出人脸的瓷盘——每件器物都似曾相识，透着一股子宾至如归的味道。又不知为什么，我突然为百灵觉得有些遗憾，她虽然看不见阿克西斯街边的丑恶和肮脏，同样也看不到只属于这一刻、这一家小店的温馨和浪漫——但很明显，她也能"看到"许多我所看不到的东西。

"除了我和白叶先生，"她突然开口道，"有六个人在吃饭，三男三女，都是对桌，这里不会是情侣餐厅吧？"

我一愣，忙抬头清点，诚如百灵所言，不大的厅堂内果然有三对男女在就餐。

"有七个人啊，"我决定开一个玩笑，"这次你可听错了。"

她不动声色，放下菜谱，闭上双眼，像是侧耳倾听了一阵："有个女服务员正朝门口的那桌走去，对吧？"

我点点头："没错。"

"她没穿袜子。"

我稍稍侧过身体，朝服务员的背影投去一瞥——盯着女孩的腿看可不那么礼貌，况且穿没穿袜子，也只需要一眼就能辨认。

"真的没穿。"我难以掩饰心里的惊讶，"你怎么知道的？"

百灵歪了歪头，微微一笑："所以说，白叶先生，你是骗不了我的。"

幸运的是，她看不见我的尴尬，我挠挠头，拿起杯子给自己灌了一口凉水，牛排也恰在此时端上了桌，在淋遍喷香的蘑菇酱之后，我已经按捺不住大快朵颐的冲动了。

"怎么？"我看她呆呆地坐着，没有要动口的意思，"不喜欢牛排？要么换点别的？"

"不啊，"百灵微笑着摇摇头，"我在听它的声音，你不觉得很神奇吗？"

再怎么仔细听，也不过是些吃饭时发出的声音而已。

"有什么特别的吗？"

"我从没吃过牛排。"她小心翼翼地拿起餐具，"要怎么开始呢？"

连握刀叉的手都反了，女孩的动作透着生涩与狼狈，我强忍住想笑的冲动，轻轻放下手中的食物，用餐巾抹了抹嘴。

"来，"我捏过她的手腕，慢慢扣在桌面上，"首先你要放松，牛排是有些硬，可也没你想象的那么可怕。"

"不不不，不用了，白先生，你只要自己吃就可以了。"她突然缩回手，将刀叉丢在了桌上，"我能听出你的动作，这样我也就会了。"

"靠听？"虽然之前领教过她的厉害，但现在还是不免有些吃惊，"连我吃饭的动作都能听出来吗？"

"嗯，真的。"

女孩的脸上泛起绯红，而我却不知为什么，突然感到一阵感伤——那道"看不见"的墙，横亘在两人之间，不仅画出了各自的领域，也明示着彼此的不同。

她是一个代偿者，这是永远无法改变的事实，也是超越了外貌、身形、声音、气质、姿色、智慧，甚至性别的特质，从她成为代偿者的那一天起，"普通的"生活便已不复存在——她和那个在酒吧里抛硬币赌钱的可怜人一样，是且只是一个怪物罢了。

"好的，那么……"我微笑着点点头，慢慢拿起餐具，"就让我们从握刀的姿势开始吧。"

五、血狱

整整二十分钟，我向旅社的接待解释我与女孩的关系，他依旧将信将疑——好吧，其实是完全不相信。除了脖子上神秘的"斑鸠"文身，百灵没有任何身份证明，连她自己也说不清自己究竟是哪儿的人——卡奥斯城？那只是她居住的地方，而这里的旅社要登记的还偏偏就是"出生地"。

匪夷所思吗？对，这便是阿克西斯镇唯一"正儿八经"的地方。自从两年前绿党的人在镇子里搞了那次连环爆破，所有前来住宿的人——不管你是美利坚的特工、俄罗斯的总统还是卡奥斯城的使徒，都必须进行身份认证和登录，虽然这样做在事实上对预防恐怖袭击并没有什么作用，但起码可以糊弄一下上级。

"这是我失散已久的妹妹。"

"妹妹？"绰号"伊凡"的老接待挤了挤眼，"又一个？"

"这次是真的。"我很认真地点点头，"我不骗你，伊凡。"

"你骗我又不是第一次了。"

我耸耸肩："那就再通融一下嘛，你看她像是恐怖分子吗？"

老伊凡歪着头，看了看百灵，又瞧了瞧我——然后是我手里的二十元钞票。

"你们的房间在二〇四，"他用两根手指夹过钱，"明天早上走啊，白，别拖。"

"唉唉，"我拉住他的袖子，"我要标准间，两张床的那种。"

"啥？"他眼中立即流露出不可理解的疑惑，"她真是你妹妹？"然后慢慢吞吞地取过钥匙，递到我手上，"二〇五房间，有大床有小床，你自己看着睡吧。"

房间的条件还算说得过去，有空调，有浴室，还有电话——老天，这年头要找个肯装电话的旅社，比找六条腿的骡子还难。我找了下电视的遥控器，竟已经落上灰尘，按下开关后半分钟，挂在墙上的液晶屏才慢悠悠地显出图像。

百灵坐在床头，面朝窗外，似有所思。"浴室就在门口。"我对她道，"你先洗了睡吧，不用等我，如果觉得无聊，就看……听听电视。"

"你要去哪儿？"她面色焦躁，突然站起身来，双手交扣，握在胸口，"还会回来吗？"

不知为什么，一股无名火油然而生，我走上前，按住她纤弱的肩膀，强迫她坐了回去：

"我既然收了定金答应带你走，就决不会把你丢下。"我摸了一下她的额头，冷冷地道，"而你呢，就老老实实地待在这里便可以，无论发生任何事，也无论任何人来找你，都不许开门，明白我的意思吗？"

她怯生生地点点头："那……要是有火灾呢？"

我指着天花板——虽然明知道她看不见："这里每个房间、每条走廊都有万全的防火设施，真有火灾，你安静地躺在床上就行了。"

离开房间锁门的时候，我着实有些后怕。这家旅社虽说有"万全"的防火设置，但那毕竟出自旅社员工之口，要是真起个火灾，小丫头听了我的话，躺在床上被活烧，那我可就真是罪无可恕了。

不过很快，我的顾虑就被另一种心境所打消——那是一种如释重负又充满"期待"的心境，是我每次都选择周一来阿克西斯的唯一理由。虽然有些同行不能理解，但我总觉得，作为一个真正的男人，总应该有点这方面的爱好——哪怕仅仅是为了满足内心深处由雄性荷尔蒙所引起的最原始的冲动。

赶在陷落之前

那便是战斗。

用自己的身体，而不是刀剑枪炮来战斗；用自己的意志，而不是电脑程序来战斗；用自己的力量，而不是电池石油来战斗。其实在这个世界，无时无刻不在发生类似的战斗，拳对拳，头碰头，其中大部分是为了生存，少部分是为了抗争，只有极个别，是为了尊严。

而我呢？很幸运，都不是。

和许多真正热衷用拳头与肌肉来说话的人一样，为了消遣和发泄，也为了寻找一个在茫茫世界里证明自己存在的途径，十七岁——我第一次来到阿克西斯时，便走上了那张八角形的擂台，鼻青脸肿地拿到了第一笔奖金。

"血狱——此处左拐五十米"，印着这行小字的墙壁和三年前同样斑驳不堪，昏暗的胡同也和以往我每次到访时别无二致，只是横七竖八地躺在街边的流浪汉又换了几个新面孔，用疲惫慵懒而又有些诡异的眼神上下打量着我这个熟客的身影。

在令人讨厌的目光注视下，我匆匆穿过小巷，前方就是熟悉的烤肉铺，而著名的"血狱"就伪装在它旁边的酒吧间里。

我摸了摸口袋，刚掏出五块钱——也就是给门卫的"打赏"，烤肉铺前突如其来的小小骚动吸引了我的注意，定睛一看，原来是几个年纪参差的男人正揪着一位金发女子大声嚷嚷，七嘴八舌，加上鼻音浓重的俄国土语，实在分辨不出他们在吵什么——我也没有兴趣知道。

我低下头，叼上一根细烟，赶紧加快脚步。"哥哥！"也不知是求饶还是怎么的，那女孩在我经过的时候大叫了一声，她瞪着一对青蓝色的眸子，穿着宽大土气的袍子，散着金黄色的头发，尖削的下巴，小巧的鼻子，粗粗看去，除了显得有些邋遢外，倒也算标致。

"哥哥！"以我多年在俄罗斯东部跑货的经验，有这种纯正发音的女孩，肯定来自乌拉尔山以西——或者根本就是外国人。而在这里"哥哥""姐姐"可不是能随便乱叫的称呼，如果她不是扯着嗓子空喊，就一定是在"召唤"什么了不得的后台，所以我加紧脚步，准备赶快离开这个是非之地。

我刚要点上烟，背后突然一沉，好像被人拱了一下，反应过来的时候，已经被一双纤细的臂膀环抱住了腰。

"帮帮我！"能感觉出来，她的脸正贴在我的背上，"哥哥！"

她还真是找对了靠山！我苦笑一声："抱歉，你认错人了。"伸手想把她扯开，却发现这丫头的胳膊虽细，但力气不小。

"你是她哥？"穿着围裙的大汉脸色狰狞，冷冷地问道。他可能是烤肉铺的新伙计，反正上次来时没照过面。

我扭过身，那女孩也跟着转到我背后，哆哆嗦嗦地不敢露头。

"不，"我只是说实话，"我不认识她。"

"但她好像认识你啊。"

"拜托……"我叹了口气，"好好看看我，伙计——黑头发、黑眼睛、黄皮肤，我若是有妹妹，这三样最起码应该占一项吧？"

"谁知道呢？也许你妹妹很特别！"

对方带着凶狠的表情围了上来，一个个都不像是靠说理能解决问题的善主，如果他们和女孩是一伙的，估摸着少说也得敲我两三百块——以前也听说过这种骗局，没什么技术含量，但屡试不爽。

我低头点上烟，轻轻吸了一口。

"那你们想怎么样吧？"

带头的汉子冲我一指："这小贱人想偷店里的烤鸡腿，被我们抓到了。"

"鸡腿？"我忍住笑意，拍拍仍然箍在我腰上的双臂，"那简单，好女孩，还给他们吧。"

"还什么？"大汉脸上霎时暴出两道青筋，"已经在她肚子里了！"

急于脱身的我只有破财免灾了："我记得烤鸡腿在你们这里是两块？"

"两块五，涨价了。"

"那么麻烦您，"我把原本打算丢给酒吧门卫的钞票递了上去，"帮我再拿一只。"

就因为五元钱，一场街头混战的危机突然烟消云散——这显然不是精心策划的骗局，否则怎么说也不会这么容易脱身。

我从眼神木然的伙计手里接过新烤好、撒满了孜然的鸡腿，油光飘香，煞是馋人。

"喏！"我把鸡腿送到女孩手边，"拿去吧。"

她倒也不客气，拿起便啃。但与之前见到的那些饥肠辘辘的孩子不同，她吃得镇定从容——起码，看起来不是那么的"饿"。

"谢谢。"她突然抬起头，冲我咧嘴笑着。

直到这时，我才算是仔细看清了她的样貌——我原来不曾相信在这个世上除了原子弹爆炸以外，存在一种真正意义上"令人窒息的美"，但现在我改变主意了——她十五六岁，修长的脸庞宛若玉雕般精巧细腻，每根线条都仿佛经过了精心算计，完美无缺到不可思议的地步。五官则像是大师手下的泼墨画，单独看去并无特别，组合在一起，却宛若天成，可称得上是妙到颠毫。原先认为"杂乱"的金色长发，现在看去也像是被精心熨烫过似的，透着撩人的万种风情。虽然穿着肥大土气的灰袍子，看不清身线，但起码个子高挑，最少也有一米七——已经不能用"娇小"来形容了。

我可以毫不夸张地说，这女子若是生在古代，已足以引起两个国家的征战。

完全是出于本能的欣赏之情，我伸手抚了一下她的侧脸——光滑细嫩，不禁慨叹上天真是可惜了这副好皮囊，所谓的"小姐身子丫鬟命"恐怕就是用来形容她这类人吧？

"下次动手的话，记得要偷现金。"我顿了顿道，"而且你也需要再练练身手，这行儿可不简单。"

偷窃固然可耻，但就我个人而言，这总算是一种具有很高技术含量、值得敬佩的"可耻"，在一个不得不苟且偷生的环境里，它至少比乞讨和卖身要来得有尊严。

在我就要转身离开的刹那，少女突然扯住了我衬衣的后摆。

"带我走吧，"带着些许期盼的眼神，她小声求道，"离开这里，去哪儿都行。"

我轻轻把她的手拿开："你认识我吗？"

"不。"

"那你有钱吗？"

"没。"

不知道是天真抑或伪装，她每个词都答得很直接，脸色也不见丝毫犹豫。说不上为什么，她那副"无所谓"的模样让我大为恼火：我在她的这个年纪，起码已经懂得和陌生人交流的原则。

　　"那么——"我突然揪住她的头发，"你凭什么让我带你走？仅仅是因为你可怜？"

　　她竟没有反抗，只是呆呆地看着我，却也不像是因为受惊而失语的样子。

　　"如果你只是想要离开这个村子，那么凭自己的双脚，用不了半个小时就可以。"我恶狠狠地加重了语气，"但是如果你没法靠自己的双手在阿克西斯生存，那么到了外面的世界，你就能活下去吗？"

　　她依旧不作声，倒是刚才和我纠缠的烤肉铺伙计注意到这边的异况，停下手里的活儿，好奇地观望起来。我轻轻按了下女孩的额头，将她推开一步。

　　"好了，走吧。"我冲她摆摆手，"还有，记住，不要相信你不认识的人，"我顿了顿，"尤其是男人，不要等他们把你卖了才学会后悔。"

　　"没关系。"她突然一步上前拉住手，握得很紧，我一时竟挣脱不开，"只要能带我离开，卖到哪里都行。"

　　好一个不知深浅还死缠烂打的小家伙！面对她楚楚可怜的祈求，我咬了咬牙。

　　"听好了，小姑娘……"我丢掉手里的细烟，转过身正面对她，"你必须明白，世上没有免费的午餐，如果你想要让我带你走，就要明白你能为我付出多少……"我耸耸肩，"你能给我什么呢？"

"我……"她欲言又止。

"只收现金，其他免谈。"我摇摇手指，"我不管你用什么办法，靠什么手段，论斤收费，五百块一百公里，只要钱够，想让我带你上哪里都行。"

"上哪里都行吗？"她突然好像来了精神，"环游世界也可以？"

我叹了口气——眼前的美丽少女，简直就是不属于地球的异类，我完全无法想象她过去经历了怎样的生活，以至于说出如此浪漫却又不切实际到近乎讽刺的话语。

"对，环游世界也可以。"我一声哼笑，拍了拍她的肩膀，"只要你付得起旅费，所以，先学会努力赚钱吧，你最好……"

也就在这时，正准备再说些什么的我却仿佛触电似的愣住了——一种说不上来的异样感觉透过麻布袍衣，从少女的肩头传到我的指尖。

那究竟是什么？到底有什么不对劲？——我现在没法回答，只是出于本能上的犹豫，我松开了手，又看了一眼女孩精致娇巧的脸庞，然后匆忙转身，大步走进酒吧——今晚我在一个陌生女孩身上已经花了太多的时间，这一点也不像我的性格。

门卫是个熟人，所以也就不再多话，直接领着我绕过吧台，钻进地下通道。

二十一层台阶，黑暗寂静的二十一步，推开大门的瞬间，恼人的喧嚣和金灿灿的灯光扑面迎来，仿若遁入另一个世界。

正如我此前所说，一个男人的世界。

这里的空气里充满了狂热、暴躁、声嘶力竭的呐喊，第一次来时，我甚至被观众席里发出的嘈杂声所惊到，眩晕不已。当然，比起卡奥斯城那个可以容纳两万五千人观战的"血狱"，无论比赛的质量还是观众的人数，阿克西斯这里只能算是廉价版的过家家，只有那张八角擂台还算符合国际标准。

"血狱"的规则很简单，每周的擂主获得晋级资格，可以挑战月赛的擂主，月赛的冠军则可以直接挑战总擂主，到了每年的十二月二十五日，依然站在卡奥斯城"血狱"擂台中央的那个人——也就是擂主，便成为当赛季的总冠军。

规则虽然容易，却有很多空子可钻，最直接的就是"选择性打擂"，身为擂主的人，每天可能会应付多个对手的挑战，尤其在低级别的比赛中，挑战者甄选频繁，一晚打个三四场是很平常的事。所以希望在当天拿擂主奖的人，往往会等到十二点息赛之前半小时才登场参加预选，然后一口气撂倒所有人——当然，这也意味着，第二天他将会首先出场。除非你像上届的冠军——估计也是今年的冠军——"黑皇卢西奥"一样，拥有从年头横扫到十二月底的实力，否则总会在规则上寻找一些"漏洞"，至少避开不必要的体力消耗。

"哟！看看是谁来了？我们的'星期一王子'！"

那个尖酸刻薄的女声又在耳畔响起——就和上次、上上次来时一模一样："'贪生怕死的白！'阿克西斯最出名的中国人！"

她是个地地道道的俄罗斯美人，大个儿，长腿，丰润的下巴，饱满的胸脯，令所有女性都嫉妒不已的腰肢和屁股，但她的骨子里即充满了傲慢与偏见。看着簇拥在她身边、面目狰狞的壮实汉子，你就应该明白她是这个男人世界里的老大，是二十一层台阶下的女王。

"海黛姐，"我依旧对她冷言冷语，"生意如何？"

女人拍拍自己左腕——好大个的一只金手镯……确切地说，是镶了钻石的金手镯，这真是最适合暴发户的炫耀品。当然，熟悉她的人都知道，海黛其实还算是个有修养和品位的女人，只不过在泥坑里爬久了，总会染上点市井之气。

"我也想搞点网络视频直播什么，多招揽点生意。"她故意柔声细气地道，"可没法子，这里的粗人多，像白叶你这样的偶像派少啊。"

对她的揶揄有些抵触，我抬头扫了一眼全场——一百不到的观众，八角形擂台中央，一个瘦高个儿黑人正耀武扬威地举着拳头，接受欢呼和嘘声——显然他刚刚结束了一场并不那么激烈的战斗。

"我是来参赛的，"伴着现场的气氛，我的鲜血也渐渐沸腾起来——我等不及了，"给张登记表。"

"哟？你还需要登记？我们的大明星。"海黛站起身，走到我面前，她姿态夸张，言语之中不无鄙夷，"这里谁不认识你啊？你可是白叶！阿克西斯的'星期一王子'，三十六次星期一擂主，三十六次星期二失踪，外加高达十七次的临阵退赛！"她用指尖滑过我的肩头，围着我慢慢转了一圈，"如果不是看在你还能带来些娱乐效果，我早就叫人把你腿打折，好让你永远别来烦我。只是……"

海黛在身前站定，平摊双手，轻轻按在我的胸口上："那样就可惜了这副好身板，现在还是六块腹肌吗？"

"四块。"我冷冷地回道。

"哦，"她面露些许失望之色，"那你可得加紧锻炼，你可是将来做视频的合适人选呢……我是说，'之一'。"

"实力比肌肉重要。"我拨开她的手，"海黛，我今天绝对打到十二点。"

"嗯……那就上吧，报名费我替你交。"她后撤两步，示意保镖为我让开路，然后做了个"请"的手势，"另外，我更希望明天晚上依然能看见你站在台上，而不是又夹着尾巴开溜。"

海黛肯定是要失望了，明天的这个时候，我一定是在卡奥斯城的某个小酒馆里消磨时光——如果路途顺利的话。

我脱下衬衣，高举双臂，让拿着扫描仪的保镖做最后检查，这也是"血狱"唯一的规则："代偿者禁止参赛"——当然，那些装着机械臂和钢骨的"半人"更是只有在场边看看的权利。

周一的挑战者，通常都是不堪一击的菜鸟，有些是街头混混儿，有些自认为学了两年武术，有些则仗着一身蛮力。他们中大部分是为了"得胜奖"，一点点微薄的酬劳——从观众的赌资中分成儿，所以他们压根就没指望能当上擂主，只是运气好的话，遇到比自己更不济的人，就可以小挣一笔。所以你可以想象当我踏上擂台的刹那，周围出现了怎样的骚动。他们认识我，这里的观众多是熟客，自然也都见过我的身手：虽说不上有多好，但在阿克西斯这个小地方，欺负下星期一的"肉鸡"还没什么问题。

场边黑板马上就出现了赔率——着实让我吃了一惊，看来在我到场之前，台上的这位黑人兄弟已经进行过一系列相当精彩的表演。做完简单的热身，上下打量一阵之后，我并没发现他身上有何过人之处，眼神谈不上犀利，姿态谈不上标准，身材肌肉也就是街边小混混儿的水准。

斑鸠

没什么好说的，我决定用一分钟时间，让黑板上的赔率失去意义。

但是很明显，他比我还要心急，在我思考下手的角度和时机之前，他的侧踢已经袭到身前。速度很快，但还不够快，我交叉双臂挡过这一脚，转身便用扫腿反击。对方的反应和柔韧性都不差，后撤步刚退出小半米便又横着直拳冲来。而后是意识——他竟然看破了我故意卖出的破绽，即时收手摆开防御。这家伙不好对付，就算是"肉鸡"，也起码是长着翅膀的那种。

场边的呼号此起彼伏，观众显然都兴奋异常，这些购买廉价周一票的寻求刺激者，恐怕是没有想到一上来便有人与我打得难解难分。

几个回合下来，我始终没有找到制胜的机会，便和他开始"血狱"中常见的那种短暂对峙，谁也不愿再贸然发起攻击，只剩两人的喘息在擂台中央回响。很快便开始有观众用蹩脚的中文叫骂——很好，这至少表示他们和我挺熟。低级别"血狱"的规则里没有中场休息，一场战斗通常要不了五分钟就会分出胜负，而作为当前擂主的他，体力上已经有所消耗——也许还受了伤，按情理来说，的确是应该由我打破僵局。

试探马上就变成了雨点般的攻击，他节节后退，但格挡招架依然有模有样，不失方寸。我知道他在期待什么——这个显然有点格斗经验的家伙，正在等待对方"进攻的极限"，等待那个足以一击便能决出胜负的时刻。

我见过这种对手，也知道要怎么去应付。我摆拳空挥，用侧身对他——用我最常用的一个假动作装出破绽：双腿微曲，上身前倾，看上去简直快要摔倒。

他这次果真上当，直拳全力扑来，我突然打挺直起腰，几乎能感觉到他的拳风贴着后脑勺擦过。两人背对背互换了身位，不待站定，我的右手便已经伸向他的肩头，只要能够抓到，再朝小腿肚子上轻轻一蹬，便可轻松将他扯倒，而且是面朝上正好倒在我脚边——战斗便会到此为止了。

他的肩膀比想象中还要结实，一块块的疙瘩肉像铁砣般坚硬。我得承认，这家伙是个习武的好材料，只不过即便是世界冠军卢西奥，也是从被别人踩在脚下开始起步的。

就在这个能够决出胜负的刹那，奇怪的思绪突然闯进脑海：我突然发觉，他肩膀上的触感，不正是刚才酒吧门口那个女孩所给我的疑惑吗？那个看似柔软、纤细的肩头，却和眼前的斗士一样彪悍坚挺、充满力量，这种肌肉的触感，只有身经百战的人才会拥有，而我怎么会没有立即发觉？

她到底是什么人？为什么会在阿克西斯？又为什么会偷鸡腿？

仅仅是瞬间的分神和犹豫，我便成了那个倒在地上的人。想不起来那家伙究竟是用什么招式做到的，我甚至没有疼痛的记忆，断断续续的眩晕伴着耳鸣和摇曳的灯光，然后是海黛那明显有些失望的脸——她张着嘴好像是对我说了些什么，可惜我一句也没听见。

我已经很久没有享受被人拖离擂台的待遇了，这算不得悲惨。你瞧，"血狱"其实就是外面世界的缩影，如果不够强，你就最好祈祷躺在地上的时候不要落下什么残疾，如果不小心被直接打死，也就和那些在荒郊野外被红脸或者什么别的怪物吃掉的流浪汉一样，没法博得任何同情——哪怕，你只是一时失手。

有时候我觉得，相对于这个百分之四十是丛林，百分之十五为荒漠，百分之五有辐射，即使在卡奥斯、新奥尔良、圣彼得堡、重庆这样的城市周围都爬着怪物、猛兽和僵尸的世界，"血狱"已经算是很仁慈了。

至少，它在把你变成尸体之前，会给你一个平等地面对对手的机会。

六、天使

再次醒来的时候，繁华和喧嚣早已不见踪影，周围只剩下一片寂静的漆黑。

我猛然撑起身，手掌上柔软的感觉告诉我，自己刚刚应该是趴在床上。极微弱的灯光，刚好能将窗帘的缝隙照亮，就像一道昏黄的雨线。耳畔传来潺潺的水声，近在隔壁——听上去是有人在使用浴室。我摸索着拉开床头的台灯开关，旅社那熟悉的、可能是发了霉的杏黄色墙纸又堵在眼前，还好，起码这次不是躺在马路上。

我摇摇晕乎乎的脑袋，努力回忆之前发生的事，但除了某个黑人的拳头外，什么也想不起来。身后突然传来了开门声，伴着轻盈的脚步与问候："你醒了？"

"百灵？"我这时才想起刚才她不在房间里，"谁让你出去的？"

虽然恼怒，但碍于身体状况，我还是尽量压低声音，"我不是叫你待在屋子里别走的吗！"

她举起手里的塑料袋："送你来的大姐姐叫我帮你买点水果和医疗品。"

"大姐姐？"我微微点头——她指的应该是海黛，不管怎么说，这女人还算仗义，我最早被人打趴时就是她帮忙给治的伤。

"外面的世界，实在太危险了……"我放缓语速，"以后无论发生任何事，没有我的允许都不准乱跑，明白吗？"

百灵"哦"了一声，把塑料袋放到床边，从里面摸出一个很大个的青苹果——看来她虽然能听出形状和大小，却没法分辨颜色。然后是一支针筒，确切地说是注射器，用透明的密封袋裹得严严实实，封口上印着卡奥斯城的黑白蝴蝶纹章——我一下就明白这玩意儿是啥了。

"不不不，"我连忙摆手，"我不用微调剂。"

在世界各地肆虐了十几年的僵尸，就是微调剂惹的祸，当然其他稀奇古怪的传言就更恐怖了——比如说代偿者，这帮怪胎就是微调剂与现代神经学的杰作，它们的坊间故事足够合订出一本三百页的惊悚大全了。

百灵拎起密封袋，用手上下抚摸了一遍针管。"这是'守护天使'，用来治疗内伤的，也没有任何副作用，"她顿了顿，"而且四十八个小时后就会自行分解，卡奥斯城的医院每天要用上好几万支呢！"

注射器里装着黏稠的透明液体，仔细看去里面还有些沉淀。我当然听说过"守护天使"的大名——只是一直不舍得用这样的高级货。普通的小伤小病，咬咬牙就过去了，实在熬不住，休息几天，找点像样的饭菜吃个几顿，也总能康复，我天生命硬，所以也还真从来没用过微调剂——不仅仅是出于对它的抵触。

我撕开密封袋，从里面掉出一张卡片。"多少钱？"我一边看着上面的说明一边问，"这东西一根多少钱？"

"二十五，就在楼下买的。"

二十五？在阿克西斯，这个价钱连一瓶没过期的医用消毒水都不一定买得到。

"你确定？"我怀疑地盯着注射器，来回端详，"这玩意儿不会是山寨货吧？"

"在卡奥斯只卖二十。"百灵看上去有些得意扬扬，"而且上面的识别条码也是正版，我摸过，错不了的。"

明天还要开车进城，如果脑子里还有瘀血就不太好了。"守护天使"据称是人类历史上最完美的治疗器械——对，而且还这么便宜，所以今天也不妨一试。

这是我有生以来第一次接受微调剂的侵袭，数以万计的半机械细胞透过针尖，游入血管，我尝试体味其中的奥妙，却没有任何异样，就和小时候在手腕上打疫苗的感觉差不多。

"做代偿手术的时候……"我突然想到了这个话题，便抬头问百灵，"也是这样吗？用注射器？"

"我不记得了，但应该不是。"她摇摇头，放下手里的苹果，"我在的医院里，有很多很大的设备，我接触过其中一部分。有一台大概像半个房间那么大的怪东西，我躺在下面，一躺就是半个小时。还有一次……"

"医院？"我打断她含糊的回忆，"你一个人去的吗？"

"我住在那里，一个人。"

"那你父亲呢？"

百灵一脸茫然："嗯？"

"想必是假的了。"我笑道，"就是昨天的老人，送你来的那位，他是你什么人？"

"是我的……"她看上去像是着实费了点脑筋，"……朋友吧？嗯。"

酥麻的感觉沿着手腕上的针孔向周身蔓延，我不知道这算副作用还是正常反应，于是又拿起说明卡片前后翻看。

"你的家人呢？父母，或者兄弟姐妹？"

"没有。医生们都说，我是被遗弃的孤儿。可我不信……"她很认真地摇摇头，"若是孤儿，又是谁为我做的代偿仪式呢？"

不错的逻辑。

"那小时候的事呢？比如同学、玩伴之类？"

"没有，我完全想不起来了。我能记得的事，全部都是在进入医院之后了。"

一个失忆的可怜孩子——抑或只是想要编个故事骗骗我，随她去好了，有时候你想要了解的东西，会带来瘟疫般不可预料的灾难，所以在求知这项上，我总是安于天命：该你知道的，时辰到了自然就会明白。

"你在医院都做些什么？"

"学些盲文，嗯……"她用手比画起来，"还有音乐、绘画，还有舞蹈，和一些杂七杂八的东西。哦，还有我最讨厌的生物、化

斑鸠

学，完全不懂。我每天大概都会有几个钟头出外活动的时间，有时有医生看着，有时就我一人，偶尔会外出参加些有趣的活动，看电影啦，听交响乐啦……"

"都是在卡奥斯城里的活动吗？"

"对，我从没离开过城市。"

卡奥斯城拥有远东地区最奢华的音乐厅，能有兴致、有精力，同时有钞票在里面享受一夜敲锣打鼓的人，通常来头不小。这丫头如果没有吹牛，那她不仅不是什么"孤儿"，反而有可能是哪家有钱人家的千金——当然，这只是我随便乱猜的。

说明卡片里提到微调剂在治疗过程中可能会引起的种种不适，其中一项就包括神经麻痹。这种好像有很多只蚂蚁在血管里蠕动的瘙痒，已经透过我的心脏传遍全身，甚至还在往脑子里钻——不管怎么说，这并不是一种愉快的体验，身体软绵绵轻飘飘，仿佛醉酒，意识却格外清醒，也无可奈何。

"你是不是得了什么严重的疾病？"我努力打起精神，"所以才会长期住院？"

"也许……可能吧。"她皱了皱眉头，"可是，从记事到现在，除了感冒，我还没生过病呢。"

莫名的眩晕感从脊椎涌上大脑，意识模糊的速度比说明卡片上提到的还要快得多——这该死的虚假广告！几乎是喘口气的工夫，我就感到有些难以抑制的头重脚轻了。

"好了，睡吧。"转瞬之间，我就连站起身都有些困难了，"明早还要赶路。"

我解开衬衣的扣子，刚要思考是不是洗个澡再睡——这年头可不是哪儿都有热水的，这时，浴室里的水声戛然而止。

"等等！"我难掩错愕，"谁在那里面？"

"嗯？"百灵脸上同样写着惊奇，"你妹妹呀？和大姐姐一起送你回来的，你妹妹。"

真主、上帝、如来佛，路过的神仙帮帮忙，今天麻烦已经够多，拜托不要再来人添乱了。

"妹，妹妹？谁？"

还能有谁？我猛地恍然大悟："她啊！那个黄毛！"

我又怎么能怪百灵呢？她既然分辨不出颜色，当然也就不可能发现那个所谓"妹妹"的毛发和皮肤，与我的有多大差别。但是声音呢？一个操着东欧腔的小姑娘，用极纯熟的俄语称自己是一个中国人的"妹妹"，这么荒唐的故事难道也会有人相信？

恰在此时，浴室的门被轻轻推开，无名的长发女孩散着一头金丝，赤裸着修长曼妙的身体走了出来，完全没有丝毫的……怎么说好呢，"拘谨"——就好像是在她自己家里似的。

她侧过脸，与我四目相对，微微含笑，不羞不涩地说出一个非常标准细腻的中文单字："哥！"

这该死的小妖精！我不知道她干吗要缠着我，但我的直觉告诉我，和她扯上任何关系都会惹上大麻烦。

"出去！穿上衣服！"我恼怒地指着门口，"立即出去！"

"但是你说过，"她又显得挺委屈，"'只要我付得起，环游世界都可以。'"

我的确说过。

"是啊，不错，"我强压住怒火和脑袋里越来越沉的倦意，冷笑道，"那么你准备怎么支付呢？信用卡还是……"

就好像是变魔术一般，她从刚刚拿起的，用来挡住身体的衣物里面——顺带一说，不是早些时候她穿的那件又土又肥的长袍，抽出了一小叠摞得方方正正、整整齐齐的墨绿色钞票。

"五百元一百公里对吧？"她轻声轻气，带着淡淡的笑意，"我就先买一百公里。"

我瞄了眼愣在一边的百灵，不得不说，她实在是太好骗了——当然，也不能排除眼前这个半裸女孩子是个"高手"的可能性。

我不知道她是如何在如此短的时间内凑到这么一大笔钱的，那一定是非常非常"特别"的手段——你看，往坏处想，对新手来说，无论是偷窃、抢劫还是卖身，从开始准备到付诸实施，一个晚上是绝对不够的。

这真是个值得思考的局面：为什么接二连三的意外找上门来？

"嗯……那就一百公里，说定了。"并不是因为女孩手里的五百块，而是为了满足我对她的好奇心，我点点头道，"你怎么称呼？"

她歪过头，抛出一个相当老到的媚笑：

"'帕拉斯'，他们都这样叫我。"

七、奇袭

这年头的天气预报，偶尔就和酒吧里的小把戏一样没有可信度。号称有 4 颗低轨道同步卫星联合监控的"泛亚太气象署"在一个月前就宣称今天——也就是六月六日会有一场大规模电离风暴席卷整个东北亚，为此我还特地为车载电脑配了一个防辐射围套。

而当我早上拉开窗帘，看到的却是近年少见的一片晴朗。清澈蔚蓝的天空，成群翱翔的野禽，还有混着树叶气息的撩人清风，如果这样的万里无云也能起电离风暴，我干脆在车顶上插根棍子发电算了。

两个女孩睡在大床上，蜷成一团，我扭头看看墙壁上的挂钟：七点整——也许是因某种特殊的生物钟，我每次在阿克西斯过夜，总会在这一时刻醒来。

房间的光亮让金发少女——现在应该叫她帕拉斯，慢慢张开了眼，还带着惺忪的睡意。她依旧裸着身子，只是用毯子盖住胸口。

"快点儿。"我忙把视线转到窗外，冷冷地道，"只能给你五分钟时间梳洗。"

下楼的时候，两个女孩互相拉着手跟在身后，不停地窃窃私语——就好像已经是认识多年的姐妹一样。对我来说，这可算是意外的收获，至少百灵有个说话的伴儿，我也可以安心开车——就像过去那样，寂寞地、孤单地，也是安静地一个人开车。

还钥匙的时候，伊凡不住地打量着我们，神色诡异。

"怎么了？"我不耐烦地点点桌子，示意他赶快找零，"莫非有假钞？"

"不不……只是，白叶，"老头儿神秘兮兮地扶了扶眼镜框，低下头道，"我很高兴，你总算是能有点正常人的兴趣了。"

在我所使用过的语言中，就数俄语的脏话最丰富——当然这也许跟我接触的人群有很大关系，通常我很讨厌用粗俗的口吻骂人，但今天例外：比起向这个讨厌的糟老头儿解释昨晚的经历，还是一句简单的"亲属问候语"来得更方便些。

卡车照例由吉卜赛人管理和保养，在对待客户方面，他是个无可挑剔的好商人：不耍阴、不赖账、体贴到位，而且从不吹牛——这在阿克西斯的店家里可非常少见。

"早上得到的消息，白。"他叼着烟斗，不紧不慢地道，"想听吗？"

我一语不发，从驾驶座底下摸出十块钱塞给他。

"昨天中午，卡奥斯城所有的主干道都被'母牛'给塞满了，据说出动了两个大队，并且还跨过了俄罗斯边境。"

"哦，两个……"我突然加重了疑问的语气，"大队？！"

母牛就是 COW，也就是"Chaos Over Whtch"的缩写，中文翻译的话，应该叫作"卡奥斯城监察军"，是一种半军半警的暴力单位，也是卡奥斯维持治安的核心力量，通常在城市街道上日夜巡逻的苦命人就是他们。但就算是一般的突击路检，也最多只是出动一两个中队，只有在追捕了不得的逃犯时，才有大队规模的行动。

"为什么？"我疑惑不解，"昨天是什么重大的日子吗？"

他耸耸肩："不知道，我能告诉你的，只有这么多了。总之小心点，别撞到枪口上；如果你要白天进城，我劝你走五十七号公路。"

五十七号公路是一条沿海的高速公路，蜿蜒曲折，相对于距离较近、路况较好的主干道，它的使用率很低。但我反倒挺喜欢，那里的空气很好不说，来往的打扰也少，经常一两个小时看不到别的车子，就算是开反道也没人管——确切地说，那里压根就没什么交通规则。

"好的，谢谢你。"那十块钱花得挺值，至少坚定了我绕远路的决心。

从地面细细密密的裂纹来看，五十七号公路已经很有些年月没人维护了，不知是地处偏僻还是其他什么原因，前后目光能及之处，没有任何标识，一片荒寂，只有我的墨绿色军用卡车还在孤单地继续着旅程。

穿过几里低矮的山峦，车体的右方出现了蔚蓝色的海岸线，在它之上，是一片清澈如水的天空，正有一大群海鸥列队飞过，那影子恰好落在前方的路上，洒下无数斑驳的印迹。

靠海的路崖上装有金属护栏——只是已经残缺不全，往下是高约百米的乱石峭壁，摔下去肯定是死路一条。与之相对，左面的路边则是崎岖绵延的山壁，一直延续到世界的尽头。在白天看来，这一上一下的山石海空真可谓是绝境，但若到了晚上，连路灯都亮不了几个的五十七号公路便成了禁区，绝少有司机愿意前来冒险。

两个女孩挤在后排，依旧是聊得有声有色，笑意盈盈。我慢慢点上一根细烟，扭动收音机的开关，一边吞云吐雾，一边带着美女，伴着美景兜风，当然如果让我选的话，我宁可马上飞到卡奥斯城里边去。

"我们这是要去哪儿啊？"也不知过了多久，帕拉斯突然轻拍我的肩膀，"往北吗？"

"啊，是啊，去卡奥斯，我有货要送。"

"卡奥斯城？"她眼神里流露出一点点的兴奋，"我还没去过那里呢！"

真是个相当出色的演员——也正因为此，我才有了拆穿她小把戏的欲望。

"是嘛，那你这身裙子是哪儿买的？"

"我的裙子？"她理了下额发，"很普通啊，有什么问题？"

那是一件通体淡绿、嵌着鲜红色边纹的丝质翻领长裙，若说款式，确也无特别之处，但穿在她凹凸有致的身上却显得格外典雅性感。顺带一提，这个女孩不仅个子高挑，面容娇艳，在合身衣物的伴衬下，她的身材也有如模特般健美匀称，柳腰丰臀，堪称无可挑剔。

我要说的当然不会是奉承话。

"电子标签，你衣服上有卡奥斯城的电子标签，"我点点车载电脑的屏幕，"在阿克西斯，你可买不到这样的货色。"

"哦哟？"她露出有些夸张的疑惑，"你还随身带着商标识别器？"

"支持正版，人人有责嘛。"说实话，其实我是为了防止上当受骗，买到山寨货，"那么你呢？帕拉斯？"我瞥了一眼后视镜，"你没去过卡奥斯城的话，难道是叫谁给你代购的吗？"

"我……"她犹豫了一下，没有作答，而是微微笑了起来。

仔细想想的话，这个问题无论怎么回答都会透露出"不必要的信息"，所以在一时想不到答案的情况下，还不如保持沉默——她还不算是个老江湖，但的确是个聪明人。

"我们就开诚布公吧，"我腾出手，朝窗外掸了掸烟灰，"你到底是做什么的？"

不只是帕拉斯，就连百灵听到这句话后也愣了一下。

"先是装出一副可怜相，要我带你离开。然后又说是我妹妹，欺骗毫不相干的人。最后不知从哪里搞来高档的衣裳、大把的钞票，你究竟是什么人？"我别过头，瞄了帕拉斯一眼，"为什么非要找我不可？"

我一个跑运输的，没有什么仇家，实在要说有的话，也就是在"血狱"里被我放倒的那些壮汉——但我从没失手杀过其中的任何一个，也不曾搞残过谁，若只是因为"输给了我"就记仇的话，我只能说他打打篮球还可以，打拳太嫩了。

蜿蜒向前的高速公路上，出现了些许碎石，看上去像是从山坡上滑落而无人清理造成的小小路障。我连忙降低车速，虽然颠簸没有明显减弱，但起码安全有了保障。

"嗯，那就先说说你吧。"后视镜里的帕拉斯歪着头，双手托着腮帮，像是很期待似的，"哥，你究竟是什么人呢？"

"我是什么人？"真是让人意外的回答，"你反过来问我是什么人？你开玩笑吧？"

"开诚布公嘛。"她一字一顿，还模仿着我的语气。

"是啊，"百灵也笑着应和道，"白叶先生，你还没说你的故事呢。"

故事？我苦笑一声。

她们绝对不会喜欢我的故事。

"好……"我猛吸了一口细烟，将烟蒂扔出窗外，"那我先说。我被从家乡赶出来，流落在外，做过苦工，偷过东西，还给有钱人当过打手。最后攒了点小钱，和别人拼了辆卡车，就开始学着跑运输。这确实挺赚钱，起码养活自己不成问题，没两年，和我拼车的那女人嫁给了富翁，车就送给了我，就这样了。"

"从家乡被赶出来？"百灵皱起眉头，"为什么？"

"为了爱。"我顿了顿，"私奔，明白吗？没什么特别的理由。"

"骗人！"百灵嘟起嘴巴，好像是生气了。

"不……"帕拉斯却嘴角含笑，那奇怪的眼神，就仿佛看透了我似的，"他没说谎。"

我不屑地"哼"了一声："该你了，大小姐。说说你的故事吧，开诚布公哟。"

她正了正身体，又理了一下裙领，靠在后排座椅上，闭上了眼睛：

"我出生在离这里很远的地方，地球的另一头。"她的语速很慢，让人感觉就像是在故意拖时间吊胃口，"有很大的草原，很漂亮的树林和村庄，很多的牛羊，还有干净的水。"

听上去可真是个好地方——相对于这边而言。

"没有人管理我们，也没有人在意我们的生活。"她继续道，"偶尔会有穿着绿色制服的人，扛着枪坐着卡车，从村口经过，但也从来没有逗留，我还记得那时候站在山坡上，和姐姐一起朝车队挥手，"她说话的神情挺投入，"大人说，那些官军，是保护我们的士兵。"

"一星期圣战"距离今天已经有二十年了，看她的年纪，肯定是在说战争之后的事。而绿色的军服……老实说，全世界都在穿绿色的军服，所以搞不清她说的是哪个国家。

"后来，又有一些拿着枪的人，来到了村子，而且住了下来。他们不是官军，但大人说，他们也是保护我们的士兵。村子里有很多人跟着他们离开，到外面的世界去战斗……"她顿了顿，透过后视镜看着我，"与那些官军战斗。"

"是游击队？"我插话道。

她摇摇头："也许吧，村里也有人说他们是'土匪'。"

"然后呢？你也加入了游击队？"

"怎么可能？"她笑道，"然后官军打了过来，烧了我们的村子，杀了我的父母，嗯，还有姐姐，为了让我跑掉，她被人轮番强暴，然后也被杀死了。我背井离乡，走遍半个世界，最后到了这里——与你们坐在同一辆车里。"

我目瞪口呆。不是惊讶于她的故事，而是惊讶于她的表情——那种完全无所谓、笑盈盈的表情，即便是在编瞎话，对她这般年纪的女孩子来说，如此骇人的故事也不那么容易说出口——更何况她还是在说"自己的"故事。

"骗人！肯定是骗人！"百灵用力摇着脑袋，"我知道你一定是在骗人。"

"哦？为什么？"帕拉斯侧过脸，饶有兴趣地看着百灵。

"因为……因为，"百灵面泛桃红，"因为我能听见你的心跳声，它……"

"太平静了对吗？"帕拉斯摆摆手，"和平常完全一样？"

"是……是啊。"

帕拉斯依旧是淡淡地笑着："但说谎的时候，心跳应该会因为紧张而加速，不是吗？"

虽然插不上话，但我也知道这是常识。

过了好几秒钟，百灵才开口，而且有些支支吾吾："是啊……但是，但，如果是……你的亲身经历……你怎么可能，那么平静呢？"

家人被杀，故乡被毁，对任何一个正常人来说，都是了不得的苦难。即便是已经过去半个世纪的回忆，想起来时也一定会非常痛苦吧？所以帕拉斯的平心静气，的确恰恰是正在说谎的证据。

"这就是你们代偿者的'界限'了。"

帕拉斯原本清纯可人的笑容，突然变了个模样，掺杂着不可一世的高傲与压迫感：

"起先害怕异样的能力，后悔失去的珍贵，憎恶残缺的自己。在体会到代偿所赐予的与众不同之后，又不免沾沾自喜，得意于那些超越人类的伟大，进而连所见、所闻、所感都刻上代偿的烙印。你越是依赖自己神奇的能力，越是依赖这些能力所带来的特殊，就离原本的人格越来越远。最后，当你的经验、思想以及灵魂深处的一切，都习惯了代偿后的便利与失去，并且欣然接受之后，你就最终成了代偿的奴隶，丧失了生而为人的根本——"她顿了一下，"尊严。"

好一派故弄玄虚的言辞，虽然对我没什么影响，但百灵明显是被唬住了，"我、我、我"地结巴着。

"好，就比如说你吧，"帕拉斯轻轻用手背抚过百灵精巧的侧脸，"如果你失去了以听为看的能力，你会怎么样呢？失去了窥探人心声的技巧，你会活不下去吗？会觉得自己只是一个无足轻重的可怜的瞎子？还只是觉得自己吃了大亏，在一次不公平的交易中受到了欺骗？"

气氛显然有些不对头，我放弃了再点一根烟的冲动，用右手指尖确认了一下驾驶座底下夹囊里的手枪——只是为了以防万一，老实说，帕拉斯那条薄若蝉翼的裙子根本就没有口袋，藏不下什么了不得的东西，我倒是不信，她还能搞出什么名堂来。

"好了，别怕，姐姐跟你说笑的。"她摸着百灵的脑门——来来回回地摸，"是我的错，不该说起这些，别放在心上好吗？"

"落石危险"——卡车碰倒了用烂木头做成的临时地标，我这才发现，不知不觉之中，已经驶到五十七号公路最危险的一段。在暗自咒骂卡奥斯城那些奢靡的头儿们不来修路的同时，我小心翼翼地注视着山坡，生怕掉下个三吨重的大家伙把我们连人带车一起从这个艰辛的人世送走——用一种颇惨烈的方式。

"哥，停下车好吗？"帕拉斯微笑着搭上我的肩膀——这小丫头越发放肆了。

"在这里？"我四下张望了一阵，"你当真？"

"怎么？"

"连个草丛都没有……"我摇摇头，"你总不至于在高速公路上解手吧？"

她没有生气，反倒咯咯地笑出声来。

"哥，你知道吗？"她收起笑颜，轻轻叹了口气，"我有个非常要好的朋友，他喜欢和你刚才一样，不分时宜不分场合地开玩笑，而且通常都是些冷笑话，他说他这叫幽默。"

"后来呢？"我没好气地问道，"他也死了对吗？就像你故事里的姐姐那样？"

"他呀？"帕拉斯朝窗外撇撇嘴，"命可硬着呢……你就不一定了。"

只是一瞬间，后视镜里的女孩，流露出冰冷异常的眼神，那对漂亮纯净的蓝色眸子仿佛要将活人吃掉一般，凶神恶煞。在"血狱"里搏斗的时候，我有两个小诀窍，一是看肩，二是看眼神，当一个人想要挪动步伐，发动攻击的时候，这两者总会有微妙的变化，而这些变化是用假动作无论如何也装不出来的。

所以，当帕拉斯再次把手搭上我的肩膀时，黑洞洞的九毫米枪口迎头顶住了她的下巴："坐好，小美人儿，请你坐好。"

她丝毫不退，脸色也没有半点讶异，反倒是轻轻地、淡淡地笑着。反观百灵，此时正攒着拳头护住胸口，吓得面色惨白。

"哥，停车好吗？"

"不要随便攀亲戚，丫头。"

"我只是想说，我买的一百公里已经到了，可以下车了。"

"没关系，到卡奥斯城再下吧。"我依旧用手枪顶着她的脸，"多出来的距离，算我送的。"

帕拉斯犹豫了几秒钟，然后，仿佛是为了什么而感到惋惜似的，一边摇着头，一边叹气。

"只有对自己缺乏信心又谨小慎微的人……"她把右手伸到我的脸旁，紧贴着腮帮，然后在我的余光中慢慢展开，"才会在枪膛里多上一发子弹。"我定睛一看，她手里正抓着一大把子弹——而且就是我现在拿着的手枪用的那种型号。

她是什么时候下手的？——以及另一个更直接的问题——这怎么可能？

"你！"

我刚要开口，突然感觉头发被紧紧压住——她用左手扣上了我的后脑勺，那力道比我想象中还要大些。

"我们还会再见面的，哥。"我最后几秒钟看到的东西，首先是她美丽真诚的笑颜，"如果有缘的话。"

然后是迅速迫近的方向盘。

然后是一片黑暗。

八、丽兽

眼前的模糊慢慢凝固，变成一团恍惚的色块。耳中的轰鸣依然在隆隆作响，就好像有万千铁锤敲击着脑壳，发出沉重回声。

一行墨绿色——可能是墨绿色的小字——英文字，在眼前慢慢延伸，一点一点变得清晰，一个字接一个字地被辨识出来：

"侦测到视神经电流，脑复苏程序暂停……"

是……应该是微调剂吧？我听说过医用微调剂会与病患达成互动，但没想到是这副粗陋的模样。

"侦测到心跳异常，正在尝试稳定血压……失败，错误代码一〇三：超出功能范围。解决方案：请购买并使用更高规格的微调产品。"

视线右下角，隐隐约约出现了卡奥斯城的黑白蝴蝶纹章和"CC"缩写。错不了，嵌在眼前的字幕，应该就是由昨天注射的"守护天使"所引起的。

百灵……她不在身边，驾驶室内除了自己别无他人，看来那个小贱人把百灵给带走了——而且还不知道走了多久。身体上的麻痹感觉正在慢慢消失，但我仍旧动弹不得，甚至感觉不出自己现在是何种体位。

"侦测到脑电波异常，所有复苏程式暂停。请患者看到以下提示后活动一下右手小拇指，以确定神经恢复级别……"

等了五秒钟，什么提示也没看到。我想要动一下小拇指，发现自己根本就"找不到"小拇指在哪里，以我现在的半昏迷状态，别说小拇指，就是眨下眼睛都要费尽力气，更糟糕的是，我越是着急，眼前就越是模糊，甚至连小绿字也要看不清楚了。

"未发现预定信号，重新启动脑复苏程式。倒计时十秒开始，请有知觉的患者做好相应准备，十……九……"

等等，什么叫"相应准备"？我挣扎着想要挪动身体，当然是没有成功，还在担心会发生什么事的时候，那该死的"脑复苏程式"就已经开始了——倒计时才到五！

要怎么形容那种感觉呢？直接点说，就是被电击，一股莫名的刺激，从脚底心涌上天灵盖，身体打着战，翻江倒海，简直要把胆汁都吐出来似的。

突然，一切戛然而止，冲击、字幕、热血沸腾的感觉都消失得无影无踪，只有难以名状的虚脱还在体内徘徊。口里发苦，忽然就想要干呕，但我却腾不出手来捂嘴。

我的双手被反绑在身后！刚准备起身一看究竟，发现原来脚也被绑住了！

从手腕的触感来判断，捆绑我的东西应该是车座底下的双面胶带，只是粗粗地缠了一圈，并没有经过仔细的打理。

"你太小看我了。"我一边暗暗给自己打气，一边左右扭动，想要找到能够脱困的方法。感谢平日的粗心，副座沙发垫上一根暴露在外的弹簧救了急，我斜着身子靠了上去，用弹簧的尖端钩住胶带的边缘，用力一扯，便撕开了一个大口子——比想象中还要简单。

驾驶室的门没有关，手枪也还丢在脚边，我拾起来，换上一个新弹夹——我并不指望还能追到帕拉斯或者找到百灵，但此时除了跳下卡车、像无头苍蝇般四处乱转外，我还能做点什么呢？

但我错了。

脚刚落地，眼前的景象立刻将思绪中残存的眩晕与混沌一扫而空——

大约十米开外，帕拉斯站在路边的护栏旁，面朝大海，左手叉腰，右手握着一柄……一柄看上去很眼熟的长剑——该死！那不就是我车上的工兵刀吗？

而百灵跪在她面前——同样朝向大海，胳膊被划破了一个小口子，鲜红的血滴正从伤口一点一点地渗出，连洁白的连衣裙都被染上斑斑血污。泪痕未干，嘴角打战，她显然是怕极了，甚至连呻吟呼救都未曾发出，只是在微微哆嗦，就像只豺狼利爪下的小羊羔。

"浑蛋！"暗骂一句之后，我抬起手枪瞄准，"百灵！你没事吧？"

帕拉斯稍稍向这边别过头，斜着左眼盯住我。

"可以啊，哥。"她点点头，微微笑道，"你比我想得厉害。"

毫无疑问，她是个精神错乱的疯子——还有别的可能性吗？还会有别的十六七岁的少女会握着剑，然后面对枪口谈笑自若吗？还会有别的十六七岁的少女会像她一样，从昨晚开始就一直做着即使是最有想象力的人类也无法理解的一系列荒唐事吗？

"你——给——我——把——剑——放——下！"我几乎是咬牙

斑
鸠

切齿地咆哮起来，"听见没！"

"哦？你说这把？"她扬起手里的工兵刀，"牌子不错，但链锯的电量不足了，锯口也有些钝，你从来没保养过吧？"

"放下它！"我朝前迈了一大步，又把枪口抬平，直直地瞄准她的脑门，"不然我开枪了，我发誓！"

"好说。"她弯下腰，小心翼翼地把工兵刀平摊在地上。

"百灵！"我大喊道，"能听见我的话吗？"

虽然看不见，但跪在地上的百灵还是把脸转向我，用力地点着头。

"过来！"我知道她能听得很清楚，但还是控制不住音量，"到我这边来！"

她慢慢地从地上站起身，然后一路小跑，扑到我身上，什么也不说，只是紧紧抱住我的腰。我一边腾出手护住她，一边不忘瞄准帕拉斯——所幸那女孩并没有做出任何动作，愣在原地一动未动。

"好了，"我一边抚摸着百灵的后脑，一边轻声轻气地道，"没事了，你先回车上，我马上就过去。"

她依旧紧紧抱着我，不肯离开。

我稍稍用力，扳开她的肩膀，加重语气："听话，百灵，别在这里添乱好不好？"

她松开手，抹去脸上的泪珠，爬上驾驶室，一头钻了进去。

"那么，帕拉斯，"我心里的一块大石头总算落了地，现在剩下的只有疑问，"我给你一次'解释'的机会。"

一阵海风吹过，帕拉斯金色的长发像锦旗般随风舞动，她轻轻用手摁住，依然阻止不了这等飘逸的美丽。少女抬起头，微笑着，露出似乎是在享受的表情。

"五分钟，"她理了一下头发，突然伸出五根修长的手指，"最多十分钟，白叶，最多十分钟你就能见到你所想见到的'解释'。"

"抱歉。"我摇摇头，"我等不了那么久。"

"那么我也解释不了太多，"她耸耸肩，"很遗憾，知道得太多，对你并没有好处。"

"我也没兴趣知道太多的狗屁故事。"我不屑地哼了一声，"你到底是什么人？为什么要缠上我？为什么要割破百灵的胳膊？你到底有什么企图？"

她慢慢转过身，终于正脸对我——但不知为什么，闭着右眼。

"我叫帕拉斯，"她用手按住自己的胸口，像是在做自我介绍，"全名是'帕拉斯·雅典娜'。以目前的情况，我就只能告诉你这么多了。"她歪歪头，笑道，"至于缠上你，这根本就是错觉，抱歉，我对你没什么特别的感觉，虽然我个人认为你是个很不错的男人。"

"哦……"我也冷笑着点点头，"是百灵对吧？从一开始，你就是想要接近百灵，是这样吧？"

"斑鸠，"她收起笑容，顿了顿，"很不幸，这才是她真正的名字。"

我一愣："……你知道她多少？"

"不重要。"她皱起眉，言谈举止里都透出一股子故意装出来的惋惜，"她是谁，她以前做了什么，她将来会怎么样，这些并不重要。对你不重要，对我同样不重要，我只是知道，她是个必须要杀掉的人而已——当然，得在我拿到证据之后。"

"你是来……"我几乎不敢相信自己的耳朵，"杀她的？杀一个还没成年的女孩子？"

"没错，而且还必须把尸体扔下海喂鱼。"少女叹了口气，"我请你相信，一个专业、迅速、毫无痛苦、不留痕迹的死亡，对她、对你、对这个世界上许许多多无辜的人而言，都是一种解脱，这是一个为了绝大多数人幸福而不得不作出的选择。"

多么冠冕堂皇的理由啊——就像那些发动"一星期圣战"的政客一样，为了所谓的"幸福"而毁掉了整个世界。

"扯淡！"我啐了一口，"如果有一种幸福，要靠杀死一个无辜幼小的女孩来获得，那这种幸福根本就是扯淡，有这样想法的人，只配尝尝什么叫痛苦——比如老子的子弹。"

我特意晃了晃手里的枪，坦白地说，如果对面站着的是一个又黑又壮的大汉，我早就先开一枪打瘸他的狗腿了。

"理想主义者！"面对枪口，她竟开心地笑出了声，"你说的话，和他真的很像呢……"然后她话锋一转，"但是，在这件事上，你们都错了。"她伸出手，指着我的宝贝卡车，"在她完成蜕变之前，我们剩下的机会寥寥无几。等到卡奥斯城的持律者议会得到她，这个早已群魔乱舞的世界，就又要多出一个厉鬼了……"她顿了顿，"而且还是一个可能毁灭全部希望的厉鬼。"

我没有时间和心情听疯子胡扯。虽然她长得很耐看，声音也颇好听，但直觉告诉我，这段无稽的谈话是时候结束了。

"好的，驱魔战士，你打你的鬼，我走我的路。"我慢慢向后退去，"但是，只要我还在百灵身边，就请你离我们远点，好吗？我很好说话，但我的子弹不好说话，所以，'帕拉斯·雅典娜'，我请你别再出现。"

"为什么？"帕拉斯摇摇头，"为什么要如此认真？你认识她？了解她？知道她的过去吗？"她突然一步上前，"还是钱？是谁？付了你多少？"

一开始，我的确是为了钱。但现在，情况已经不一样了。

"抱歉，小姐。"我顿了顿声，"我立下誓约要保护她，而我的原则就是，决不违反自己的诺言——满意这个答案吗？"

"你觉得这值得吗？"帕拉斯的表情看上去有些凝重，"为一个你根本就不认识的人拼上性命？你管这种鲁莽的行为叫……'原则'？"

她惹恼我了。

"你懂个屁！"我大吼道，"值得不值得，用得着你来评说？如果不喜欢我的原则，就请你滚得远远的。我警告你，小姑娘，如果你再出现在我面前——哪怕只有一次，我就打烂你的脑袋，明白了吗？"

女孩笑眯眯地点点头。

"明白了……"她压低视线，像是在盯着自己的脚趾，"我本来对滥杀无辜并没有特别的嗜好，但是你的回答让我明白了……在这个世上，有一些无辜者是不得不牺牲掉的。"

我永远也忘不掉这个叫帕拉斯的女孩扬起脸那一刻的眼神。犀利、坚定、平静，但杀气腾腾，就好像是某种野兽，某种优雅但致命的掠食兽。而那只刚刚紧闭着的右眼，看上去也不同往常——那不是蓝色的瞳孔，甚至不能算是只"眼睛"，如果非要比喻，在那眼眶里的应该是一颗漆黑的珍珠，分不出瞳孔和眼白，就像恐怖故事里老巫婆的眸子。

手在颤抖，本能告诉我，会死——这次不是说笑，而是真的会死。

她并没有靠近，依旧站在距我七八米的护栏边上，冷冷地微笑，静静地凝视，我忘记了开枪，忘记了逃跑，甚至忘记了接下来要干什么。

"原来是'守护天使'，"女孩忽然开口，"我说你怎么会醒得这么快。"她摊开双手，一脸得意扬扬，"现在局面是这样的，我还剩五种杀死你的办法，嗯……本来是有六种的，可惜你不是左撇子。"

我想要勉强撑出不屑的笑容，但嘴角此时只是僵硬地往上挑了两下。

不可能失手，在这种距离，在这种场合，对方手无寸铁，而我握着一把九毫米口径的格兰特，对方只是一个十六七岁的娇小女孩，而我是一个身经百战的拳师——不可能失手，如果连这点自信也没有的话，我又怎么配站到"血狱"的擂台上？

"哥，"帕拉斯抬起左手，张开手掌，放到自己的侧脸前，"现在放弃还来得及。"

"有种来试试。"虽然底气不足，但我还是开口回应，"怕你不成？"

她用手盖住了自己的左眼，或者说是那只黑得像炭似的东西——对天发誓，这是我在眼睛抹黑前最后看到的事情。难以置信，明明是大白天，万里无云的大白天，怎么视线里突然就变得一片漆黑？而且毫无征兆，一下子就什么都看不见了。

我脑子还没反应过来，手腕上的关节已经被重重地扭住。

八米的距离，只是一瞬间；双手握着的九毫米格兰特，被轻易擒住，枪口反转。

速度、力量、角度，结合得天衣无缝。她并不是我见到过的最强悍的女人，但以她的年纪和身形来说，这简单的一招擒拿夺枪本身就已经足够惊人——还不包括之前奇怪的黑暗。

"还剩……"是她的声音，带着笑意，轻柔莞尔，"四种。"

扳机扣响的瞬间，我的脑子一片空白，但旋即到来的"咔嗒"声又把我的魂魄拉回了身体：这把有些年月的格兰特又卡壳了！我既不信上帝也不信观音，不过在那一个瞬间，我突然有了一种要感谢谁的想法——只是一瞬间而已，因为死神依然近在咫尺。

即使什么也看不见，我依然能感觉到她身体的位置和姿态，我的机会不多，确切地说是只有一个——成功：活；失败：死。

于是，我力从地起，求生的欲望混着模糊的动作要领，化作一股无名的力，透过脚跟、膝盖，在腰间回旋，又蹿上肩膀，最后伴随一声厉喝，顺着小臂平推而出。

环扣的双掌打散了女孩的防御，拍中了她柔软的胸膛，也就在这个刹那，我突然就恢复了光明。一个趔趄后，她重重地摔倒在地，但屁股还没落下，就又后滚着起身，单手撑地，双腿叉开，似乎是在喘息。

手枪撞在护栏上，弹了一下，落在我们中间。她没有看枪，反而抬起头瞄了我一眼，面带微笑——有些勉强的微笑。

直觉对我说，赢她的机会万中无一。我转过身，两步就登上驾驶室，还不等车门锁好便发动引擎，也顾不上路况恶劣，用尽

斑鸠

全力把油门踩到底。

百灵蜷缩在副驾驶的位置上，捂着自己的伤口，滴滴鲜血在坐垫上绽放，触目惊心。我一连掏了两支或者是三支细烟都掉在地上——根本没法拿稳，我强迫自己镇静下来，连续做了好几个深呼吸，却依旧没法降低狂跳的心率。

无言的恐惧笼罩在驾驶室中，足足有一分钟，我们一句话也说不出来。

突然，百灵拉住我的袖口，脸色煞白："为什么？是我做错什么了吗？"

惊魂未定的我，只能挤出一点点同样苍白的笑颜。

"她明明，明明昨天还和我睡在一起……"她用手抱紧自己的双肩，瑟瑟发抖，"明明刚才还在和我说笑话……"

是啊，那个自称"帕拉斯·雅典娜"的美丽少女，昨晚还楚楚可怜地对我撒娇，今天早上还边唱边跳着坐上我的卡车——就和所有的同龄女孩子一样。

为什么？一个人可以把自己伪装到这种地步？可以为了接近目标，把恶魔的黑色翅膀染成天使的白色羽翼？

"别怕……"我有气无力地道，"她被我甩掉了。"我腾出手，摸了一下百灵颤抖的额头，"已经没事了。"

"是吗？"这个嗓音比窗外吹来的冷风还要让人战栗。

是帕拉斯！

她就站在车门外，左手搭着后视镜，笑盈盈地看着我。

倒吸一口凉气后，我一下冷静下来：我坐在车里，她站在车门外——而且是一辆开着的车，现在的局势对我有利！

我猛弹开车锁，用力把门撞开，而帕拉斯像一只机敏的猴子，顺着车门展开的方向轻跳，竟然一下就爬上了卡车的前引擎盖，堵在车窗前。

她看了一眼百灵，虽然没有视觉，但那可怜的小姑娘此时还是像被勾去了魂魄似的，只是惊恐地张大了嘴。

工兵刀瞬间贯穿了防弹车窗，旋转着的链锯直刺百灵眉心，我拉过百灵的肩膀，把她整个人都扯到怀里，才救下她一命。

帕拉斯抽回利剑，举过头顶，显然是要冲这边斩来。我向右猛打方向盘，她没能趴稳，在引擎盖上打了半个滚儿，用手抠住车窗边缘才不至于掉下去。

她比想象中还要难缠，不光是敏捷与手法让我叹服，那坚韧和冷酷的态度更叫人胆战心惊。

我来回打着方向盘，让车子蛇行，以期把她甩掉，在五十七号公路上，这种行为几乎就是自杀，但现在也管不了这么多了。而她也左右扭动，改变着身体重心，始终趴在引擎盖上。

突然，她挥剑扎中车窗上沿，抓着刀柄翻身爬到驾驶室的正上方，竟从视野中消失了。

"她在上面！"百灵紧紧抱住我的大腿，声嘶力竭地大喊，"她在上面！"

我咬咬牙，从副驾驶的位置底下抽出 Q9M 突击步枪，拉开枪栓，打开保险，对着上方胡乱射击。子弹贯穿了装甲之后，露出一排透光的空洞，百灵捂着耳朵，一边抽泣，一边颤抖，而我一边小心保持车体稳定，一边抬头观望，想要从那些小洞里看到帕拉斯的位置。

但我看到的，却是转着链锯的工兵刀，它刺穿了天顶，差点就割开了我的天灵盖，我急忙低下头回避，再举枪时，天花板已经被切开了一个半人长的大口子。

即便有链锯的帮助，要熟练使用工兵刀也需要很高的技巧以及相当的腕力，而她显然非常专业。

几颗子弹徒劳地划向天际，不见帕拉斯的身影，只有她的声音若隐若现。

"你不可能打中我，哥，现在放弃还来得及。"她说。

车速八十五——在这个路段，以这种速度，原本是只可能出现在我噩梦里的场景，但今天，一个更可怕的噩梦在逼迫我不得不继续踩紧油门。这样做显然是把双刃剑：即使是坐在车里的我都会感觉心惊胆战，更何况站在车外的女孩呢？

"我看还是你放弃吧！"我参着胆子，高声喊起来，"你没机会的！"

"别着急！哥！"对方也扯着嗓子回道，"几分钟之内，你就会看到我需要你看到的东西！"

我本能地低头看了一眼百灵，她伏在我的大腿上，捂住双耳，缩成一团。左臂的伤口依旧在往外渗血，只是不像刚才那样厉害，血水滑到肘部，又滴在我的膝盖中间。

"对，没错，就是那里！"帕拉斯的声音相当近，我连忙抬头，却看不到她人，"用手摸摸那个伤口！摸摸那些血！好好看看！睁大你的眼睛！"

我没有照帕拉斯说的做，因为比起她的话，另一个问题更攸关生死：她是怎么知道我在看哪里的？

我轻拍百灵的背："百灵，我需要你的帮助，现在。"

可女孩没有反应，她捂着耳朵不住地发抖。我用力抬起她的肩膀，好让她面对我。

"百灵！"我单手来回摇了她两次，"能听见我吗？"

她仿佛如梦方醒，张着嘴，木讷地点点下巴。

"好的，你听好了，"我用力吞了一下口水，努力让自己先平静下来，然后压低声音道，"她现在还在车上对吗？你能听见她的声音吗？"

百灵闭上嘴巴，微微抬首，似是侧耳倾听，过了三四秒钟，她用力点点头："她还在，就在后面，在上面，蹲着，手里还拿着刀。"

后面，上面，那也就是说，帕拉斯现在正蹲在顶上。

"好，"我把女孩拉到自己身边，脸贴着脸，用我这辈子最小的声音说道，"她如果靠近，向这边靠近，只要开始动作，你就告诉我，马上告诉我！明白吗？"

百灵脸色很糟，但她还是颇郑重地"嗯"了一声，仿佛背负了天大的责任——没错，整整两条人命现在都在她的耳朵里呢！

现在要做的，是设下一个陷阱——就和在"血狱"中常做的那样，设下一个瞬间逆转战局的陷阱，但与以往"血狱"中情况不同，今天的陷阱如果没有成功，失去的不仅仅是奖金，而是人生的全部。

前方五百米，完美的 S 弯，好一个能够决出生死的地方。

我强迫自己保持冷静，慢慢松开油门，速度表的指针缓缓随之下落，七十五……七十……保持在接近六十五的刻度，可以了，应该可以了。

毫无疑问，那个蹲在车顶上的少女，是个真正的高手，技巧、意志、章法和战术结合得天衣无缝，她知道自己的优势和缺点，也非常善于利用别人的脆弱，更懂得捕捉转瞬即逝的先机。

这样的对手却往往与顶尖相去甚远——他们过于相信自己的判断，而轻视对手的谋略。

前方是 S 弯，左边是山壁，右边是悬崖，一个正常的司机此时会做什么？当然，会减速，这我知道，而她当然也知道，我需要给她的只是一点点提示——六十五的时速并不低，但她决不会放过机会。

屏息，然后，侧耳倾听。

我等待的并不是帕拉斯的脚步——我根本就不可能听见，而是百灵的尖叫："她过来了！她跑过来了！在右边！"

此时此刻，跑是一个有生命危险的动作，只有对平衡与速度绝对自信的人才敢这么做——一次火中取栗式的突袭，在对手觉得最不可能的时候，在最不可能的位置上，以最不可思议的角度，完美绝杀。

帕拉斯那秀丽而带着淡淡微笑的面孔，忽然出现在右侧的车窗前，手里那把工兵刀行将刺出——原来如此，驾驶室顶部的开口只是诱饵，用来引开我的注意，她想从副驾驶的位置上直接刺杀百灵。

而帕拉斯唯一的误算恰恰就是猎物本身的能力。平时我不好说，但至少这一次，百灵不仅听出了对方行动的时机，甚至觉察到了动作的方向，突袭在还没开始前，就已经失败。

早有准备的我，在踩下刹车的同时向左猛打方向盘。单手持剑的帕拉斯，无论另一只手抓着什么，都不可能在这种情形下站稳，她上身向外仰倒，但并没有被甩出去——我也根本没指望她会被甩下车。

　　刹车引起的反作用力还未消失，我便又一次踩下油门，同时松开方向盘，一手操起 Q9M 突击步枪，一手伸直，整个身体都失去了平衡才勉强扯到她的头发。

　　这可能就是她全身上下唯一的破绽了。在"血狱"中，我见识过女人之间的对决，她们无一例外都是短发，而像帕拉斯这样留着过肩长发的女人，老实说，根本就不适合战斗。

　　头发这种东西，一旦被对手绞在手里，就如同被扼住了脖子，头部直接受控，疼痛会让反抗的意愿遭到削弱，甚至连正确的体位都无法保持。更重要的是，拉住了头发，就等于为我锁住了位置，我抬起步枪——她的脸近在咫尺，根本没有射偏的可能。

　　我心中默念着"去死吧"，就像是在祈祷，然后扣动扳机。

　　弹壳横飞，砸中我的脸，又落在百灵的背上；弹头击穿了驾驶室的右门和侧窗，却没能打中它应该打中的目标。

　　仿佛在一刹那看穿了射击的意图，帕拉斯在我扣动扳机的同时，挥剑斩断了自己的头发，后仰着跳开，躲开了每一发子弹，但这个动作也让她彻底失去平衡，甩出车去，重重地摔在地上。

　　虽然不是"坏人灭光式"的结局，但勉强可以接受——我顾不得 S 弯的凶险，也顾不上帕拉斯的死活，猛地踩下油门，用我这辈子最熟练的手法过弯，加速，一骑绝尘。

　　直到开出差不多一公里，我才缓过神来，朝后视镜瞄了一眼：

斑
鸠

已经不见那个女孩的踪影。

我到现在都搞不懂，像她那般美丽到让人窒息的少女，那般甘甜的笑颜，那般清澈的双眸——好吧，可能只是单眸，为何会像只野兽般冷酷无情？为何会散发出让人恐惧到不能理解的气息？

"她的声音……"百灵直起身，斜着靠在副驾驶的座椅上，"听不到了。"

"啊，是呀。"我丢下步枪——连我自己都没注意刚才一直把它抓在手里，然后抹了抹额头的汗珠，"这次是真甩掉了。"

再也说不出更多了，百灵就这样沉默着，目光呆滞，抱着自己的双肩微微发抖。虽然我很想问她"为什么帕拉斯要追杀你"，但很明显，这是个蠢问题，而且注定没法从她身上得到答案。

很快，五十七号公路的老路段就被甩在身后，通过岔道，漂亮的路基、崭新的地标映入眼帘，就连两边茂盛的树丛也有被仔细修剪过的痕迹。还没跑出半里地，就有一整支运输车队——六七辆大型货车迎面经过，至于其他小车更是络绎不绝。

路牌上印着鲜红的"距卡奥斯城六十公里"的字样——直到这时，我才真正有了安全感。虽然出于走私的缘故，我还得绕点小路，但无论怎么说，现在已经进入卡奥斯——这个世界文明象征的领域之内了。

一架极漂亮的喷气机呼啸着从头顶掠过，英姿飒爽，翼下的黑白花蝴蝶纹章优美又霸气，着实让人过目难忘。我认出那是架中国产的"银剑"，驾驶舱已被抹去，换上了卡奥斯自制的"ZOMBIE"无人系统。若是平时，我是相当害怕和厌恶这种近乎炫耀武力似的"低空巡逻"，但今天却觉得那鬼东西格外让人安心，当然，只要它不是搞突击路检的就行。

我侧脸看了看百灵，她还没从惊恐中完全恢复过来，只是呼吸已经平静，脸色也不再那么苍白。

"喝点水吗？"

她愣了一下，然后勉强地笑笑，摇着头。

"肚子饿了吗？要吃点什么？"说着，我便打开储物箱，拿出一包饼干。

"不，"她连忙摆摆手，"真的不用。"

我不知道该如何在这种情况下安慰人，只好选择保持沉默。本打算扭开收音机听听音乐，却发现开关已经变成了一个大窟窿，还冒着细细白烟。

"那个，白……"百灵支支吾吾，似有所言，"谢谢。"

"哦？"我着实愣了一下，说不清道不明的暖意，在胸膛里涌动起来，"没什么……那不算什么。"

既然我立誓要保护你，就决不会让你受到伤害——虽然我很想说出这样逞强的话来，但考虑到刚才的惊心动魄与窘态，不禁觉得难以出口。我和她想必都清楚得很，自己是从帕拉斯手上拾回了一条小命。

突然，百灵轻轻地靠了过来，枕着我的肩膀，小声呢喃道："我们来唱歌吧。"

嗓子里升起莫名的苦涩，我伸出左手，用别扭的姿势轻轻拍了拍女孩莲藕般白皙的左臂："那就，唱吧。"

我的指尖沾上了点点鲜红，这时才想起她的伤口还没有处理，但当我再一次、稍稍用力按上去的时候，却只能感觉到一道浅浅的疤痕。

后视镜里的倒影，证明我的判断没有出错：伤口已经基本愈合，而就在几分钟前，那里还在往外渗血。仔细想来，用工兵刀割出的伤口，怎么也不可能在如此短的时间内恢复。

"几分钟之内！你就会看到我需要你看到的东西！"帕拉斯的叫喊在耳畔回响，莫非她想要我看到的所谓"解释"，就是指这个？难道这就是她用剑划出一道伤口、却没有立即下杀手的原因？

"怎么了？"百灵仿佛注意到我的异样，便停下口中哼着的小曲，颇关切地问道。

"没什么，"我尴尬地笑着，"没什么……继续唱吧。"

"嗯，"她轻声回道，"白叶先生想听什么呢？"

"随便吧……"我搓了搓手指，强迫自己把注意力放到方向盘上，"什么都可以。"

那是，黏稠的血……

像油脂一般黏稠的血。

九、罗网

小路总是不好走的。

卡车路过一片湿地，道路竟有一半淹在水里，我不得不暂时减速。水塘里，几只肥硕的野天鹅被身边的庞然大物所扰，高声地叫着，扬起脖子，蹿上蓝天。每次走到这里，司机们都会长出一口气，因为他们知道，离卡奥斯城的外区已经只剩十几公里了，大餐美酒和温暖的床铺正在前方招手。

来时茂密的树丛已经渐行渐远，放眼望去，周围变成一片低矮的草坪，间或点缀着一些孤单的杏黄色野花——那也许是"一星期圣战"中使用过的某种生态武器。牧场般的地面自土路两边延伸到远方，直到视野尽头，远远看去，仿佛上天精心勾勒出的一条弧线，将外面的盎然和脚下的纯朴硬生生地隔离开来。

依旧是风和日丽，只是天边多了一些雪白的云朵。

阳光平静地铺洒在大地之上，如此耀眼，如此安详。在那视野尽头，地平线的彼端，山峦的轮廓渐渐清晰起来。

是的，那是神殿山。卡奥斯城的标志性景观，螺旋状的白色高塔"凝望象牙塔"便立在山巅，穿着白色长袍、古希腊学者模样的怪人坐镇其中，他们远渡重洋，从一片树海的美洲大陆来到卡奥斯城，他们自称"法师"，是一群地地道道的"精神病患"——当然，这我也只是听说，在目前经手过的几次生意中，他们都很和善，而且支付现金。

"我听见很多细小的生命的低语……"百灵在我肩头轻声呢喃，"这里一定是个很美的地方吧？"

死寂草原——美丽如斯的风景，竟有这样毛骨悚然的名字，新来者自然无不称奇，但对于那些经常跑这条线路的走私客来说，其中的缘由既简单又不得不牢记。只是此时此刻，我又怎么好打破这难得的安逸，说起那些悲痛的故事呢？

一望无际的苍翠，直抵天边，就在前方不远的地方，云蒸雾绕，似有千万篝火同燃，仿若仙境。蜿蜒向前的泥路，颠颠簸簸，虽然崎岖，却正好能让老旧的重型卡车通过。久违的柴油味在草间弥散，六只半人高的轮胎卷起一阵尘土，让杏黄色的花瓣也随之在车边飞舞起来。

"就要到死寂草原的边缘了，"我指指前方，"那里有一片很大很大的丛林，常年弥散着薄雾，所以又被称为'迷雾丛林'，据说是核袭击的后遗症。"

"迷雾丛林？"她虽然看不见，但显然明白我在说什么，"我好像听说过。那里的雾气，应该是由温泉引起的吧？"

她说得没错，迷雾丛林虽然是一个残留有辐射的"待处理区"，但也是拾荒者和有钱人的共同乐园。据说在里面洗温泉的人，能延寿五年——虽然只是传说，但乐意去尝鲜的人并不少，我有幸也是其中一个。

"是啊，没错，雾气的确是由温泉引起的。"我笑道，"但温泉也是被核弹炸出来的啊。"

在迷雾丛林的最中央，是俗称"寂静之坑"的焦土，"一星期圣战"中的第一百五十一颗，也是最后一颗核弹就落在那里。"自它坠落之后，世界寂静不语。"当然，这依然是传说，因为在卡奥斯还没建成之前，这里根本就没有任何值得丢掷核弹的目标，那颗核弹如果不是射偏了，就是被导弹防御系统击落，掉下来后发生殉爆，炸出了一个寂静之坑。

"为什么要用核弹呢？"百灵微微皱起眉，"就为了炸出温泉吗？"

"为了……"这绝对是天下最难以回答的问题，我犹豫了好半天，也没有想出一个她能理解的答案，"……正义吧？"

"正，"她顿了一声，"义？"

赶在陷落之前

"嗯，只要是为了正义，无论做什么都不再需要理由了。"虽然听上去有些荒谬，但我并没有说谎，"纵火、抢劫、奸淫、屠杀，这些在前些年还耳熟能详的东西，也大多打着相似的旗号。现在世界是安全多了，国家的尊严、政府的威信，还有军队的统治力都开始慢慢恢复，但实际上，"我苦笑了一声，"不也正是这些现在能给人安全感的东西，发动了'一星期圣战'吗？它们同样以'正义'之名，毁灭了十几亿生命，把半个星球变成了丛林。"

百灵似懂非懂地点点头。以我粗浅的世界政治学知识来说，要让她明白"为什么人类会互相丢核弹"这么离奇的事情，实在是太困难了——而且老实讲，我也不明白。

"也许，"她压低声音，露出颇为忧伤的神情，"那姐姐也是为了'正义'才要杀死我呢，这样她就不需要什么理由了，对吧？"

又何尝不是呢？

"不，百灵，"我用腮帮轻轻贴了一下她的额头，"无论她有什么理由，有没有理由，对我都是一样的，因为我立誓不把你交到他人手上，她便永远不会得逞。"

"唔……"她沉吟了几秒钟，"那，这也算是一种正义吗？"

"算是吧。"我笑道，"是我的正义。"

"那我更喜欢你的正义呢。"她咯咯地笑出声来，"如果是你，会用核弹去炸出温泉来吗？"

"如果我有核弹的话……"我想了想，竟然颇认真地回答起这个完全无稽的问题，"就把它们发射到外太空，就像烟花……等等，那是什么？"

前方道路的状况，让愉快的对话戛然而止。

我调低挡位，脚尖轻点刹车，让笨重的卡车缓缓减速，双手抓紧方向盘，目不转睛：前方五十米开外的路口，一辆货车和一辆客车头尾相连，堵在道中间。根据我的经验，这不可能是什么交通事故。

再靠近一点儿，发现货车旁边站着几个人，荷枪实弹，外加一身笔挺的黑蓝相间的制服与头盔，方圆千里之内，只有一种人会这般装扮。

"是'母牛'？"我轻轻压了一下方向盘，完全不能理解，"怎么可能？"

文森特督察，我的"指路人"，分明告诉我六月六日白天进城便不会遇到突击路检，现在连外区的哨卡还没到，便有一队人沿路盘查，竟还当真扣下了车。

一定有什么不对——虽然这样想，但若现在回头，等待自己的只能是一颗反坦克导弹——这些"母牛"心狠手辣，也从不计较后果。再说，文森特明明白白跟我许诺"人已经打点过"，那么从理论上讲，我只要说明身份，就应该能安全过关。

一个警察背着枪，朝这边走来，他鼻梁很高，下巴消瘦，唇角紧闭，脸上更是写满严肃，制服的左胸口上用银色花边嵌着哥特体的"Chaos Over Whtch"。

我认识这个人，只是名字有点生疏了。没记错的话，他就在文森特督察麾下做活，而且也是个通情达理——或者说习惯于收黑钱的家伙。

警官慢慢抬起头，眼神中的威严里闪过一丝不易察觉的异样，朝右侧匆匆一瞥。

这个姿势已经足够。

我喉头滑动，艰难地吞了一下口水，把目光移向前方，也就是刚才警官"示意"的位置。恰在此时，一个圆胖的身影从客车前端闪出，朝这边过来，那憨实的模样是如此醒目而特别，一眼便能认出其型号：卡奥斯制 RT11"宝瓶座"战斗机器人。不过在民间，大部分人都用一个更直观的名字来描述它："怪叔叔"。

乍看上去，它就像是一只能动的大号邮箱，低矮、笨重，甚至有些滑稽。粗壮的机械臂紧贴在呈蛋形的身体两侧，好像只能上下活动。腿部——确切地说是足部，因为它根本没有"腿"，是两只巨大的加长型"直排滑轮"，刚好能把身体支撑住的样子，行走起来就像是在"蠕动"，当然，如果是在条件允许的路况上，它会放下肥脚掌上的六只"滑轮"以作"代步"——六十公里每小时也就是极限了。总的来说，RT11 并不是一种为了战争而制造的"战斗机器人"，它行动迟缓，火力也不强，但它的载重量惊人，还能加挂种类繁多的附件，摇身一变就可以用来载货运输或者火场抢险，即使与专业设备相比也毫不逊色。

这台黑白相间的"怪叔叔"在卡车左侧停了下来，收起脚上的滑轮，用笨拙的步子慢慢调转了九十度，面对驾驶室，右臂上那六根叫不上名号的枪口更是直接地指着我的脸。从这个角度，刚好能看到机器人正面"蛋壳"上的一行小字：

"THE ORDER OF CHAOS。"我努力压低自己的声音，但还是禁不住惊呼出来。

圣骑士团！

卡奥斯最恐怖的代言人，一群冷酷无情的怪物。他们不是执法者，却拥有毫无理由的生杀大权，他们为了，也只是为了贯彻持律者议会的意志而存在，没有任何人理解他们的行动准则，也没有人知道，他们会何时、何地，或者为什么而出现。

但可以肯定的是，只要出现，便一定是发生了什么了不得的大事。

深沉的脚步声，从前方传来，我扭头看去，两个身高两米多的人形物体跟在"怪叔叔"的后面，来到卡车旁边，在右侧站定。从使用的装备看，这是两位穿着单兵战斗铠甲的骑士团成员，它们步伐坚定统一，连端枪的姿势都一模一样。据说，那一身红色铠甲只不过是用来遮掩身体的廉价品——因为即使不使用任何现代化科技设备，圣骑士已经拥有常人不可想象的战斗力了。

其中一名战士的肩头上，扛着一位身穿连体红袍的小个儿，它低头跷腿，单肘撑膝，坐得非常稳当。

它们那种了无生气的感觉，让人很难从外表判断这三位究竟是活人还是机器，虽然对方并没有做出任何有威胁的动作，或者说出只言片语，无法抑制的恐惧依旧顺着我的脖子滑落，化作脊背上的滴滴冷汗。

的确，比起"像人的机器人"，"像机器人的人"更让人觉得害怕。

坐在骑士肩膀上的红袍小人儿轻轻跃下，落到两位骑士之间靠前的位置，掸了掸袍摆，一语不发。隆起的胸部，纤细的腰肢，长袍兜帽下露出的长发，都表明了这是一个女人，一个身高可能只有一米五，甚至更矮，但身体已经相当成熟的女人——如果"它"真的是人的话。

它戴着骑士团制式的银色面具：一张刻板的人脸，就像是维多利亚时代歌剧演员用过的那种。在它胸口的红袍上，嵌着一个小小的标识：蔷薇的藤包围着一把断裂的剑，标识下方印着一行小字，一行看上去应该是名字的小字："奥德·兰洛丝"。

是红衣骑士兰洛丝！一个在司机间口耳相传的可怕称谓！"不要注视她的眼睛……"还记得是谁曾这样说起，"只需要一个眼神，那婊子便能撄走你的灵魂。"

那人并没有吹牛，只是不经意的一瞥，我便好像被兰洛丝身上散发出的压迫感所震慑，连呼吸都莫名其妙地急促起来。

毫无疑问，我遇到大麻烦了。

她一个箭步跳上侧门，朝驾驶室内上下打量了几秒钟。我憋着气，说不出话，百灵紧紧握着我的手腕，而我却紧紧抓着方向盘，一动不动。

女骑士的目光最终停留在百灵脸上。直觉告诉我，这女孩便是她的目标，同时两天来发生的一系列事件，将会在此时此地迸发出耀眼致命的火花。

"确认目标物'斑鸠'。"当着我们的面，她按下肩头通话器的开关，发出仿佛幽灵般冰冷轻逸的嗓音，"位置07、03，申请一支回收组，一支歼灭组，通话完毕。"

已经没有闲工夫慨叹时运不济了，待圣骑士团的直升机降下，就是上帝也回天乏术。

事已至此，无非死路一条，没有人能从圣骑士的手上逃脱，更没有人在对他们横刀相向后还能留下全尸。

但现在，我想试试。

我猛地把百灵紧紧搂到怀里，抽出突击步枪，顶住车窗前红衣骑士的胸口。

生死置之度外后，再大的恐惧也随之烟消云散，连我自己都不敢相信，我竟会用如此平静、简短的语句，去威胁一个卡奥斯城的红衣骑士："下车。"

她似乎愣了一下，围在卡车周围的所有带枪物体——无论COW、圣骑士还是"怪叔叔"，都齐刷刷地把武器瞄了过来，发出一阵错落有致的声响。

"孩子，你可知道……"面对我的 Q9M，红衣骑士完全不为所动，"你在做什么吗？"

"知道，现在下车。"

我向前顶了一下枪头，她看起来虽然娇小，但身体却稳若泰山。

"遭遇抵抗，"她又一次按下通话器的开关，旁若无人，"两支歼灭组。"

不可一世的傲慢，让无名怒火涌上我的胸口——如果你当真不在乎我的枪，我便成全你的勇气——扣动扳机的刹那，大脑几乎一片空白，我以前也曾对别人开过枪，但这次不一样，这是诀别的子弹；当我决定打出这一枪的时候，死刑判决书便已经下达，过去的那个白叶，实际上，已经死了。

绛紫色的体液从那鲜红的袍子里喷涌而出，子弹打穿骑士的胸膛，她没有发出任何呻吟便重重摔倒在地，就这样死掉了。

没有反击——正如预料中的那样，没有红衣骑士的命令，他们谁也不敢朝我……确切地说是朝我和百灵开枪。虽然把女孩抱在怀里做挡箭牌确实是一种很容易让人产生负罪感的行为，但眼下可没闲工夫管这么多了——一秒，最多两秒，我观察周围的环境，判断现在的位置，计算着逃跑的可能性。

然后，我孤注一掷，赌上我仅有的全部家产，按下方向盘下面那个我原本希望永远不会按下的按钮。

八颗夹着金属干扰片的烟幕弹从卡车底盘弹出，迅速爆开，周围立即出现一大片带着铁屑味的烟尘。在车载电脑的电路被磁爆冲击烧掉的前一秒钟，我输入最后一个命令，然后顺势扛起百灵，抓起手机、步枪、一把现金，破门而出。哦，等等，还有储物箱里的那个小盒——那个必须在六月六日二十四点之前送到卡奥斯城的小盒，同样是誓约，对我来说，它的重要性并不逊于百灵——都值得，或者说必须用生命去守护。

"怪叔叔"因为磁爆的关系，暂时没有动弹，而其他人则在烟幕中一边叫喊一边抓瞎，我迈开步子，跳下路基，冲进田野。前方的白色雾墙距这边大概有一百五十米，如果能够冲进迷雾丛林，就会有活命的概率——应该说，才会有活命的概率。

"他在那里！"一个士兵朝这边高声尖叫，这些 COW 的反应速度超过我的预期——显然，我不是第一个在车上装磁爆烟幕弹的家伙，但我也为他们留下了后手：在那残破不堪的驾驶室后面，与货仓的夹缝之间，两颗血红色的锥状物体突然呼啸而出，蹿到半空，打了三两个转后，大头朝上保持着平衡。

预想之中的鬼哭狼嚎立即在身后响起："是 S 雷！"士兵们狼狈地抱头寻找掩护，钻车底的钻车底，跳水坑的跳水坑，还有一个慌不择路就地卧倒的傻瓜。

他们知道，只要那不起眼的红色小罐当空爆开，无数铁钉状的细针就会向下喷涌而出，把直径十五米内的地面染成一片炼狱血海。但他们不知道的是，我压根就没钱买正规的Ｓ雷发射器，而我的那两个锥形小罐头——就只是真的桃子罐头而已。

两位身着战斗铠甲的圣骑士自然不会害怕Ｓ雷，令人意外的是，它们也只是像雕塑般站在原地，目送着我远去，没有挪动半步。

从此，我便再也没有回头，一口气狂奔到底，直到两腿酸软，眼前几欲发黑为止。

今天的雾很浓，草叶上还沾着星星点点的水珠。我放下一直扛着的百灵，坐到地上大口喘起气来。

"他们是什么人？"百灵站在一旁，样子很是委屈，"为什么要追你？"

真是令人哭笑不得的问题。

犹豫再三，我还是决定说出实情："他们是来追你的，百灵，你知道为什么吗？"

她惊讶地摇摇头。

脚还有些软，我扶着步枪才慢慢起身：

"我也不知道，"我摸摸她的脑袋，"也许你是什么了不得的大人物吧？"

"我？"她瞪大了那双无神的眼睛，"大人物？不可能，不可能！"

我苦笑一声，如果她有意识到自己的状况，那也不会落到现在的绝境了。

"没关系……"我叹了口气，"走吧，我们还不能休息。"

我杀了一个红衣骑士——若在平时，这事迹足够我尿上好几星期裤子了。毫无疑问，COW 不会放过我，他们会颁布通缉令，给每一个知道我底细或者哪怕一点传言的司机赏金；圣骑士团不会放过我，他们会出动一二十个歼灭组，像铁犁般把整个迷雾丛林搜个底儿朝天；卡奥斯城就更不会放过我了，他们绝对会搬出能找到的所有装备——中国人的驱逐机甲，美国人的主战坦克，日本人的武装直升机，还有一切听说过没听说过的最新玩意儿，直到确认我的每一条 DNA 都被轰成渣，他们才会罢手。

百灵的步子不大，但耐力挺好，抑或只是我刚才跑得太急，她还面不改色时我就已经上气不接下气了。

"我们要去哪儿？"她突然问道，"已经听不到他们的脚步声了。"

是的，这就表示战车和直升机要来了。雾很浓，能见度可能只有十米，而且越往前走，视线就越是模糊，在这种情况下，别说目测，就是卫星都没法确定地面的情况。但用不了二十分钟，最多半个小时，搭载声呐探针和生命感应仪的陆战队员就会给我布下天罗地网，说不定还会有几个比百灵更厉害、更匪夷所思的代偿者——反正卡奥斯城多的是怪胎。

计划，计划，盲目地走下去还是死路一条，我脑中杂乱的线索刚开始变得清晰，就又散成一片沙。

圣骑士团要的不是我，而是百灵。和帕拉斯不同，他们需要活着的百灵——甚至在我开枪杀了一名红衣骑士后，他们都没有还击，这足以说明百灵的生命对他们而言，是无法估价的珍宝。

而很不幸，我最不能舍弃的，亦是百灵，现在这已经不是誓言不誓言、原则不原则的问题了——老实说，我想不出原因，就好像在冥冥之中，有谁不住地窃窃私语，告诫我不要让圣骑士团把百灵带走，即使牺牲性命，也不能放任她离去。

但是，为什么？

思绪就像身边的灌木丛，纠结着连成一片，无边无际，从迷雾中浮现，又在迷雾中消失。

为什么？

为什么一贯自私、世故的我会去思考一个素不相识的女孩的命运？为什么根本不相信美德的我会对完全是虚妄的正义如此执着？为什么要救她？为什么要固执地带她走？为什么从来没有赌博过的我，会连自己唯一的生计、自己全部的未来和生命都押了上去？

为什么？只是誓言？只是为了不违背自己曾经许下的约定？

哦……我想起来了……想起来了。

星星点点的泪珠在我的眼眶里打转，却始终没有流下来。

我咬了咬牙，突然间就变得铁石心肠似的，把最后的迷茫和犹豫，混着这些咸涩的液体埋进心底。

是偿还。

一切都是为了偿还，偿还过去的罪孽，偿还自己违背誓约所犯下的罪孽，偿还那个根本就不应该被原谅，却苟且偷生到现在的白叶所犯下的罪孽。

"别怕，百灵。"

我停住脚步，轻轻拉过她的小手。

"你会没事的，"我攥紧了空着的那只拳头，"我向你保证……"

有生以来第一次，我决绝至此。

十、迷雾

我首先想到的"帮手"是阿碧丝。

她是一个年轻的拾荒者——那当然不是收破烂的组织，虽然也差不了太多。据说，拾荒者的历史比卡奥斯城还要久远，早在"一星期圣战"刚刚结束，丛林还没遍地开花之前，拾荒者就已经在这一带活动了。他们中既有失魂落魄的难民，也有投机敛财的冒险家，他们在荒野和废弃的矿井里游走，寻找每一块可以卖钱的废铜烂铁。在"鬼种子"发育成熟——或者按官方的话讲，"生态圈感染行动完成"之后，许多在战争中没有受到破坏的村庄被丛林包围吞没，农田、牧场被破坏殆尽，居民没有办法，大部分人只能选择迁徙，剩下的则加入了采摘果实、收集木材卖钱的拾荒大军，大概是在卡奥斯城建立之前的一年，名为拾荒者的"企业"成立了——虽然即使到现在，它依旧是个类似于中国武侠小说中"丐帮"那样的社会团体而已。

我与拾荒者有过不少贸易往来，而从一开始，阿碧丝就是我们的中间人。她与我年纪相仿，也可能比我大个两三岁，但与我不同，她很善谈吐，而且是个讨价还价的老手。据说，她和拾荒者的现任老大关系很铁，所以在组织里说话很有分量——好吧，我也只是听她本人这样吹嘘过而已。最重要的是，阿碧丝经常有些"见不得人"的私货要送到卡奥斯城或者南方，因而欠我不止一个人情，她曾经说过"如果想要帮忙，米迷雾丛林报她的名号就可以"，那么现在就是验证这句话的时候了。

如果没有向导带路，普通人在迷雾丛林里走不出一公里就会傻眼，靠近死寂草原的地方可能还好说，一旦进入森林内部，再伴以浓雾，便会立即产生晕头转向的错觉。

由于阿碧丝的关系，我还勉强记得拾荒者在树干上做的标记。不过，我还是得感叹，这些经过精心培育的生态兵器真是顽强得可怕，二十年不到的时间里，就把一个本来是铁矿基地的荒原变成了茂密繁盛的丛林，如果不是人为地开采和有意识地破坏，这些植物应该还可以继续扩张吧？反正仅仅是半个月没有来过，许多标记就已经完全无法辨认了——这也算是个不错的消息，地形越是复杂，雾气越是浓重，卡奥斯城的追击也越是困难。

即使牵着我的手，百灵依旧走得很慢。地上像毛毯一样厚实的落叶里夹杂着盘根错节的树根，还有扭曲呈网状的藤蔓点缀其中，就算是我也有些举步维艰，更别说是看不见东西的她了。

"这里好热闹。"百灵扶着一根枯树，轻声笑道，"你能看见它们吗？"

四周虽然称不上是鸦雀无声，但在我听来，和外面的草原也没什么差别。

"是动物吗？"我也乘机喘口气，看了看周围，"一个也没见到啊。"

她斜着伸出胳膊，指向侧上方的树冠："那里有一只，可能是啮齿类的吧。"

我仔细辨认了半天才发现她所指的方向真有活物，是的，那是一只松鼠之类的东西吧。

阳光在层层浓雾的过滤下变得像细纱般清淡柔和，洒在林间，混着的树脂清香，宛若童话故事里某个宁静的早晨。过去为了生计，我奔波至此，只是觉得这些迷雾和树木非常碍事，现在被大队人马追杀，反而为这里的奇景所吸引，感到一种说不上来的淡定。

"嗯，确实有只松鼠。真让人羡慕，百灵，"我一时忘却了背后的险境，停下脚步，回身拍拍百灵的肩，"你所听见的世界，一定很精彩吧？"

"是啊！"她先是兴奋地点点头，而后又立即压低了声音，"但是，看到松鼠的，难道不是白叶先生您吗？"

她楚楚可怜的样子，让人不禁一阵心酸。"它是棕灰色的，"我清了清喉咙，又看了一眼那只松鼠，"有很大的尾巴，娇小可爱的前爪……嗯，它在看着你呢。"

"我不要紧的，白叶先生，"百灵扯了扯我的衣袖，微微笑着，"你不必可怜我。"

能够欣然接受自己缺陷的人，又何需安慰呢？我点点头，轻声道："我们走吧，不远了。"

确实已经不远了。迷雾丛林过去曾是个很大的联合矿场，拥有蜘蛛网般的地下坑道。战争爆发之后，大部分的矿场都被废弃，只有其中一个还在运作，而它的地上设施也逐渐成为拾荒者们的聚集地，经过二十年的居住改建，那里现在有了一个非官方的名字："废弃镇"。

废弃镇被严密的丛林团团包围，不仅没有大道，从外面甚至看不到那里有一个村镇。拾荒者在周围的丛林里布置了大量陷阱和暗哨，无论是谁试图从地面接近，都将体会到"寸步难行"的

斑鸠

含义。进镇的唯一方法，就是通过地下坑道。改造后的矿场设施，已经变成了拾荒者的庇护所和要塞，其错综复杂的程度，比起地表有过之而无不及，因此也有人说："迷雾丛林真正的迷雾只在地下蔓延。"

值得庆幸，我到底还是没有记错路。沿着标记走了两三分钟，森林中出现了一块小小的草坪。草坪边缘种着"守身草"——一种专门抑制"鬼种子"生长的植物，当然，从某种角度来说，它也是生态兵器，是一种不怎么"厉"的"鬼"而已。

没有任何预兆，我只是刚一出现，草坪中央的伪装便被撤去，一柄长枪直直地顶住我的鼻头；等我反应过来时，能做的也只有乖乖地举起双手了。

对方穿着雨披，戴着防毒面具，遍身不知是花泥还是丛林迷彩，总之是一块绿斑、一片红云的样子，就好像画匠手里的调色板，只是少了几分艺术感，多了一点杀气。这是拾荒者的标准装束——还好，起码不是 COW 的陆战队员。

"白叶？"

女人的声音，让我彻底安心下来，看着低垂的枪口，我也慢慢放下手道："好久不见，阿碧丝。"

不管她本人再怎么自吹自擂，说到底还是在这个外围坑道入口站岗，以我平时的为人，此时不挖苦她两句是不会舒坦的，但现在显然不是时候。

她摘下防毒面具，面色凝重："以前不是跟你说过，来找我要提前打电话预约吗？"

说句题外话，如果我提前打电话预约，就不可能在这个坑道口看到她穿成这副德行了，在熟人跟前，女人总归是会爱些面子的。

"阿碧丝，"连寒暄的时间都没有，我开门见山道，"我想请你帮个忙。"

她注意到我身后的百灵，于是又起腰道："和这丫头有关了？"

"是的，人命关天。"

"是你的私生女？"

"拜托说点有逻辑性的话好不好。"

"那就是你女朋友了？"

我实在没空和这个啰唆的女人闲聊，于是直接把百灵拉到她跟前道："把她带去废弃镇或者歌利亚矿井，藏起来，直到我再去找你为止。"

"白……"百灵刚要说什么，我便用手指轻轻点住她的唇，轻声安慰道："别担心，不会太久的。"

突然像想起来什么似的，我慌忙掏出手机——就是昨天凌晨得到的那部，迎着阿碧丝莫名的目光，硬生生地塞到她手里，然后凑上前耳语，"如果我没法回来，请你……"不知为何，我语塞了两秒钟，"请你照顾她，这个手机的主人，过些日子就会联络你，然后把女孩接走。这一切不会打搅你太久，阿碧丝，拜托你了。"

"白叶……"阿碧丝眉头紧锁，一边打量着百灵一边道，"直觉对我说，这丫头很危险。"

她的直觉一向很敏锐。

而我也没有更多时间去说服她，只得拿出撒手锏："阿碧丝，就算是为了我们的友谊，如何？要再找一个肯为你免费偷运'雪蔺草'的司机可没那么容易了啊。"

"嗯……"她没有可能拒绝我的条件，如果让拾荒者的老大知道她在偷偷搞走私，死相会异常难看，"……当然。"显然，她也并不是非常情愿，但还是堆出一脸灿烂的笑容，"为了友谊嘛！来吧，小姑娘。"她伸手揽过百灵的肩，"无论看到什么都别问，先跟姐姐走，到家我们再聊。"

仿佛刻意避开我的目光，百灵没有回头，但却久久不肯松开拉着我的手。

"别哭啊，好孩子。"阿碧丝茫然地看着百灵，而后又看看我，"你白叶哥他说话算数，肯定会回来接你的，别担心。"

在这一瞬间，我才突然想起，对百灵来说，刚才与阿碧丝的耳语根本就藏不住任何秘密。

"是吧？"百灵的声音里夹杂着隐约的抽泣，"白叶先生，你会回来的吧？"

我颇勉强地点点头："嗯。"

"能对我发誓吗？"她转过身，泪眼蒙眬，"就像你对别人发誓那样？"

"我……"

我做不到。

多年以前，在我刚到俄罗斯的时候，听过一个很老土的故事：叛军攻占了国王的城堡，誓将王室赶尽杀绝，一位禁卫骑士带着最后的公主杀出重围，骑士为公主换上挤奶工的衣装，留在某个农舍里，然后独自离开。当骑士最终被叛军斩杀的时候，公主早已不知去向。

百灵不是什么公主，也永远做不了公主。

但是至少，我可以选择做一位骑士。

十一、骑士

树干上的记号已经开始扭曲变形，本来可能是"箭头"的东西，现在看起来简直就是两条拥抱的蚯蚓。这也就表示，我已经走到丛林中即便是拾荒者也很少涉足的区域。

雾似乎比刚才还要大，我估算了一下时间，现在应该正是艳阳高照的时段，为什么天色会开始发灰？圣骑士团肯定全员装备夜视仪，所以黑暗对我来说是一个巨大的劣势，现在也只有祈祷老天爷不要把玩笑开得太过分就好。

至于我的计划——

很简单，也很复杂，计划会有两个完全不同的结局，这不仅取决于我自己的表现，更取决于我的对手的表现。但无论是何种结局，它们的开头都是一样的。

我选择一棵看上去体型最大的树，爬上树冠，举目远眺。

漫天雾海之下是一片若隐若现的苍翠，夏风轻抚，枝叶的摩挲声如潮水般涌来，然后远去，偶尔有些动物的鸣吠，混成一曲回声，荡漾在森林的每一寸缝隙之间。

安静——比我想象中还要安静，没有坦克的轰鸣，也没有士兵的喧哗，这绝不是卡奥斯城应有的效率，至少不是圣骑士团的。

我盘腿缠住树枝，高高举起手里的 Q9M 突击步枪，扣动扳机，猩红色的曳光弹冲上云霄，转瞬之间便消失在浓雾之中。

会被引来吗？卡奥斯城的那些"高手们"会中招吗？如果来了，那该怎么办？带着紧张与忐忑，我立在孤零零的树冠之上，处在灰蒙蒙的迷雾之中，好像期待着发生什么似的，却又打心眼儿里希望什么也别发生。

那两条白色的光束是什么？若即若离，悬浮在半空，是雾中的幻影？还是什么怪物的眼睛？我握紧了步枪，晃了晃脑袋，想确定自己没有看花眼。

但很明显，在这种能见度之下，耳朵的作用更大，没等那东西靠近到可以看清轮廓的距离，我便匆忙从树冠落下——连滚带爬，那排山倒海般的轰鸣只可能来自一种东西："雀蜂"武装直升机，它全身上下的武备足够摧毁一个整编坦克营，我可没兴趣用一把 Q9M 和那怪物对抗。

刚刚还平静祥和的丛林突然就风雨如晦，那些披着丛林战迷彩斗篷的 COW 陆战队员就好像是早就在等着有人出现，鬼魅般地在绿枝高草中上下穿梭，从四面八方朝这边靠拢。

所谓的草木皆兵，这个词真是贴切到了极点，我实在分辨不出哪些是荷枪实弹的真人，哪些只是风吹草动，只有按照来时确定的逃跑方案一路狂奔。

树干底部刻着的骷髅已经变了形状，我索性朝它又补上两枪，同时祈祷那些"母牛"还没拿到迷雾丛林的"旅游路线图"——前方就是被称为禁区的"路障地带"，拾荒者布置的克雷莫地雷、竹扦坑，还有其他乱七八糟说不出名字的致命玩具，从匪夷所思的高科技炸弹到石器时代的猎兽陷阱，散布在方圆十里的丛林之中。

两年前的"边缘净化"行动时，COW 曾在卡奥斯城附近的山林里清剿僵尸和匪帮——那时，我还被雇用去为他们输送给养。若要计算起丛林战的经验和水平，我不认为拾荒者的陷阱会对他们造成什么伤害，但至少也能让他们的步子慢下来吧。

身后突然传来巨响，惊得满林子鸟雀齐飞，连树叶都跟着在空中狂舞。

不知道是哪个可怜的小子踩了雷，这一下恐怕够他直接去投胎了——我恶毒地想着，反而加快了脚步。

我并不在乎去"赌命"，因为计划的其中一个结局，就是我在这里被炸上西天或者被戳成漏勺，要不就是被 COW 乱枪射倒——总之，就是一个"死"字，无论在什么地方，什么时候，以什么形式，只要我死掉，追逐就会陷入僵局，那么百灵也会有更多的机会躲过 COW……和那些圣骑士。

一直在附近游荡的"雀蜂"好像正在慢慢远离，由旋翼发出的、令人厌恶的轰鸣声终于告一段落，我接连仰头望了好几次，枝叶交错之上的天空，依旧被浓雾所遮蔽，连太阳的位置都辨别不清，只有一团微微发亮的光晕。

一瞬间，我竟然有了种"甩掉他们了"的错觉，但旋即认识到那不过是异想天开——他们还没有出动装着大脑芯片的德国牧羊犬，还没有撒下铺天盖地的侦察甲虫，这些卡奥斯城的畜生们还远未使出全力呢。

我放缓了步子，小心起脚下的路。没走两步，前方传来了阵阵潺潺的水声，穿过好几重迷雾之后，一条五六米宽的湍流在眼前铺开，悬浮在它之上的雾气，也因为水色的倒映，仿佛有了生

斑鸠

命，显出缥缈灵动的形状。

河水虽清但不浅，似乎刚好能漫过头顶，我伸手试探，水中含着一丝暖意，不过温度比迷雾丛林里的温泉要稍微低些。

"会不会有辐射或者化学污染？"——这样的问题已经被抛在脑后，我直接跳进河中，顺着水流向下游漂去。这条路线自然不在"计划"之中，但现在有充分的理由选择它：首先，拾荒者不可能在河里埋地雷，也不会出现捕熊器之类的陷阱；其次，水的作用多少会影响追踪者的效率——尤其是狗；最后，也是最重要的一点：从六岁开始，我的水性就比腿脚要好得多。

我努力回忆着迷雾丛林周围的地形，实在想不起在哪张地图上有标过这么一条小河，因此也完全不知道它会流向何处，只有跟着感觉向前。虽然在浓雾之下，河水能给人以安全感，但我清楚，一旦失去了迷雾和树丛的遮蔽，河面上的目标就成了活靶。

如果不是在逃亡，这里还真是玩漂流的好地方。一边悠闲地抽着细烟，一边欣赏两岸的美景——如果雾稍微淡一点的话，还可以感慨感慨人生——我发誓，如果能活过今天，我以后决不会再抱怨天道的不公，毕竟能从圣骑士团手上逃脱的人，已经不能用幸运来形容了。

游出两公里左右，河岸边出现了一块小小的空地，空地中央有一间像是厕所的木屋，周围则是明显被修剪过的草坪，没有一棵树——毫无疑问，地上种着的是"守身草"。

游近之后，发现那间木屋的招牌上画着一只马桶——果然是厕所。把公共厕所建在河边，还真是符合拾荒者的行事风格。一想到这里，我突然丧失了继续游下去的动力，赶紧爬上岸，生怕一不小心就有什么"不好的东西"直接撞到脸上。

"总算是……"

忽然，幽灵一样的声音，自脊背袭上我的脑袋。

"找到你了。"

仿佛触了电般，我惊恐得挪不动身子。

不可能——我刚刚才上岸，背后……背后就是河水，怎么可能有人站在水里对我说话？而且这个嗓音……分明就是那个被我杀掉的红衣骑士。

汗如雨下，我的四肢都好像僵住了似的动弹不得。我费尽全力，才勉强朝后别过半个脑袋。

两个穿着血红色作战铠甲的圣骑士，提着转轮机枪，一左一右站在我的身后，机枪尖端的劈刀亮得扎眼，但这还不算是最令人震惊的场景。

河不见了。

草地还在，身边的厕所还在，但是河，刚刚那条我分明在里面游了快半个小时的河，不见了，无影无踪。取而代之的，是和周遭环境里一样的树丛，把脚下小小的芳草地紧紧包裹住的树丛。

这不可能，我分明游……

当右手摸上自己胸口的刹那，我整个人都凝固了。我被耍了，不知对方用了什么办法，但我肯定是被耍了——明明只有自己的汗液，感觉上却好像刚从泳池里出来一般浑身湿透，甚至有些微微发凉。我根本就没有游过泳，或者应该说，那条让我游泳的小河根本就不存在，我不知不觉中了对方的陷阱，撞到了两个圣骑士的枪口上。

斑鸠

“我注意到你是一个人。”依旧是红衣骑士的声音，像风中的呢喃般缥缈，在耳侧轻轻回旋，“所以我们直截了当吧，凡人，那女孩在哪儿？”

甚至连我的名字都不想知道，而只是简单地称呼为“凡人”，如此盛气凌人的态度，让我本能地感到厌恶。

我稍稍平和了一下心境，慢慢转过身，面对两位圣骑士，它们都下垂着枪口，完全不把我背上的 Q9M 放在眼里。周围看不到那红衣骑士的身影，但她的声音确实近在毫厘，就像是贴着我的胸口说话。

“唔！别心急，”我从裤子口袋里摸出一根已经打着弯儿的细烟，强作镇定地轻轻叼上，“我还没当面向您道歉呢。”

“凡人的子弹，”她就好像知道我下一句话要说什么似的，“伤不及我的皮毛。”

看来传闻是真的，兰洛丝拥有近乎魔法的力量。它们不仅能完美地控制自己的情绪，也能影响对方的精神，甚至能“勾走人类的魂魄”，即使是不经意似的一句轻描淡写，也有震人心魄的力量。

那么，是幻觉？我捂住自己的额头——刚才的河水和游泳，甚至现在身上还未褪去的、湿漉漉的感觉，都是幻觉？紧接而来的一个问题便是，什么时候？是从什么时候开始，我陷入幻觉的？是从听到水声的那一刻开始？还是跳下河里的那一刻？等等，既然是幻觉，总有不合逻辑之处，我努力整理思绪，试图找到某些蛛丝马迹。

首先，河水是温的，这完全没有可能，现在是夏季，即便迷雾丛林里遍布温泉，也不存在一条把手放进去能感觉到"暖意"的河。如此说来，水声也肯定是假的，那之前的爆炸声呢？那些追捕我的 COW 呢？那架"雀蜂"呢？

"我不想浪费我们两个的时间，所以，"红衣骑士突然打断了我的推理，"我会给你开出一个无法回绝的价码。"

红衣骑士的声音顿了顿，仿佛在期待我的态度："只要你告诉我那女孩现在在哪儿，我便以持律者议会的名义，完全赦免你之前所有的罪，并授予你卡奥斯城中央区的永久居住资格。"

不知道其他人怎么想，老实说，这条件……很一般。

"如果你真的有诚意，"我卸下背后的 Q9M 突击步枪，慢慢放在草地上，"就应该出来和我说话，而不是像现在这样装神弄鬼。"

话还没说完，面前的两个圣骑士突然横过手里的转轮机枪，直挺挺地瞄着我。

斑鸠

"你搞错说话的方式了，凡人。"红衣骑士的声音提高了一个八度，"现在，这片丛林里，只有我有资格提出谈判条件，你只需要选择接受，或者拒绝。"

"抱歉，"我尽全力压抑住内心深处的恐惧，扬起嘴角，勉强地笑道，"你的条件还不够好。"

"你不怕死，我明白。但你也必须明白，你并不能阻止我找到那孩子，一切只是时间问题而已。如果你不肯帮助我，我失去的只是几个小时，而你则要失去人生的全部。"

"既然如此，"我耸了耸肩，"你还是自己去找好了，几个小时嘛。"

"好吧……"伴着一声意味深长的叹息，圣骑士手里机枪的枪口开始旋转，发出微微的嗡嗡声，"我尊重你的选择……"

一个毫无希望的绝境。

那么，只有再见了。坦白地说，我并不喜欢这个世界，一点也不。到处都是冷漠的眼神，苍白的言语。自私的人类，带着他们的猜疑、嫉妒、愤怒和所有能表现出来的奸诈，以"生"为名义，行走在每一个你能看到的角落。我讨厌他们，却不得不同流合污——因为我正是其中的一员。

我抬起头，竟感到一种说不出口的解脱。

我从没想过要自杀。虽然我曾经不止一次地觉得，只有自杀才是屠弱的自己洗涤罪过的唯一办法。但今天，现在，我寻找到了另一种赎罪的方式。我得感谢百灵，以及把百灵交给我的那个老人——真糟糕，我连他的名字都不知道，当然，还有眼前的刽子手，它们让我能够带着誓言与尊严，平静地离开。

这就是偿还，五年前所欠下的一切，五年间所背负的一切，都将随着枪声的响起、血液的喷涌，一笔勾销。

我闭上眼睛，等了足足一分钟。

嗡嗡声停下了，枪，却迟迟没有响。

而且最奇怪的是，那红衣骑士幽灵似的嗓音也没有再出现，我不敢有所动作，呆呆地注视着眼前两位圣骑士：两人微微扭过头，互相望了望。我看不到它们头盔之下的表情，但隐约觉得他们正在犹豫，或者准确地说——是被什么所困扰。

其中一个突然迈开步子，冲到跟前，一掌便将我推倒在地，然后用机枪尖端的劈刀顶住我的胸口。我稍稍抬起头，注意到另一人正背对着同伴，端着枪四下观望，看样子是在提防什么东西的偷袭——这可真稀奇，我想不出在这个世上有什么东西敢对圣骑士下手，尤其是在它们还都全副武装的时候。

雾似乎比刚才淡了些许，慢步轻踱的圣骑士如同一尊在缥缈烟雨中屹立的佛像，浑身上下都透着有力的威严。

诡异的静谧笼罩着四周的树丛，刚刚还欢快地鸣叫着的鸟儿突然全都止住了声，仿佛在屏息凝视，饶有兴趣地期待着即将发生在这三个人身上的事情。抑或是动物的本能提醒它们，是时候保持安静了。

是杀气，难以名状的杀气，就像一把无形的利剑，在草坪上布下重重刀阵，即便是无所畏惧的圣骑士，也仿佛预感到了不祥，放缓了手中的动作。

那也是幻觉吗？从雾中渐渐淡出的身影，是谁？是什么？它越发清晰，通体透着鬼火似的白色——不，确切地说，是和周围的迷雾融为一体的灰白，随着距离和角度的改变，那色泽也在微微发生变化，最终显出能够辨认出的轮廓来。

是一个人，一个女人，五米开外，迎着我诧异的目光，用左手捂着半张脸孔，迈着小步走来。

套头的白色紧身连体长袍将她遮得严严实实，戴着手套，笼着面罩，若不是丰满的胸部和内凹的腰身，根本就判断不出站在那里的是一个女人。袍摆很长也很宽，随着她的步子在草丛间起伏，像被什么涂料染过似的泛着绿油油的光。刹那之间，我忽然明白了这身"幽灵装"的实质——一件超越 COW 制式水准的光学迷彩服，一种全世界只有两个，最多三个国家可以生产的次时代单兵装备。

女人在我跟前停住了脚步，盖在侧脸上的左手却没有放下——可能是某种打招呼的方式吧？但最奇怪的是，即使在如此接近的距离，用劈刀顶着我的那位圣骑士依然对白袍女人视而不见，木然地保持着造型。

女人伸出右手食指，对我做了一个"嘘"的手势，我微微点头示意。她小心翼翼地蹲下身，拾起我刚才丢到地上的 Q9M 突击步枪，单手握把，直直瞄向骑士戴着头盔的面门。

幻觉！绝对是幻觉！那枪口差不多都要顶到面罩上的玻璃了，骑士却还是稍稍低着额头，若有所思似的盯着我的脸。

等等……如果他不是看不见枪口，而是……什么都看不见的话……

女人突然松开捂着脸的左手，稳稳端住枪托，两个圣骑士仿佛在同一时刻苏醒，突然有了反应，但我身前的这个还没来得及抬起头，Q9M 的枪声便已经响起。

紫红色的血浆混着面罩破裂时爆出的玻璃碴子飘舞在空中，洒落在地上，我伸出胳膊遮挡，却还是被溅了一身。子弹射进了圣骑士的头盔，估计整张脸都被打开了花吧？总之，它那健硕的身躯就像一堵被轧路机推倒的墙壁，直挺挺地向后躺倒，砸在草坪上时，甚至能感到地面发出一阵微颤。

不论出于何种目的，她已经闯下了无法补救的大祸——而且报应会来得很快：

"抵抗意味着消失！"另一位圣骑士转过身，那句著名的圣骑士团专用台词透过电子变声器咆哮而出。机枪转轮的轰鸣，和着作战铠甲沉重的脚步，迅速向女人所在的位置靠去。

它的反应很快，但还不够快——至少，没有它的对手快。

白袍女人甩手把 Q9M 丢到地上，迎着圣骑士健步上前。她两手空空，全身上下，没有一样能够对作战铠甲产生半点威胁的东西。

眼见来不及发射，圣骑士抬起机枪，横起枪口下侧的劈刀，迎着女人斩去。刀口和刀尖上的高频震动组件突然启动，发出一声刺耳尖啸。

我瞪大了双眼——这必将是血肉横飞的一刀！只要劈刀轻轻碰触，那女人就会皮开肉绽；若被当头斩中，那柔弱的身体绝对会四分五裂，就像从五楼坠落的新鲜西红柿一样。

我很难说清接下来一秒钟里发生的事情，因为那实在是太快了，快到几乎无法用语言来描述：女人顺着刀刃挥动的方向侧转身体，背对骑士，依靠惯性撞在骑士的胸口，同时——确切地说，是在转身之前，双掌滑向枪口，用熟练到不可思议的手法，竟在机枪还在挥动的过程中，将劈刀从枪口上卸下，然后反手反身、自上而下地把颤抖着的劈刀从头盔与胸甲的间隙里刺了进去，刀口沾着紫红色的鲜血从脖子后面穿出，圣骑士发出一声低沉的"呃"，突然就停住了所有动作。

只是一秒钟，看似胜负注定的对攻却变成了现在这般结局。

那可是两个圣骑士！两个拿着轻机枪、穿着单兵作战铠甲的圣骑士！它们竟像周一"血狱"里经常出现的那些个"肉鸡"一样，还没正式交手，便已经倒下……不，不是它们太弱，而是眼前这个突然出现的女人太强、太快，她身上的飘忽与灵动，与周遭的白雾融为一体，宛若妖魔。

但那圣骑士还没有死！它用沙哑含糊的嗓音，断断续续地重复着"抵抗意味着消失"这句话，然后突然松开机枪，张开双手，想要抓住胸口的袭击者。

白袍女人轻巧地后跳转身，同时把劈刀硬生生地又给拔了出来。这一下骑士的喉咙处血如泉涌，把半身铠甲都染成了紫色。它终于像是支撑不住了似的，双膝跪地，两臂低垂，只有电子发声器还在说着"系统、启动、反抗、破坏"之类不着边际的东西。

女人一跃跳到骑士的背上，半跪半蹲地抵住它的肩，双手握柄，将劈刀扎进天灵盖。于是，连电子发声器也停止了响动。

她跳回地面，默默注视着还倒在地上的我。从理论上讲，这个蒙面的神秘女子救了我的命，但不知为什么，现在我的心里只有恐惧——不是那种表露在外的惊恐，而是带着些许崇拜，埋在骨子里的畏惧。

"谢……"我定了定神，用胳膊肘撑起上身，"谢谢你。"

女人刚像是要对我的话作出回应，躺倒在她和我之间的那具圣骑士尸体，突然晃了晃，一个打挺儿就站了起来。女人显然也吃了一惊，半步后跳，却正好被身后的骑士抬手拉倒——你能相信吗？脑门上插着一把劈刀的人，竟然还能活动右臂！

"抵抗……意味着……"而那只站起来的骑士，一边念叨着，一边用有些迟钝的步伐转过身体，从腰间抽出一支大约半米长的棍状物体，"消失！"

它怒号着高举右臂，向地上砸去。女人的左小腿被死死拉住，没法起身，自然也就无从规避。眼见就要击中的刹那，两人右侧的浓雾突然被撕开一个螺旋状的缺口，不知什么东西划着一道隐隐的尾迹，把圣骑士的头甲打了个对穿，将这两米高的巨人再次放倒。

即使最劣质的简化版作战铠甲，至少也能防住突击步枪的贴近抵射，而刚刚发动攻击的武器，威力绝对小不了。

那是皮靴的声音，优雅、从容不迫，甚至还有些玩世不恭——浓雾之中，慢慢踱出一个高挑矫健的人影。褐色的长风衣，黑色的皮裤军靴，栗色的鬓角胡须，杂糅着沧桑与安然的眼神，你很难说清这是一个从哪儿突然冒出来的男人，他脸上所展露出来的那种轻松与自信，和周遭的环境甚至可以说和整个时代都好像有些格格不入。

他抱着一把很大的步枪——那应该是步枪吧，总之我从来没有见过类似的玩意儿，方方正正，质感也好像是某种塑料玩具。

175

白袍女人慢慢从地上起身，冲来者伸出拇指示意。

男人拍拍枪托，"谢我的'哈娜'好了。"他的声音有些沙哑，却也不失磁性，"后面那家伙死透了吗？"

极标准流利的英语，在这附近，恐怕只有卡奥斯城的居民会这样说话。

"放心，早死了。"女人用脚尖捅了捅刚刚还抓着她的巨手，"只是一时眼花，没来得及干扰'链'而已。"

她的话让我心头"咯噔"一响，身子突然就像木头般僵硬得动弹不得——不是言辞的内容，而是说话的口气。这个白袍女子，这个拥有艺术般杀人伎俩的白袍女子，语调嗓音，甚至是谈吐的姿态，都和几小时前追着我砍的那位"帕拉斯·雅典娜"别无二致。

"你好，白叶先生。"男子向我伸出右手，在这个距离，我才看清他的面庞——四十多岁，脸部棱角分明，略有些不修边幅，散发着一种草原牧民的气质与神态。毫无疑问，他极帅气，身材也很标致，若再年轻上二十岁，一定是位偶像歌手般的万人迷——也许吧。

我点点头，接过他的手，站起了身。

"我叫拉法尼亚，"男子优雅地微微欠身，"虽然之前并没有见过面，但我的同伴已经介绍过您的事，同时她也对您的勇气和坚强表示出由衷的钦佩。"

"你的，"我看了一眼白袍女人，"同伴？"

她撤下兜帽，露出麦子般金黄的马尾长辫，然后轻轻揭下覆在脸上的面罩。黑色琉璃般的眸子，没有一丝神采，却清澈得仿佛能映出人影；林间仙子般的笑颜，没有半点瑕疵，却冰冷得好像能冻住灵魂——是帕拉斯·雅典娜，那只美丽、凶悍到不可思议的野兽。

"好啊，哥。"她就像完全不记得之前追杀过我的事一样，淡淡地笑道，"我们又见面了。"

百感交集之下，我一时不知道该从何谈起："你们……"

"我知道你有很多问题，白叶先生，"拉法尼亚突然抓过我的手，"但我的建议是，先离开这里。"

我点点头，没有丝毫拒绝的勇气。

迷雾丛林里的迷雾从未像今天这样浓过。

十二、水落

拉法尼亚的建议是对的。

我们左脚跟才离开草坪，旋翼的轰鸣便在空中响起，一个灰蒙蒙的庞然大物的影子在浓雾中慢慢显现。从帕拉斯出现时开始计算的话，直升机只用了两分钟不到就赶到了现场——这才是圣骑士团应有的效率，我也因此相信，至少现在所看到的一切不会是幻觉。

"是'雀蜂'，"拉法尼亚不知是在跟谁说话，"我们最好再走快些，生命探针的搜索半径有一公里。"

"别担心，那东西在丛林没用，"同他说话的时候，帕拉斯的语气明显自然得多，不卑不亢，也没有矫揉造作的微笑，"他们只是来复活战友的回收组而已。"

"复活？你说那两个圣骑士？"我一愣神，"它们还能复活？"

"唔，原谅我的用词，"帕拉斯噘了噘嘴，"它们根本没有死过，说'复活'确实有失偏颇。"

"没死？可它们的头都被你打烂了！"

帕拉斯和拉法尼亚交换了一下眼神，似乎得到了某种默许。

"这么和你说吧，哥，"女孩顿了顿，像是略作了些思索，"你知道卡奥斯城的圣骑士团一共有多少人吗？"

"两百，还是……两百五十人？"

帕拉斯展开左手："五个。"

"五个？"

"除开四位红衣，剩下的所有圣骑士，都是彼此的'链生'。"她扭过头，用一蓝一黑的两颗眸子盯着我，阴森森地道，"它们原本的人格被血液中的微调剂吞噬殆尽，只留下看上去像是人类的躯壳，成为微调剂控制下的傀儡。而一种被称为'链'的系统将这些精心训练过的行尸走肉控制在一起，让它们的思想与行动完全同步。说白了，所谓的圣骑士团，不过是一大堆微调剂的混合物而已。"她轻轻耸了一下肩，"所以你根本不可能杀死它们，只要任何一个同伴靠近，重新建立起'链'，体内的微调剂就会再次被激活，它们又会生龙活虎了。"

这又让我想起几分钟前才听到的一句话："凡人的子弹，伤不及我的皮毛。"

周围的树干上没有任何标记，地上也杂草丛生，我们每前进一步都要当心是否会被什么藤蔓树根之类的东西绊倒。毫无疑问，我们走进了真正的蛮荒世界，即使是拾荒者也懒得——或者说是不愿意来的"空白地带"。

就这样闷不作声又走了一段路——我不知道目的地是哪里，甚至不知道为什么要继续走。虽然帕拉斯和拉法尼亚都暂时没有表现出敌意，但他们与我之间压倒性的能力差距，还是让我有种被挟持的感觉。

"你们……到底，"终于，我耐不住性子发问，"是什么人？"

帕拉斯刚说出了"我"字，就因为拉法尼亚的一个眼神闭上了嘴——连鬼神般强悍迅猛的帕拉斯都会有所忌惮，这个看起来温柔俊朗的中年男人，想必也不是省油的灯了。

"我不想说谎，"拉法尼亚摇摇头，"但是同时，白叶先生，我也希望您能对我们所说出的每一句话表现出足够的信任——无论内容听上去有多可疑，"他顿了一下，"怎么样？这条件够公平吗？"

我琢磨不出他话里的本意，点头应道："可以。"

他望了望四周，合上手里大枪的枪机——也许是什么别的组件，反正我说不上他手里那玩意儿到底是什么，要怎么用。

"就这里好了，我们歇歇脚。"他一边把枪挂上肩，一边拉住帕拉斯的胳膊，"安全吧？"

女孩抬起额头，瞪大双眼，非常仔细、慢悠悠地原地旋转一整圈。

"有微量的电磁辐射，"她突然闭上眼，用手轻轻按摩着眉眶，"不像是生命探针，也不是普通的雷达波。"

"'寂静之坑'离这也就几公里，有点辐射很正常。"拉法尼亚顿了一下，突然想起什么似的急问道，"那兰洛丝的精神干涉呢？还在吗？"

"呵，"帕拉斯不屑地笑了笑，"老妖怪一时半刻还缓不过劲来，"她扭头对我撇撇嘴，"都用在他身上了。"

虽然听不懂他们的对白，但起码有一件事可以确定：帕拉斯能够"看到"不寻常的事物，结合之前的各种"表演"——无论是昨天晚上还是今天，她的骨子里总透着些说不出来的另类。毫无疑问，她是一个代偿者，拥有我听都没听过的能力——同时也可能付出了令常人完全无法接受的代价。

拉法尼亚倚伴身旁的树干，解下腰带上的水壶，轻轻呷了一口，然后又拨开风衣的摆，摸出一支牙膏似的东西，丢给正在低头揉眼睛的帕拉斯，"你也休息会儿吧，"他对女孩说话的方式温柔异常、优雅非凡，"等会儿还不知道会遇到什么劫难呢。"

与我揣测的不同，那"牙膏"并不是眼药水之类的东西，女孩一声不吭地接过来后，扬起脖子就把它灌进了喉咙，咕咚一声便喝完了。

"我害怕的不是万般艰险，"她笑着坐在树旁，靠在拉法尼亚腿边，"而是一个人的孤单。"

这个样子的他们，就像是一对出外郊游的恋人，无忧无虑得让人羡慕——虽然年纪相差得似乎有点多了。

被放松的气氛所感染，我也卸下肩上的突击步枪，坐到两人对面："那是里斯的歌，对吧？"努力回忆了一会儿歌词之后，我轻轻哼唱起来："昏黄的花瓣，银白的初雪，去年随风飘散的蒲公英，何时才能重见？我害怕的不是万般艰险，而是一个人的孤单……"

"哥，"帕拉斯皱起眉头，"你唱得可真难听。"

我咳嗽了一声，有些不好意思。老实说，平日里我的声音还是不错的——至少我自己这样认为，而今天经历了这么多次"死去活来"，魂魄都飞了一半在外面，能哼对谱子已经算是奇迹了。

"咖啡，"拉法尼亚把水壶递到我面前，"来点吗？"

在军用水壶里装咖啡的人，我真还是第一次见到——而且还是特别纯的那种原味咖啡，一口下去就跟吃了半锅中药差不多，苦得让我整张脸都揪成了包子褶。

"拉法尼亚这个名字，"终于，他开始了，我竖起耳朵倾听，"虽然不是父母所赐，但我也用了十几年，而且还会继续用下去。所以您也可以直接这样称呼我。"

"好的，"我笑笑，把水壶还了回去，"拉法尼亚……先生。"

他接过水壶，摆摆手："实际上，我是个杀手。"

我难掩脸上的震惊："杀手？"

"职业杀手。"他补充道，"'旅鸟'的首席刺客。"

他说"旅鸟"？我原以为那只是一个在酒吧怪谈中出现的名词：神秘、残忍、无所不能、神出鬼没，既有严格到令人费解的教义，也经常毫无原则地滥杀无辜。没有人说得清，在卡奥斯城里有多少起杀人案与他们有关，因为他们从不露面。但若是把全部传说是"旅鸟"所为的事件都当真——包括发生在中国境内的那些，其数量就未免太过夸张了。

"旅……旅鸟……"我艰难地吞了一下口水，"你是在……开玩笑吧？"

拉法尼亚有些失望似的摇了一下头："您刚才不是答应过信任我的每一句话吗？"

我一时无语。

"我想，对您来说，"拉法尼亚继续道，"'旅鸟'简直就是丧尽天良的代名词，我也不会否认这一点。我从二十岁开始，反反复复杀了很多人，人是上帝的造物，杀过人的人，便因此沾上了洗刷不掉的罪。"他笑着，耸耸肩，"可惜我不信教，暂时也没有赎罪的打算。"

从二十岁开始，也就是和我一样的年纪啊，那会是怎样难以置信的人生？想到这里，我偷偷瞄了一眼帕拉斯，她看上去也就十六七岁，但那杀人的手法，俨然已是一个"熟练工"了。

仿佛看透了我的心思，拉法尼亚抚了抚女孩的头发。

"帕拉斯·雅典娜，"他与女孩对视了一眼，然后抬起头看着我，

"诚如你所想，也是个化名。她的真正名字早已被世界遗忘，没有人再记起了。"

"她也是杀手？'旅鸟'的……"

"是的。"虽不易察觉，但拉法尼亚确实轻声叹了口气，"其他女孩还在抱洋娃娃的时候，她就已经沾上了鲜血。命运的车轮一旦开始转动，便很难停下，在经历了数不清的磨难之后，帕拉斯现在是我的同伴与学徒。"

"学徒？"我脑中一下就浮现出了刚才女孩斩杀圣骑士的画面，"她的……'技术'，都是跟你学的？"

"怎么说呢……"拉法尼亚挠挠脑门，"只有很少的一部分吧，我主要教她'身而为人'的方法和原则，引导她不至于堕落成嗜血的邪魔。"

树丛里传出了一阵诡异的悲鸣，像是狼一类的动物在号叫，我紧张地看了看四周，而对面两人依旧泰然自若，连半点戒备都没有。相对于南方的"绿海"和北方的雪原，被反复扫荡过的迷雾丛林已经算是非常安全，至少游客在洗温泉的时候，不用担心会有红脸和僵尸的骚扰。但在一些人迹罕至的地区——比如现在我坐的位置，很难说不会有什么猛禽野兽突然从暗处跳出来，给你一个措手不及。

帕拉斯突然起身，掸了掸袍子："我去察看一下。"

"不，"拉法尼亚按住她的肩膀，"我去。"说着，他便卸下背上的大枪，拨开灌木丛的枝叶，钻进绿色的汪洋之中。

于是，现在只剩下了我和帕拉斯。

"帕拉斯，帕拉斯·雅典娜……"我重复着这个名字，微微点头道，"真好听呢，是希腊神话里的雅典娜吗？"

"完全正确。"女孩笑道，"帕拉斯·雅典娜是她的全名。"

"全名？"

"嗯，"她点点头，"帕拉斯是海皇波塞冬的女儿，雅典娜青梅竹马的玩伴。后来在某次两人的比武中，由于宙斯偷换了武器，雅典娜失手杀死了帕拉斯。从那天以后，女神就将自己的名字改为'帕拉斯·雅典娜'，以此纪念死去的好友。"

"真是个伤感的故事。"

"伤感？"她瞪大了眼睛，露出疑惑不解的神情，"你不觉得为了姐妹而改名字的雅典娜，比很多神话故事里的她都来得可爱吗？"

虽然昨天晚上我就发现这女孩的思维有些诡异，但她刚刚的态度还是让我觉得有些不太舒服。怎么形容呢——她很开朗，但也许是过于开朗了：并不只是缺少羞涩，在她身上，根本就感觉不到丝毫愁苦、哀伤和惧怕，一些本应属于女孩子的特质，她都不具备。难道是因为从事刺客这个职业太久，见惯了生离死别，以至于连心都已经变得麻木不仁？

"为什么要选择做杀手？"我装作漫不经心地问道，"有没有想过换个……比较温和的事做做？比如去上学？"

"我吗？我当然想！"帕拉斯调皮地笑道，"我这辈子，连做梦都想当个花瓶。"

"花瓶？"虽不知这话是真是假，但我还是被她的可爱模样给逗乐了，"以你的相貌和身段，要找个好东家很容易吧？"

"是啊，不过……"帕拉斯收起笑容，微微正了正身子，"上帝

斑
鸠

为每位降临世上的人，都安排了各自不得不完成的任务。而我的任务还没有完成，所以，哥，"她歪歪头，"在那之前，我还不能做自己想做的事。"

这像是一个十六七岁女孩说出的话吗？迷糊的我似懂非懂，刚要说出一个"哦"字，拉法尼亚突然在身后出现，"请原谅她的故弄玄虚。"像是惩罚似的，他走上前，轻轻叩了一下帕拉斯的脑袋，"她总是这样，一讨论到和自己有关的事情时，就装出什么都看破了的清高样子……"拉法尼亚顿了顿，原本温和的语气里，突然有了微妙的变化，"我们换个话题好吗？白先生，我知道你一定还有许多更重要的疑问，对吧？"

为什么会害怕？他分明和颜悦色，但我却几乎连正视他双眼的勇气都没有，更别说提出任何异议了。

"哦，嗯，好的。"我很勉强地笑着回应。老实讲，我现在只关心百灵的情况，对"杀手"的故事一点兴趣都没有，但作为"人质"，我总得顺着对方的意思说话。

"你们为了钱杀什么人都行吗？"

"我们杀人都收钱，"拉法尼亚坐回原处，把水壶放到嘴边，停了许久却没有喝，"但我们并不是为了收钱才杀人。"

我略作思索，不得其解。

"这样说吧，白先生，"他又轻轻把水壶放下，"我在卡奥斯城的中央区有一家咖啡馆，即使不去杀人，我依然能够生活得很好。我不敢保证在'旅鸟'成立至今的岁月里，没有错杀过一个好人，但至少就个人而言，我的每一次行动、每一个目标都有意义，他们或多或少都是犯下了'罪'而没有得到惩罚、没有被制止的人，我分析这些目标的'罪'，判断它们是不是已经不可饶恕……"拉法尼亚略作停顿，"一般来说，我的判断标准很宽泛，所以死在我手上的人也就特别的多。"

在我听来，他的话虽冠冕堂皇，但里面有一个明显的自相矛盾之处："也就是说，你们是为了惩罚'罪'才做的杀手？"

"还有阻止，"他点点头，"有的罪恶一旦发生，便无可挽回，在这种时候，我们不得不提前将其扼杀。"

我耸耸肩："那为什么还要收钱？"

"代价，"拉法尼亚摊开手，"那是代价。"

"代价？"

"再卑鄙愚昧的生命，也有它的存在意义，"他微微扬起下巴，"钱只是展现这种意义的形式，如果不付出任何代价便剥夺他人的生命，这不仅仅是对生命的亵渎，也是对杀人者的轻蔑。只有觉得贵重，才会想要去珍惜，而很不幸，我们都生活在一个功利的时代，让别人觉得'贵重'的唯一方式，就是'贵重'的价格本身。"

"那么……"我停顿了很久，才有了足够的勇气继续，"付了你们多少？"

拉法尼亚好像故意没有听见我的话，微微欠身，绅士般地问了一句："您说什么？"

可怕的沉默突然降临在丛林深处的这一小片安逸之上，连刚才还在喧闹的飞鸟走兽都很配合地缄默不语，只有我自己的心脏，还在身体深处跳动。

既然是迟早要面对的问题，就在此时此地摊牌也好。

"为什么要杀百灵？是谁？付了你们多少钱？她……"我润了润喉咙，"她犯了什么样的罪？以至于你们认为那不可饶恕？"

"呵呵……"拉法尼亚低着头，轻声笑了好一阵，"你知道吗？白先生，我一直在想，你什么时候才会问这个问题呢？"

我不作声，暗自揣测着对方的言外之意。

"白先生……"他突然抬起头，"您对卡奥斯城了解多少？"

"我去过几次……跑货时去的。"

"怎么样？"

"一个大城市，"我点点头，"可能是我见过最大的城市。"

"嗯，很直观的印象。"拉法尼亚撇了撇嘴，"全球数一数二的大城市，游离于世界政治舞台之外的独立国家，一万五千人的现代化军队，国际贸易战场上的常胜将军，还有最棒的科学家，哦，当然当然……"他摸摸下巴上的胡茬儿，"还有微调剂，对吧？卡奥斯城的特产。你用过微调剂吗？随便什么型号？"

"'守护天使'算吗？"

"哦，那当然算，"他打了个漂亮的响指，"KRC3'守护天使'，我身上还带着一盒。它是第五代微调剂'尤瑞纳斯'中最成功的款式，培育周期短，稳定性高，而且还避免了之前所有微调剂的共同缺陷，让原先最反感微调剂进口的国家也放弃了禁令，也让全人类都体会到这种伟大科技的神奇。"

"缺陷？"我疑从心生，"微调剂的缺陷？我第一次听说。"

"这表示你已经足够幸运，"拉法尼亚意味深长地道，"在这个被暴力深深蒙蔽的世界，只有凤毛麟角的人知道我提到的'缺陷'，而他们中的大部分人已经被卡奥斯监察军从生者的名单上抹去。"

"为什么？"我不自觉地摸了一下喉咙，"这'缺陷'有这么重要？"

"自由，"一直在沉寂的帕拉斯突然开口，"是自由。"

"自由？什么自由？"

拉法尼亚遮住帕拉斯欲张开的嘴，轻声道："微调剂的自由，同时也是禁锢人性的枷锁。"

我摇摇头，完全不能明白他的意思。

"与你简单地说吧，早期的微调剂在进行人体试验以后，发生了一些只有上帝才能说清的变故，它们比预料得还要高效、活跃，甚至拥有连设计者也不敢想象的力量——足以改变未来的力量：'自由'。"他伸出食指，"单独的微调剂个体，只是一些人造生物细胞和纳米机械的复合体，它们在没有激活的状态下，就像医院里使用普通胶囊，严格按照之前的程序设定行动，治疗疾病，修补伤口，接好破损的神经和骨骼，等等。"除了拇指外，他将其他四根手指伸直并排，"微调剂细胞的存活周期很短暂，所以它们进入人体后的首要任务不是直扑患处，而是疯狂地自我复制，达到一个浓度后才会互相结合，组成具有医疗价值的半机械构造体。这个浓度的极限在血液中是百分之四，通常只在罹患重症或者垂死之人身上才会出现。

"然后是，"拉法尼亚突然缩回手指，攒成拳头，"百分之五。那些弱小、低能的微调剂链接在一起，彼此依靠，就像原本独立却链接起来的脑细胞产生了非常原始简单的'智能'，出现了违背程序设计的行为模式。"

"也就是，"至少这段我听懂了，"所谓的'自由'？"

斑鸠

"当越来越多的半机械构造体互相碰撞、黏合，安装在里面的小小 CPU 慢慢结合，变成了功能强大的电脑，它们的智能也越来越高，成为寄生在人体内的另一个神经控制系统。当宿主的脑死去，或者思维能力丧失，微调剂便取而代之，成为一种……嗯，用通俗的话说，"拉法尼亚顿了一下，"一种'披着人皮的机器人'。"

"这……"我突然想起儿时在帐篷里上的历史课，"这不就是多年前发生的'亡者热疫'吗？南内斯特公司生产的微调剂让死人'复活'，成为只依靠本能行动的僵尸。"

"没错，"拉法尼亚点点头，"它们公布了事情的原委，却隐藏了关键的真相。它们解散了南内斯特公司，却建立了卡奥斯城。"

"可是，之后生产出来的微调剂再也没有出过问题啊？"

"那是因为第一阶段试验已经结束了。"拉法尼亚继续道，"它们得到了它们想要的东西，它们从数以百万计，也有可能是千万计的僵尸中寻找出了特殊的样本：一些即便整个大脑都被微调剂侵蚀，却依旧能保持清晰思维能力的人。"

"等等，拉法尼亚先生……"

他笑道："叫我拉法就可以了。"

"哦，"我有些尴尬地点点头，"你刚才说'它们'，'它们'是谁？"

像是约好了似的，拉法尼亚和帕拉斯异口同声地说出了一个简短的单词："使徒。"

两人对视了一眼后，拉法尼亚有些恼怒地说道："大人在谈正经事呢，你别老乱插嘴。"女孩"哼"了一声，把脸扭到旁边，不再搭话。

"它们是卡奥斯城的统治机构——持律者议会，"拉法尼亚将了捋凌乱的额发，"当那些议员，以'使徒'的名号露面时，梵蒂冈教廷还发出了抗议申明。但迂腐的教士们又怎么会明白，他们所不屑的'使徒'代表了另一个上帝，一个正以势如破竹之势，创造新世界的上帝。等它们的试验最终完成，那个被天主教徒笃信一千五百年的上帝也就要变成历史了。"

至少，他说的前半段话是事实，在卡奥斯城，有各种各样明里暗里的权力派系，但真正统治这个独立王国的便是持律者议会。像我这样的平民老百姓，只知道议会的成员都自称"使徒"，却完全不了解这些人的过去与生平，甚至连名字也叫不出来。

"想让上帝变成历史，"我摇摇头，"太荒唐了。它们要怎么做到呢？"

拉法尼亚沉默了几秒钟，反问道："你看到那些圣骑士了吗？它们流着紫色的血，微调剂的浓度超过百分之九，它们不老不死，拥有钢铁般的意志和体魄，没有受过训练的普通人，即使是站在它们面前都会战栗不已，更别说是反抗。"他顿了顿，突然探过身子，盯住我的脸，"你觉得它们会信上帝吗？"

"应该……不会吧？"我避开他的目光，"……我说不清。"

"那么，我们换种假设，如果你是圣骑士呢？如果我也是呢？"拉法尼亚拍拍帕拉斯的肩膀，"如果她也是呢？如果全世界的人，都是微调剂的造物呢？想想吧，白叶先生，这个星球上的每一个人都是彼此的链生，我们成为某种会思考的元件，数十亿这种元件连接在一起，组成一个巨大的超级生物电脑阵列，用一个模式思考，用一个声音说话，这样的我们，会有可能敬畏上帝吗？"

"你是说……"我微微点着头，"把全人类的智慧凝结在一起？"

斑鸠

"不！当然不，"他一耸肩，又恢复了刚才随和诙谐的神态，"失去了自由意志的我们，又怎么能妄称人类呢？"

"'因为我们是彼此不同的个体……'"我不自觉地念出这句在广播里听过很多次的话，"所以才更加可贵。"

"讽刺吧，这是卡奥斯移民局的标语，那座城市对世界的宣言，"拉法尼亚兀自地哼笑了一阵，"它们以自由与平等为诱饵，把三教九流的人物吸引到卡奥斯城，充当试验用的小松鼠……没有人可以幸免，即便像你这样只是偶尔进城的人，也无可避免地加入某个社会心理试验项目，因为说白了，卡奥斯城本身就是一个大型的活体试验基地，只是生活在里面的小松鼠们全然意识不到而已。"

"用整座城市来做试验？你不是开玩笑吧？"我摇摇头，"卡奥斯有一千二百万人，而且还是个对外开放的自由贸易港……"

"那是一些保密到你完全不敢想象的试验。"拉法尼亚挥舞双掌，眼神迷离，就像是在描绘什么壮丽的美景，"通过对媒体信息的精密处理，通过让'知情者'人间蒸发，也通过对其他国家的情报控制，持律者议会阻止了几乎所有秘密的外泄。"

"那你又是怎么知道这些的？"

拉法尼亚像是被我问住了似的，愣了一下，他轻轻后仰，靠在树干上，双臂交叠，鼻腔里发出了一声微微叹息："我原本打算对你坦诚相待，白先生……但在这件事上，请允许我保留小小的隐私……"他露出绅士般的、难以抗拒的微笑，"我只能告诉你，是一个使徒，是一个使徒亲口对我道出了一切。"

每个人都有他的秘密——问题在于，与谁分享这些秘密。

"那你为什么要告诉我？"我不解地问道，"我既不是哪个国家的特工，也不是什么情报员，与联合国也没什么牵连……我只是一个普通的走私客，一个卑微的跑货人。就算你对我说出天大的秘密，我也不能对这个世界的命运有半点影响，"这次轮到我叹气了，"我连自己的命运都还掌控不了呢！"

摁在我肩头的手掌，如此宽大有力，站在身前的拉法尼亚淡淡地笑着，盯住我的双眼，"您可能不知道，白先生，您的选择已经改变了世界的命运，从您与摩尔教授见面的那一刻开始，从您接过百灵双手的那一刻开始。"

摩尔教授——多半就是那位自称百灵父亲的老人的名字。看来，在绕了一大圈之后，谈话终于要切入重点了。

"世界的命运？"我不自在地笑了笑，"我？"

"早在十五年前……"拉法尼亚转过身，慢慢走回刚才坐的位置，背靠着树站定，"摩尔教授就已经是微调剂应用学方面的权威。卡奥斯城建立后，他的导师沈博士，在脑科医院领导一个研究小组，专门负责微调剂常态浸染的试验，而摩尔则在其中担任样本对比的工作，可以说，圣骑士团的建立有他们一半的功劳。"他顿了顿，斜了我一眼，"你知道什么是'微调剂常态浸染'吗？"

我摇摇头。

他的表情突然变得凝重而威严："就是将高浓度的'阿努比斯'注射入人体，并使其在不死亡的前提下转化为有意识并可自我控制的微调剂讨饷和感染者，或者简单地说——'使徒'。"

"阿努比斯？那不是制造了'亡者热疫'的'突变微调剂'代号吗？"

"完全正确……"拉法尼亚微微紧了一下眉头，"那些在荒原里瞎转悠的所谓'僵尸'和坐在卡奥斯城中心高楼大厦里的使徒，是完全相同的生物，只不过前者没有思想，而后者有。"他喝了半口咖啡，继续道，"这也正是持律者议会至今只有三十四位使徒的根本原因，同样注射了'阿努比斯'，百分之九十的人即使死而复生也会变成僵尸，剩余的百分之十就直接死掉了。只有百万分之一——也许还不到的概率，会出现一个'有思维'的僵尸，一个'被微调剂选中'的人，也就是所谓的'使徒'。而沈博士所受领的研究任务只有一个目的：'让使徒自然地增长。'也就是说，要用普通人类为'原料'，大批量生产'使徒'，而这个项目的代号，就是'斑鸠'。"

"斑鸠……"我想起印在百灵脖子上的字母，"原来'斑鸠'是这个意思，那么百灵她……"

"她是一个名叫'慕玲'的女子的克隆体，"拉法尼亚挠挠额头，"是这样念吗？帕拉斯？我中文不太好。"

他看了眼坐在身旁的帕拉斯，女孩正把玩着自己的头发，好像根本没有听到拉法尼亚在说什么。

"确切地说，"他又把目光转向我，"是九个克隆体中的一个。十五年前，'斑鸠项目组'接收了那个名叫'慕玲'的女子的 DNA 样本，她是当时唯一在不死亡的前提下转化为使徒的人。中央区第一医院以她为模板复制出了二十个胚胎交付项目组，但由于当时的克隆技术还不成熟，只有九个胚胎发育完整，取代号为'斑鸠一'至'斑鸠九'。"

我刚想说"这严重违反了国际公约"，但也只是想想就算了——对卡奥斯城来说，国际公约的效用估计也就和卫生纸差不多吧。

"这些完全相同的克隆体，从婴儿阶段就开始进行阿努比斯的植入试验，"拉法尼亚继续道，"但结果令人失望，先期试验直接导致了三个样本的损毁，而六年后的第二次试验也以全面失败告终，没有一个幼女可以承受浓度百分之五以上的微调剂，也就是说……"他顿了一下，"成为使徒的原因并不是先天的，即使拥有完全相同基因的人，也会在微调剂的自我选择中出现不同的结局。于是试验被终止，项目组也宣告解散。幸存的六个'斑鸠'转入其他小组，被用于代偿仪式的研究，试验过程中又有一人意外身亡，剩余的五人在二〇三三年——也就是七年前，被转化成同一类型的C级代偿者，"拉法尼亚指指自己的耳朵，"我想你也见识过其中一个的能力了，其他四人和她完全一样。只是在仪式结束后不到两个月，发生了毁灭性的意外，由于体内不同代微调剂的排斥作用，幸存的五人几乎全军覆没，只有你的百灵在高烧一百天后挺了过来——"他耸耸肩，"还损失了一半的脑功能，变成了白痴。"

"我听过很多泯灭人性的故事……"我努力压抑住愤怒的情绪，"但这个也实在太过火了。"

拉法尼亚竟然"哈哈"地笑了起来，"……白先生，你必须明白，"他猛然止住笑，露出一脸诡异的严肃，"你听到的那些个传说故事，与我所了解的真相比起来，不过是茶余饭后的娱乐笑话而已。"

"那后来呢？百灵又发生了什么事？"

"奇迹。"拉法尼亚加重了一下语气，"发生了奇迹。残存在体内的'阿努比斯'与代偿仪式中使用的'海姆达尔'发生了'融合'——某种我们也说不出来的奇妙反应。总之，这个唯一幸存的女孩，以不可思议的速度和程度康复苏醒，全新的微调剂集群在体内成型、复制，浓度远远超越一般的代偿者。她展现出了部分使徒的特征，但却没有继续向更高阶段转化。于是，解散多年的'斑鸠'小组重新建立，已经被删除的项目又再次启动，摩尔教授成了百灵的'观察者'，或者说是监护人，而第十六个使徒'说服者慕玲'亲自指导这个项目，并将全研究组的保密级别提升到了最高。半年前，亦即今年的二月十一日，在百灵体内的'阿努比斯'开始大规模结群，沈博士命令摩尔对女孩进行二十四小时监控。十四岁正是当年慕玲完成转化的年纪，所以项目组有理由相信，试验已经接近完成。"

从逻辑上说，拉法尼亚的意思已经表达非常清楚了。"百灵她……"但我多少有些难以接受这个结论，"是一个……一个使徒？"

"或早或晚，"男人叹了一口气，"只是时间问题罢了。"

"你是说她会变得和那些圣骑士一样？和那个什么兰洛丝一样？"

不知为什么，我感到胸口一阵憋闷，那种感觉，就好像是追着星星跑到山头的孩子，却发现天空依旧挂在遥不可及的地平线尽头。

"是的。"拉法尼亚坚定地点着头，"迟早会的，也许就是明天，也许就是现在。她依然会记得你，会记得自己的过去，却不再拥有人类的情感，与所有其他使徒一样，在转化结束，或者说在'阿努比斯'完成全部链接之后，她便成了另外一个世界的访客，所感所想，都与原来天差地别。通俗点说，"他干咳了一声，"就是变得和那些使徒一样'坏'——绝对是坏透了。"

"那有什么办法……"

"没有任何办法，"抢在我问完之前，拉法尼亚用斩钉截铁的腔调给出了答案，"很遗憾，你认识的那个百灵已经死了。而且……"他略做停顿，"如果不能阻止圣骑士团得到她，就会有很多人陪着她去死，很多很多。"

我猛地抬起头："怎么说？"

"她是毁灭人类的钥匙！"刹那的激动之后，拉法尼亚忙压低了自己的嗓音，"……百灵是'斑鸠项目'的制成品，她的成功并不只是在世界上生造出一个使徒那么简单，而是那些畜生'自然增长'的开端。如果圣骑士团把她带回卡奥斯城，就会有越来越多的普通人被投入这个项目，如果他们最终找到了一种可以把人类'自然'转化成使徒的办法……"说到这里，他皱了皱眉头，语气中也带上了些许哀伤，"那我们就没有什么未来可言了。"

我沉默不语，与其说是将信将疑，毋宁说是根本就接受不了他口中的所谓现实：全人类的命运竟然会断送在一个天真无辜的小女孩手里——而她自己还对此一无所知。

"并不是每个人都有权利在这种时刻做出选择，白先生，大部分人都被蒙在鼓里，只能听天由命，而有些人，"拉法尼亚用指尖点点自己的胸口，"比如你，比如我，比如委托我们的摩尔教授，不仅可以掌控自己的命运，还可以为世界的未来做出选择。"

"委托？是摩尔教授委托你们？"听罢，我不禁如鲠在喉，"……去刺杀百灵？"

斑
鸠

拉法尼亚点点头："他原本是'蒙在鼓里'的大多数，但在偶尔听到了慕玲与沈博士的对话之后，决心阻止'斑鸠计划'的实施。摩尔利用自己的权限删除了他能接触到的所有试验档案，甚至在脑科医院的主数据库里植入了逻辑炸弹。但对整个项目最核心的关键——百灵，他却无可奈何。"

"他下不去手，"我仿佛能体谅那老人的心情，"对吧？"

"是，但也不完全是。"拉法尼亚摇摇手指，"死亡本身不能阻止转化的进程，没有意识的尸体反而会让'阿努比斯'有机可乘，让百灵更快地变成持律者议会的第三十四位成员。所以，摩尔教授决定求助于有这方面经验的'专业人士'——也就是我们。"

我这才突然想起，"旅鸟"作为刺客集团最为举世闻名的"战绩"就是他们曾经刺杀过一位地位显赫的使徒——圣骑士团的总团长，"虔诚者西罗先"。以前，那只是在酒吧里偶尔谈及的传说，但今天，一切不着边际的故事都已经变成了现实。

"摩尔教授与我们约定在'轮回森林'东南方的一个废品收购站动手，我的计划是，把百灵带去海边，将她杀死，然后乘船将尸体丢入深海。这听上去很残忍，但可能是唯一阻止卡奥斯城得到百灵的办法。"拉法尼亚耸耸肩，"结果，感情战胜了理智，出逃的摩尔教授，最终决定放女孩一条生路，于是才有了和你的邂逅。"他微笑着，歪了歪头，摊开双手，"这就是命运，白叶，你可以感激它，也可以诅咒它，但却不能反抗它。"

不知为什么，我有种淡淡的，被欺骗了的感觉。

"看来，"我笑道，"我也是被蒙在鼓里的大多数呢。"

"我们失去了与教授的联系，"拉法尼亚继续道，"他生死未卜。

于是我们只有依靠自己的力量继续完成任务。谢天谢地，由于种种巧合以及我手上小小情报网的努力，帕拉斯终于在昨天晚上与目标接触，"拉法尼亚又斜了一眼帕拉斯，对方依旧在玩头发，不知是真没听见还是故意不予理睬，"……我想您一定对她的亮相印象深刻吧，白叶先生？"

确实，无论是从"杀手"还是"普通女孩子"的角度去看，帕拉斯昨夜的出场以及后来的表现，都谈不上是"正常"。

"那为什么当时没有动手呢？"我问道，"尤其是在旅馆的时候，我给自己注射了'守护天使'，已经昏迷不醒，难道不是下手的最好时机吗？"

"在阿克西斯？"拉法尼亚一脸无奈，"那里离卡奥斯城还不到一百五十公里，我们连把尸体运出来的机会都没有。而且你可能不知道，在人脑死亡后，'阿努比斯'的转化速率会以几何级数增长，也许我们还没来得及处理，她就以使徒的体质复活了，在不知道她会获得什么能力的情况下，我和帕拉斯根本就没有胜算。"

也许是我听错了，刚才帕拉斯好像发出了"哼"的一声鼻音。

"所以帕拉斯就一直跟着我，直到五十七号公路？"

五十七号公路不仅靠海，而且偏僻崎岖，常年失修，人迹罕至，的确是"杀人越货"的好地方。

"不只是帕拉斯，白叶先生，"拉法尼亚笑了笑，"我有二十一次射杀你和百灵的机会，但都没有扣下扳机，你知道为什么吗？"

我当然只能摇摇头。

"因为没有足够的证据，"拉法尼亚顿了顿，"从百灵身上流出的血，依旧是猩红色，而按照摩尔教授的描述，两个月前，由于微调剂浓度的升高，百灵的血液样本已经开始发蓝——也就是说，转化的过程非但没有前进，反而发生了倒退。如果这是事实，杀死百灵就是一个错误，那个什么'斑鸠项目'，也就根本无所谓了。"

真是救命稻草似的一句话，我仿佛又燃起了些许希望："所以，百灵不用死？人类也不会灭亡？"

"您的表达很特别，但怎么说好呢……"拉法尼亚露出有些困惑的表情，"只是有了这种可能性而已，如果我们能够……"他顿了顿，斜眼盯着我，"再找到她本人求证一下的话，将会有一个比较明确的答案。"

"我懂了，"我点点头，"你们找到我，说到底还是为了百灵对吧？"

还能是什么呢？他们是杀手，总不可能为了宣扬国际人道主义才从圣骑士手里把我给救下来吧？

拉法尼亚微笑着点点头："完全正确。"

我瞄了眼头顶那小小的一片天空，它比我刚走进迷雾丛林那会儿还要昏暗，也不知从那时到现在，已经过去了多少时间。

"你对我说了那么多秘密，绕了大半天，也只是为了问出百灵的下落而已。"我微微仰起头，与拉法尼亚的目光相交，"为什么不一开始就切入正题呢？还可以节省很多时间哪。"

"这个问题，应该问你自己啊。"

"我自己？"

"如果我一开始就向你打听百灵的下落，你会告诉我吗？"

我哼笑一声："那你就这么肯定，现在我会告诉你？"

他非常自信地点点头："所以我才说，你的选择将决定世界的命运。"

很明显，在拉法尼亚俊朗高大的外表下，是一颗城府颇深的心。他懂得欲擒故纵的道理，也很会察言观色，至少自认为有那么些江湖经验的我，甚至在还没有和他见面之前就已经被他看透了。

"嘘！"就在要作出决定之前，一直在沉默的帕拉斯毫无征兆地打断了我们的对话。

"有什么东西过来了！"

女孩像被电击了似的猛然起立，扯上兜帽，侧身昂首，紧紧盯着枝叶之上那铺天盖地的朦胧雾气。包裹全身的白色长袍也在短短数秒内染成了黄绿相间的杂色，与周遭的树丛几乎融为一体。

拉法尼亚马上转身，提起支在树干旁的大枪，站到帕拉斯身后。少女目不转睛，神情严峻，连那只没有瞳孔、漆黑一团的右眼也似乎在凝视着远方的星辰，认真得让人不寒而栗，"长波信号发射源，越来越近了。"

"怎么回事？"拉法尼亚急切地问道，"是侦察甲虫吗？"

"今天有电离风暴……"女孩头也不回，用冰冷的语气回道，"监察军不可能使用侦察甲虫……不太可能。"她顿了一下，额头稍稍向左下方移动了几厘米，"而且信号源的功率相当大，应该是某种专门的发射平台，至少也是直升机或者越野车。"

虽然不明白发生了什么事，我还是把 Q9M 突击步枪端在了手里。短短几秒钟，刚才还弥散着神秘安逸气息的丛林忽然就变得危机四伏，草木花鸟仿佛都满是敌意，随时有可能扑将上来的样子。

女孩眉头紧锁，死死盯住前方——那里只有茂盛葱郁、若隐若现的树丛，我端详了好半天，也没有发现任何异常。

"大概五百米，"帕拉斯压低了声音，"不是无线电信号，也不像雷达波辐射……"她双掌交叠捂住右眼——没错，就是那只看上去"正常"的眼睛，又呆站了好几秒钟。

就像恶作剧之后幸灾乐祸的调皮小孩，她突然笑出了声音，"啊哈！是广域脑波，"那表情变化之快，让人完全无法理解，"你们有麻烦了哟，拉法尼亚，大麻烦。"

说完，她便就地跪坐，面对着我拍拍膝盖："来，哥，你坐我对面，靠近点儿，拉法尼亚，你只好委屈一下了。"

我不解地望了一眼拉法尼亚，他吞了粒不知是什么玩意儿的白色药片，冲我点点头，然后自己在帕拉斯身侧盘腿坐下。我犹豫了几秒钟，也学着拉法尼亚的样子，坐到帕拉斯的正对面——不知为什么，这样子让我想到了相亲的场面——有些不合时宜就是了。

"精神干涉会创造虚假的生理体验，和催眠造成的效果类似，"拉法尼亚一边说，一边塞了粒药片到我手里，"我想你也已经体验过了对吧？"

"精神干涉？"我一下就明白他指的是什么，"就是那时的幻觉吧？我的确体验过了……"我捏了一下手里的药片，"那么，这又是什么？"

"苯二氮卓类药物，简单地说，就是镇静药。"

苯甲二氮卓……那不就是安眠药吗？我一头雾水，"吃它？你确定？"

"'精神干涉'原本是空军的机密项目代号，"拉法尼亚点点头，

"是某种大型的长波发射装置，早在'一星期圣战'之前，原型机就已经投入试验。它能够对特定生物的大脑投射虚拟脑波，从而达到干扰其神经系统和身体机能的目的。简而言之，这是一种可大规模使用的催眠武器，只要安装它的运输机飞过阵地，士兵们就都会陷入稀奇古怪的幻觉之中，完全丧失战斗能力，问题在于它敌我不分，不过圣骑士对精神干涉免疫，因为它们的脑子结构和普通人类不太一样。"

"而你今天惹上的那位小姐，兰洛丝，是精神干涉方面的专家。"帕拉斯突然接过话茬，"与那些获得催眠别人能力的 B 级代偿者不同，她的身体本就是由一个微调剂拼成的小型虚拟脑波发射器，她只要靠想，就能实现对其他人的精神干涉；如果有足够强大的信号发射平台辅助，她可以轻易制服方圆一公里以内的所有人。"

我刚刚才领教过兰洛丝的厉害，不禁有些慌了神："那我们该怎么办？"

"所谓的幻觉，再可怕也只不过是一些不存在于世上的想象。"帕拉斯面带微笑，轻轻抓过我的右手，"如果你从一开始就知道这是幻觉，自然就不会感到恐惧，也就不可能上当了。"

说起来容易。但我想，她可没体会过在丛林里游了好几公里，浑身湿透却发现根本没有河时的感受——那绝对不只是普通的幻觉，和梦一样，你根本不知道它什么时候出现，什么时候离开，自然也就分辨不出真假。

闷雷滚动，击鼓似的轰鸣在空中萦绕，点点闪光穿过浓浓雾阵，一切都仿佛在预示着即将到来的狂风暴雨，会让身处其间的人永生难忘。

"看着我，哥，"好像注意到了我心中的不安，帕拉斯用力拉了一下我的手指头，"在我告诉你可以活动之前，视线不要离开我的眼睛，无论发生什么，无论遇到什么，都不要害怕，更不要出声，否则你越是反抗，陷得就越深。"

她微微含笑、跪坐着的样子，就像一尊凝固的雕塑，美得不可方物，却也透着一股子不自然的别扭——实在太镇定了，镇定得让人毛骨悚然。我这时才发现，先前并不是因为不好意思，才难以与她对视，而是恐惧，难以抗拒的恐惧。

我把药片塞入口中，用力吞了下去，然后冲帕拉斯点点头。

"你其实不用吃那东西，只要看着我就好了，"她抬起下巴，就像一个骄傲的贵族在向客人炫耀什么宝物，"真的。"

直升机旋翼的声音越来越近，我能听出来，那是"雀蜂"……又是讨厌的"雀蜂"。

十三、废城

什么也没有发生。

兰洛丝的精神干涉就和来时一样，消失得莫名其妙。这次既没有河流，也没有游泳，只有若即若离的低声细语。我似乎还看到一个红衣女子，手里提着把三尺长的太刀，就像恐怖电影里的变态杀人魔，在枝繁叶茂间游离行走，时不时在眼前晃过——我不能肯定这是真的幻觉，还是在幻觉中产生的幻觉，总之当我再回想起来时，一切细节都模糊不清了。

我拍拍裤子上的草屑，一边窃喜自己的意志坚强，一边向帕拉斯伸出手，把她也拉了起来。

"不怎么样，"我不无得意地道，"对我一点儿影响也没有。"

帕拉斯笑着顺了下头发："我好像还没告诉你可以动呢！"

我耸耸肩，看看周围："难道现在我还在幻觉里？"

"谁知道呢？"好像是要提醒我什么，女孩朝身旁瞥了一眼。

顺着她的眼神看去，我发现拉法尼亚盘膝而坐，双目紧闭，面若死灰，就好像是个在打坐时圆寂的僧侣，光是看着就觉得有些瘆人。

帕拉斯俯身轻拍他的肩膀，笑道："可以动了，拉法尼亚。"

中年汉子如梦方醒，一声轻叹之后，小口小口地喘息起来，却依然保持坐姿没有挪动。

"火灭了吗？"他抬头看着帕拉斯，这时我才发现他的额头上布满了汗珠。

"什么火？"我诧异地问道，"哪儿有火？"

拉法尼亚这才长出一口气，慢慢悠悠地站起身来，东倒西歪，好像一个刚刚从酒吧里出来的醉汉。

"独自一人面对精神干涉的时候，"他双手捧起帕拉斯美丽的脸，"才发现你的好啊。"

"怎么回事？"我大惑不解，"为什么我什么都没看到？"

帕拉斯冲我抛了一个媚眼："因为你一直看着我啊。"

"她的眼睛可以接收到空气中的波，"拉法尼亚有气无力地道，"无线电、雷达、手机信号，甚至紫外线辐射，只要强度够大，她都能看见。如果距离近，她还可以对其中一部分进行干扰。所以在你和她对视的时候，兰洛丝的大部分广域脑波都被破坏了。"他苦笑了一声，"我就没这么好运了，你都不知道我刚才有多辛苦……"

我盯着帕拉斯："你是代偿者？"

她回望着我："我以为你早看出来了。"

我确实早看出来了，只是没有机会说出来而已。

"我从没听说过有这种能力的代偿者。"

"正常，"她耸耸肩，"卡奥斯城立法禁止Ａ级代偿仪式已经有六年了。"

Ａ级的代偿手术？那是只有疯子中的疯子才会尝试的禁忌，"丧失智力"或者"全身瘫痪"这样的结果，对Ａ级代偿者来说是家常便饭。不光是我，这个世界的绝大多数人都不能理解，究竟是一种怎样的欲望，才能让人为了追寻力量，对自己做出如此残忍无情的事来。所幸卡奥斯城已经禁止了所有Ａ级代偿者的生产——倒不一定是出于人道主义。

Ａ级代偿所破坏的神经数量远远超过普通人的想象，大部分敢于尝试的人都变成了废物，而眼前的这个女孩……她给人的感觉确实有些古怪，但无论是生理还是神志，都还称得上是"正常"，很难判断出在她身上"究竟少了点什么"。

"喂！"帕拉斯打断了我的思虑，"像你这样盯着女孩胸部发呆很失礼啊。"

"哦，抱……抱歉。"我当然没有注意到自己的目光停留在何处，"真抱歉。"

"好啦，白叶先生，玩笑话等会儿再说吧。"拉法尼亚拍拍我的肩膀，一脸严肃，"现在就做出决定，您会帮我们找到百灵吗？"

我摇摇头："还有其他选择吗？"

"在这片丛林里……嗯，"拉法尼亚撇了一下嘴，"没有。"

我信得过他们吗？——老实说，不，但正如拉法尼亚所言，除了信任他们，我现在别无选择。

"我把百灵托付给了一个拾荒者……"我顿了一下，"她现在可能在废弃镇，或者歌利亚矿井的某个简易住房里。"

拉法尼亚和帕拉斯对视了一眼，显得有些为难："我不得不说，白叶先生，您做了一个看起来正确，实际上可能大错特错的决定。"

"什么意思？"

"我相信我比你更了解那些拾荒者，"拉法尼亚叹了口气道，"他们确实不买卡奥斯城的账，但却喜欢卡奥斯城的钱。"

我懂他的意思。

"那我们出发吧。"他挥了挥手，"最近的坑道入口离这里很近，就在东边不远。"

显然，他比我更了解拾荒者，至少更了解这个地区。无论是去废弃镇还是歌利亚矿井，除了坑道，别无他途，但一旦走入那些昏暗狭小的地穴，令人讨厌的不仅仅是脏兮兮的矿渣，还有贪婪圆滑的拾荒者哨兵——它们都有一个共同点：挥之不去。

坑道的入口被伪装成一个长满杂草的小土包，我跟着拉法尼亚走上前，他拍了拍土包的顶，然后朝帕拉斯使了个眼色。帕拉斯一转身闪到我们身后，启动迷彩，潜入树丛之间。

插着几朵雏菊的伪装门徐徐翻开，两名端着 AK47 的拾荒者从土包里钻了出来。他们穿着破破烂烂的迷彩雨披，防毒面具耷拉在胸口，一副落魄不堪的模样。

"什么人？"其中一个吼得挺凶，"这里是私人领地！你们擅……"他突然止住了声，盯着我和拉法尼亚好一阵打量，"您是……是白叶，是白叶先生对吧？"

今天真是一个惊喜连连的日子，好像我碰上的每一个人都能报出我的名字——问题在于，我还不认识他们。

"阿碧丝在废弃镇等着您，"另一位拾荒者不卑不亢地道，"我可以带路。"

不知何时，帕拉斯已经跟在我们身后，她简直就是只生活在丛林中的豹猫，举手投足都悄无声息，静得就好像不存在一样。

坑道里的环境很糟，每隔二十步才有一盏微黄的小灯泡，滴滴答答的水声此起彼伏，似乎响彻坑道的四周——看来这附近的采矿设施已经荒废许久，而且拾荒者们也没有修复它的打算。

领路的人口风很严，无论我问什么，他只是冷漠地用"哦""嗯""你到了就知道了"来搪塞。拉法尼亚拽拽我的袖口，示意我别再多话，于是大家就这样沉默地一直走了下去。

就目前这段坑道来说，并没有传言中那么复杂，虽然偶尔也有九曲十八弯似的迷魂阵，但毕竟地上有轨道，无论怎么走也能撞上一个出口——比起以前进废弃镇走的"老鼠洞"可算是简单多了。在忽明忽暗里前进了大约二十分钟，我们四人来到一处分叉路口，坑道壁上挂着一个手写体的路牌，箭头分别指向左右："歌利亚矿洞·前哨区"和"废弃镇生活馆"。

领头的拾荒者停下脚步，在路牌前站定。

"我是阿克，"就好像说出"芝麻开门"的阿里巴巴，他对着路牌兀自念道，"带白叶先生入城，后面的……"他回头看了我们一眼，"都是他的朋友。"

就在我不解其意之时，拉法尼亚的眼神说明了问题：在左边洞口的内壁上，有一架隐藏在石缝里的小小摄像头，下面还嵌着麦克风似的东西。

是暗哨。说不准在那石头下面，还藏着把五点四五毫米口径的轻机枪呢。

在进入通向所谓"废弃镇生活馆"的坑道之后，亮化水平立马上了一个档次，看得出来，这些拾荒者在照明系统上还算舍得投入——相对于其他设施来说。

越往前走，坑道越是宽敞，坑道壁的支撑物就越是牢固——从最初的木条、铜管、铁片，到现在的钢筋混凝土石柱，俨然就是一副地下防空掩体的架势。在主通道两侧，有人为开凿的小室，入口用简易的木门挡住，看样子应该是居住用的房间。从刚才开始，就有零星的拾荒者从我们身边经过，并投来疑惑、不信任的目光——顺带一说，这些拾荒者无论男女老少，都身着便装，没有一人穿着迷彩雨披，但脖子上都还是挂着防毒面具。

"这里就是'废弃镇生活馆'？"我随口问道，"拾荒者平时就住在这里？"

"是啊。"没想到领路的那人还当真回答了起来，"废弃镇本来就不大，地上设施既要做仓库和工厂，还要应付你们这样的旅游者，实在腾不出地方了，而且……"他像是犹豫了几秒钟，"地上也不够安全，至少早几年时是不够安全的。"

"所以你们在地下打洞当作住宅？"

"地下生活很辛苦，但也有个好处。"他顿了顿，"没有人再无家可归，我们拥有无穷无尽的生存空间。"

空气中弥漫着各种各样浓重的怪味儿，让我不禁怀念起丛林中的那股清新与自然。当然，我得承认，如果要选择定居的地点，我也绝对会住在地下——这里至少不用担心晚上睡觉时被什么东西咬上一大口。

拾荒者都是些谨慎小心、有排外倾向的人，他们绝少让外来者参观住所，我虽然来过几次，但每回路线都不一样。比如现在走的这个坑道，别说见，连听都没有听说过。

"这下面大概能住八百人。"领路人小声道，"有很大一部分是公宅，难民和普通拾荒者被安置在那里，有些小钱的人——比如您的朋友阿碧丝，在'生活馆'里拥有一处独居，不过——"他指指前方，"要往下走就是了。"

我顺着他示意的方向，看见一个丁字形路口的坑道结构，一部吊篮式电梯摆在路口中央，栅栏上锈迹斑斑，显然是有些年月的东西了。领路人在电梯前停步，把吊篮上的矮门拉开，"而我们现在要往上走。"他做了个"请"的手势，"到废弃镇去。"

我隐隐约约觉得有什么不对劲：依照阿碧丝的个性，她绝不会在天还亮着时在废弃镇同外人见面——而现在她不仅打破了自己的规矩，还弄得好像满城皆知。

我握着摇摇晃晃的扶手，金属摩擦时的嘎吱嘎吱声响彻耳畔，头顶那片被压缩成一块长方形亮斑的天空，正越变越大——我们离开了坑道，马上就要到地面了。

"你好像很紧张？"帕拉斯靠上来，温柔地耳语道，"不用害怕——"她轻轻压住我按着扶手的指间，"我们会保护你的。"

我苦笑一声——有生以来第一次听到有人说要保护我，而那人却是位美若天仙的小姑娘——更讽刺的是，就在几个小时前，她还拿着工兵刀朝我脑门上猛扎。

我没法描绘周围究竟是怎样的景观，因为满眼所见的只有像绸缎一样细密的白雾，楼宇的影子在其中忽明忽暗，隐约的人声在四处忽隐忽现。这里仿佛是座刚刚被遗弃的鬼城，这里的一切都让人有种说不上来的压抑和恐惧。

"哦，天哪……"领路人紧皱着眉道，"好大的雾。"

"是啊，"我点点头，"今天的雾好像特别厉害。"

他耸耸肩："上午还不是这样，也许是电离风暴的缘故吧？反正今年是没见过这么大的雾。"说着，他便迈开脚步，径直朝雾里走去，"这边来，跟紧点儿。"

这人显然不是个新手，在能见度不到三米的情况下，他依旧大步流星，时左时右，有几次我甚至觉得他在同一个地方兜了圈子——就好像是特意为了让我们记不清来时的路。

以前来废弃镇时，从村头走到村尾也就十分钟左右，但今天我们走了差不多一刻钟才停下脚步。浓雾被水泥墙体所遮蔽，出现在我们眼前的是一座老旧的三层建筑，方方正正的，和用积木搭出来的感觉差不多。入口的卷帘门上画满了涂鸦，领路人走到门前，抓住把手，把门推了上去。

"就是这里了，"领路人做了个"请"的手势，"先生，请您一

斑
鸠

个人进。"

我回头看了看拉法尼亚和帕拉斯："不，他们必须跟着我。"

显然对方没有权力决定见面的人数，他犹豫了一阵，点点头，转身消失在浓雾之中。

我深吸一口气，正要进屋，拉法尼亚突然拉住我和帕拉斯的肩膀。

"等等，"他对女孩小声道，"睁大你的眼睛，雅典娜，也许它能救我们的命。"

"一直睁着呢！"帕拉斯故作神秘地对我俩莞尔一笑，"想知道屋子里有几个人吗？"

我顺势问道："有几个？"

拉法尼亚不屑地"哼"了一声："你当她真能看见？"

卷帘门后面是个柜台模样的小隔间，里面空无一人，几把破椅子横七竖八地堆在地上，一扇木门虚掩着，好像在向我们招手，推开的时候，它痛苦地"嘎吱"作响，我的胸口也随之悸动不已，不知会是一个什么样的局在门后等待。

里面的空间很大也很空，抬起头直接便是三楼的地板，昏暗的光线穿过围绕在二楼的一圈大窗，把屋子勉强照亮。

"沙尔特·雷，"拉法尼亚在我背后低吟，"拾荒者的'国王'。"

他说的是正对面长椅上的中年胖子——我当然认识这个身材矮小、胡子拉碴的秃头，只是他不一定认得我。在迷雾丛林，准确地说，在方圆 20 公里以内，无人可以质疑他的权威，那微微歪着身子的坐姿，轻轻托住下巴的拳头，轻蔑阴冷的嘴角和眼神，无不彰显着他平日习惯于接受别人服从而养成的骄横跋扈。

阿碧丝站在沙尔特身侧，双手搭在百灵的肩上，她慌慌张张地避开我的眼神——这个小动作让我心头一紧。环顾四周，十来名拾荒者站在二楼大窗前的支架上，戴着防毒面具，穿着雨披，端着突击步枪，这可不是什么好兆头。我鼓足勇气，一步上前轻唤了声："百灵？"

阿碧丝轻轻捂住百灵欲张的嘴，低头对她耳语了几句。

"好啊好啊……"我强压住胸口的怨气，"上次被女人出卖，至少她还给我留了一个假的电话号码，你有什么要说的吗，阿碧丝？"

阿碧丝没有回话，只是把头微微别到旁边，坐在长椅上的矮胖子瞄了她一眼，不紧不慢地开口道："你便是白叶？"

我点点头。

沙尔特稍稍坐正了身子，用诡异的目光上下打量了我一阵，"难以置信，你竟然杀了两个卡奥斯城的圣骑士。"

毫无疑问，这肥仔已经和卡奥斯城接上头了，拉法尼亚的预感不幸成了事实。

"从技术上说，"我耸耸肩，"它们也没什么了不起的。"

"了不起。"他装模作样地鼓了几下掌，"如此说来，出于安全的需要，我能否要求您……还有您的朋友把武器放下呢？"

二楼支架上的枪口似乎没有留给我们做选择的权利，我扭头看看拉法尼亚，他早已把背后的大枪卸下，就势朝地上一丢，一脸无所谓的样子。而帕拉斯呢？她双臂伸平，继而又拍拍自己的胯骨——是啊，她的确什么武器也没带。

虽然有些不甘心，但我也还是把 Q9M 解下，扔在脚边。

斑鸠

"请你不要责怪阿碧丝，白。"这个满脸横肉的胖子笑道，"她并没有出卖你，只是在你现身之前，骑士团就已经和我打好了招呼。"他顿了顿，"只是当时他们说，带着女孩的人是个老头子。我可没想到'老头子'会如此年轻英俊，还拥有袭击圣骑士团的胆识。"

"你准备把百灵交给骑士团？"

"我的天哪！"沙尔特露出令人厌恶的、夸张的惊讶表情，"到现在你还想着女人！她是你什么人？嗯？老婆？还是妹妹？"

"都不是，"我摇摇头，"但她对我非常重要，而且绝不能落到骑士团的手里。"

"啊，那真是太可惜了。"他指着窗外，"我的人正在停机坪驱雾，猜猜看是谁的直升机要降落？"

"等等！沙尔特先生，你不能那么做！你……"我实在想不出要如何说服这个世故的肥佬，一时语塞，"你……他们给了你多少钱？我们……"

"这不是钱的问题，小子！"胖子不耐烦地挥了挥手，"对方是卡奥斯城的圣骑士团！我手里的好几百拾荒者可不像你那么勇敢，我们都想好好活着，反抗骑士团却只能把我们送上死路。"他侧首看了一眼阿碧丝，"对吧？"

此言不假。老实说，我现在也能体谅阿碧丝的心情——与我这个"普通朋友"相比，当然是整个废弃镇的分量更重些。

就在我绞尽脑汁却一筹莫展的时候，帕拉斯突然高举双手，绕到身前，慢慢走到我和沙尔特中间，距离对方三四米的样子。不知为什么，我心里突然充满了期待——这女孩有创造奇迹的力量，只是不知道那是什么样的奇迹。

"尊敬的沙尔特先生，"她慢悠悠地道，"这个中国人的事和我们无关，我们俩只是凑巧在迷雾丛林里撞到一起而已。"

我的心一下凉了半截，这些该死的杀手……不过转念一想，她也没做错什么，他们没有义务保护我，更没有必要为了保护我把自己置于死地。

"是的，他们只是旅行者。"我点点头，"这件事跟他们没有关系。"

"哦?"沙尔特突然从长椅上站了起来，青筋暴起，"带着'哈娜'的旅行者? 在我的丛林里? 我就长得这么好骗吗?!"

几乎是在同时，周围的拾荒者都端起了枪，直直地瞄着我们，阿碧丝用力抱紧了百灵，半蹲在地。

"信不信随你了……"帕拉斯张开双臂，原地旋转一百八十度，一边往我这里走，一边大声道，"不过我提醒你，沙尔特先生，这个世界不是只有圣骑士团才值得敬畏，有很多人的后台，你都惹不起。"

沙尔特"哼"了一声，坐回长椅。

"毛头小囡! 该长的东西还没长全呢，"他愤愤地自语道，"就学会出来吓唬人了。"

不得不承认，这死胖子的态度虽然叫人憋闷，但在谈判方面却是个经验丰富的老手，至少靠我和帕拉斯是没有可能说动他的。

帕拉斯也没有打算说服他，她脸上露着少见的严肃，径直走到拉法尼亚跟前，轻声说出了四个字："左三右五。"

拉法尼亚先是向左，后是向右瞥了两眼："其他的你都能'黑'掉吗?"

帕拉斯嘴角挤出了浅浅的酒窝："你以为我刚才在做什么？"

"别开玩笑，丫头，你确定可以'黑'掉他们？全部？"

帕拉斯一字一顿："百分之百。"

"那好，"拉法尼亚点点头，"左三右五。"

"在嘀咕什么呢？"沙尔特高声喝道，"能让我听一个吗？"

"当然，"帕拉斯转过身，用右手按住我的胸口，"我们在讨论你有没有老婆孩子！"

不等沙尔特做出反应，帕拉斯突然捂住自己的左眼，右手发力将我推了个踉跄，连退数步。几乎是在同一个瞬间，清脆的枪声响起——单发点射。拉法尼亚摆着受难耶稣似的造型，平举的双手上是两把银光闪闪的左轮手枪，枪口所指的方向，一左一右两名拾荒者已经从支架上滚落。

我没有看到他瞄准，没有看到他扣动扳机，甚至根本就没有看到他从身体的什么部位突然就抽出了枪。在我脑子还是一片空白的时候，密集、杂乱的扫射如同暴风雨般打落在我刚才站着的位置——如果不是帕拉斯那发狠劲的一推，此时我已经变成筛子了。

无一命中。我明白是怎么回事：他们看不见，这些拾荒者，中了帕拉斯"捂眼睛"的小把戏——虽然我不知道其中是什么原理，但毫无疑问，正如拉法尼亚所说，他们都被"黑"掉了，所以只是站在支架上，盲目地朝房间中央射击。

帕拉斯就地侧滚，接过拉法尼亚抛去的一把手枪，两个人，两把左轮，十六发子弹，十秒钟不到，周围的枪声便全部归于寂静——这不是发生一个重量级上的战斗，甚至没有丝毫公平可言，你根本想象不出双方的实力差距：全副武装的十二个人，竟如此不堪一击。

帕拉斯松开捂着眼睛的左手，沙尔特这才抬起头，他立即被眼前的景象震住了，女孩一个箭步冲将上去，一脚蹬在他肥实的肚皮上，将他连人带椅向后踹倒。

帕拉斯手臂挺直，枪口直指沙尔特的面门："现在告诉我，你有老婆孩子吗？"

"有的有的！"胖子说话的声音都因恐惧而变得沙哑，"我、我，我上有老下有小。"

"那托梦给他们吧，"女孩平静地笑道，"就说杀了你的人名叫帕拉斯·雅典娜，请在非节假日找我报仇。"

沙尔特还没来得及说出一个"不"字，脑袋便被打开了花。

他做错了什么？什么也没有。他为了保护自己的手下，为了保护拾荒者组织——一群由难民和失意者组成的可怜人社团，做了一个于法于理都说得通的选择，而现在却为此丢掉了性命——莫名其妙的，在自己的大本营里，在一群拿着突击步枪的同伴保护下，丢掉了性命。

帕拉斯漠然的眼神里，没有留给我一丁点儿哪怕是说道理的余地，对她来说，杀人这件事恐怕和同龄女孩谈恋爱一样普通到不需要任何理由。

"他没有枪。"拉法尼亚突然面色凝重地道，"你不应该杀害手无寸铁的人。"

女孩根本就没有理他，而是提着手里的左轮，径直走到抱着百灵的阿碧丝身边，面无表情。

"等一下！帕……"我的叫喊晚了一秒钟。帕拉斯突然探身，从阿碧丝腰间拔出一柄猎刀，直直地扎在她的手腕上，快若蛇芯。

阿碧丝唯一有机会说出的话是"啊！"然后便尖叫着松开了环抱百灵的臂膀。帕拉斯猛地将百灵从她怀里扯了出来，粗暴地拽到身后，然后举起左轮——

"住手！"拉法尼亚几乎是咆哮着冲了过去，"不要杀她！"

百灵头也不抬，直接扑到了我的怀里，而我此时也只能紧紧地抱住她，说不出什么安慰的话——拉法尼亚愤怒的表情让我大气都不敢多出一口。

"她看到了我使用'真理之眼'，"帕拉斯依旧不紧不慢地微微笑道，"你总不能叫我留活口吧？"

"把枪还给我！"拉法尼亚紧紧皱着眉头，"现在！"

帕拉斯毫无迟疑，含笑照做。

拉法尼亚朝我望了一眼："白叶，你没事吧？"

"我很好。"

"'斑鸠'呢？"

百灵不愿回话，我上下摸了摸百灵的身体——起码没有弹孔。

拉法尼亚又把头转向瘫在地上呻吟的阿碧丝，现场唯一一名生还的拾荒者，"给你二十秒，"拉法尼亚的目光和语气都冷酷得好像另一个人，"从我眼前消失，不然你就死定了。"

阿碧丝立即停止了哼哼和哭泣，连滚带爬地站了起来，连眼泪都顾不上抹，直直地朝我们进来的入口跑去，推开木门，一眨眼就不见了。

"至少你应该打瘸她的腿，"帕拉斯淡淡地道，"这样她爬到外面就会吸引更多的同伴帮忙，我们就有时间离开了。"

"你过头了，雅典娜！"拉法尼亚收起双枪，转过身，面对帕拉斯，"这次是真的过头了。"

"总有一天，"女孩耸耸肩，不无遗憾地道，"无用的怜悯会害死你的，拉法尼亚。"

"与怜悯无关，这是为了你好，雅典娜。"

拉法尼亚伸出左手，轻轻抚了一下帕拉斯的侧脸，刚要说些什么，隐约传来的旋翼闷响让他闭紧了嘴巴，所有人的注意力都被吸引到了窗外——那里现在还是一片银色的灰雾，但很快就会被"雀峰"那肥硕浑圆的身影所占据。

"看来沙尔特的客人已经到了，"拉法尼亚从地上捡起大枪，端在手里，"我们从后门走。"

"那直升机上装着信号增幅器，"帕拉斯摇摇头，"你们走不出五步就会被兰洛丝的精神干涉放倒，必须先把它打下来。"

拉法尼亚犹豫了几秒钟，轻叹一口气道："她说得没错，我们得分头行动。""白叶，你和斑鸠留下来，我保护你们。"他朝我招了招手，然后转身又指着大厅的后门，"帕拉斯！你去找一条安全的撤离路线，最好是通向地下坑道的路，越近越好。"

帕拉斯一言不发，戴上兜帽，拉下面罩，像离弦之箭般迈开步子，在空气中化作一团模糊的光晕。

"还有！帕拉斯！"拉法尼亚高声叫道，"记得手下留情！"

也不知是光学迷彩效果太好，还是帕拉斯跑得太快，拉法尼亚的话才喊到一半，女孩已经彻底消失得无影无踪。

"她总是这样，"拉法尼亚朝我苦笑道，"只要一放手，就变成脱缰的野马。"

"你放心她一个人出去？"我顿了顿，"我是说……外面有整个镇子的拾荒者，还可能遇到卡奥斯城的陆战队员。"

"她那身衣服花了我二十五万，要保住小命绝对没问题。"他推下了大枪上的保险，一边往墙根走一边道，"有时间关心她，你还不如帮我想想要如何打下直升机。"

"你手里的枪可以吗？"

"嗯，那要看看我能打到什么部位了。"

说话间，拉法尼亚高高跃起，单手抓住二楼支架上的铁栏，一口气就翻了上去。他先是猫着身子朝窗外看了几秒钟，随即横起枪托砸碎一片巨大的玻璃，朝外面丢了一颗手雷模样的东西——但没有听到任何爆炸声。

我护着百灵，退到他脚下，背靠住墙。

"外面怎么样？"我抬头问道，"拾荒者包围这里了吗？"

拉法尼亚张着嘴，却没有答话，他透过大枪上的瞄准镜扫视前方，聚精会神，面色凝重。

"还没有人过来，"过了十来秒钟，他才出声道，"一个热源也看不到，也许是骑士团命令他们不许靠近，也许是……唉，"他叹了口气，笑道，"刚才真应该打瘸你那位拾荒者朋友的腿，这样我至少能掌握周围的兵力分布。"

他举平枪头，朝天空划了几下："还看不到直升机。"

旋翼的轰鸣分明就在头顶隆隆作响，感觉简直近在咫尺。不过对于能驮动主战坦克的"雀蜂"来说，一公里外就能听见也是正常的。

"啊……找到了。"

拉法尼亚突然站直了身子，臂弯架住枪托，左手压住枪把，腮帮紧贴枪身——这是特种部队狙击手站立射击时才会使用的姿势，我只是听说过，却从未亲见。他一动不动，像尊铜像般呆立了足足十秒钟，直到清脆的"砰砰"声从身后袭来，才突然蹲下身子规避。

硝云弹雨贯穿整个房间，拖着一缕艳红的尾焰，所经之处的铁架墙壁无不支离破碎，残屑混着石灰，像雨点般落下，我连忙低下头，把百灵紧紧抱在怀里。

"二十毫米 AP 弹，"拉法尼亚趴在支架上，紧张地朝周围观望，"有架'小妖姬'绕到我们后面了，也许是两架。"

"妖姬？"我好像在哪儿听过这个词，"那是什么东西？"

"卡奥斯制造的'通用航空战斗机器人'，"他小声回道，"就是装了门反坦克炮的大电风扇。看来圣骑士团早就预料到拾荒者靠不住，带了真家伙来接人。"

"你的意思是，我们被包围了？"

"快了，"他摇摇头，眼睛依然紧盯着后门上方破碎的玻璃大窗，"但还没有。刚才那一梭只是威慑射击，它应该不知道里面有没有人。"

话音未落，一个银灰色的盘状物体在窗前显出形影，它有一张圆桌那么大，中间是台涡轮旋翼，脑袋上还顶着一门小炮——这真是我见过最粗陋的"战斗机器人"，竖起来的话还真和电风扇没什么两样。

它的声响倒是出奇的轻，和我车上那台破冰箱化水时差不多。在窗前转悠了几秒钟之后，它伸出机械臂，蹑手蹑脚地把玻璃窗挪开，摇摇晃晃又小心翼翼地探进半个身子。也就在同时，拉法尼亚扣动了扳机，一道隐约的螺旋状烟纹在空气中慢慢消散，机器人中央的风扇冒出一阵火花，然后直挺挺地滚落在地，嗡嗡作响。

拉法尼亚笑了笑："回家吃奶吧，美人。"

从他趴着的位置要打中旋翼引擎真的有些匪夷所思。"好枪法！"我不禁失声叹道。

他站起身，再次将枪口转向窗外，还没瞄几秒钟，便又赶忙蹲下身子，拉了下枪栓似的机关，从枪身上卸下一个方方正正的条状物，拿在手里上看下瞧。

"又是山寨货！"他啐了一口，把那个奇怪的零件抛到地上，一边在大衣口袋里摸索，一边冲我笑道，"你得佩服卡奥斯城那些倒卖军火的奸商，什么高级玩意儿都能做出仿冒品来。"

我斜了眼地上的方块，看上去像是某种电子元件，"你那是什么枪？以前从没见过。"

"我的'哈娜'，美国货，"他虽然极力掩饰，但我依旧能感觉到那股子带着优越感的得意劲儿，"说了你也不明白，总之是很高级的……"

他突然顿住声，停下手里的动作，嘴巴微张，连看着我的眼神也有了微妙的变化。

"很高级的什么？怎么了？"

他颤巍巍地伸出食指："你身后那是……"

是幻觉。

令人目瞪口呆的幻觉：红衣骑士静静站在我的身边，沉默不言，手中的太刀垂着刃口，摆出一个随时都有可能发动攻击的角度。从身形体态来看，这小个子就是兰洛丝无疑，但理性和逻辑告诉我，她只是我在被精神干涉状态下产生的幻觉。

"都是幻觉，"我本能地将百灵搂紧，勉强地挤出笑脸，"吓不倒我的。"

红衣骑士慢慢把手里的太刀举过头顶，拉法尼亚放下他的"哈娜"，抽出两把左轮瞄准红衣骑士。

"别紧张，"我朝他摆摆右手，"只要知道它是幻觉，就伤不了我们……对吧？"

我错了。

太刀伴着一串血珠斩到地面，砸起点点星火，若不是提前感觉到刀风的凛冽，我的右手可能已经被分为两截，而不是一道从虎口延伸到小拇指指根的大口子。

连打冷战的时间都没有留给我，骑士横起刀口，迎头斜斩。我踉跄着后撤回避，还一边想要护住百灵，结果就是两个人都摔倒在地，百灵还被重重甩到了墙根。

骑士依旧不言不语，但刀法却快若闪电，我根本来不及起身，只有就地翻滚着躲避，狼狈不堪。拉法尼亚连开了几枪都没有命中目标——子弹直接穿过了骑士的身体，打在水泥地上弹得老高，就是不见任何效果。

眨眼间又是一刀迎头劈下，我的背后是支架的撑脚，左边是墙，而向右闪躲的路线已被对手封死，在大脑一片空白的瞬间，我唯一想到能做的反抗，就是伸出双手格挡，结果阴差阳错，竟接住了对方握刀的手腕。

她手部的触感和力量，无论如何也不可能是幻觉，即便是，此刻我也不敢泄力——以脑袋开花为筹码的赌博，我玩不起。对峙不知持续了多久，也不知拉法尼亚在干什么，我只是感觉体力渐渐不支，沾着血点的刀刃正一点点下移，眼看就要贴上脑门，冰冷的杀气几乎要把我带走。

就在这千钧一发的刹那，救命稻草及时出现了：是依然戴着面罩的帕拉斯，她不知什么时候出现在房间的正中央，朝这边慢慢走过来——我的上帝，她难道什么也看不见吗？难道就不能稍微快一些？

"快……"我扭过头面向她，艰难地张开嘴，声嘶力竭地喊，"快救我！救我！"

她翻上面罩，撇下兜帽，满脸茫然地走到我身边，然后是一声浅笑，"你们两个大男人，在干什么呢？"

真是醍醐灌顶似的一句话，当我再回过神来的时候，发现拉法尼亚正拿着一把明晃晃的军用匕首压在我的身上，而我则紧紧抓住就要扎下来的刀柄，面红耳赤地与他角着力。

"该死……"拉法尼亚此时也是大汗淋漓，"这怎么可能？"

"是幻觉，"我终于松了一口气，忽然感觉四肢瘫软无力，"真的都是幻觉……"

帕拉斯摇摇头，走到不远的墙根处，拍了一下跪在地上的百灵的脑门："好啦，你也醒醒。"

我盯着右手上的伤口——八成是拉法尼亚给划出来的，一个问题油然上心：这次是从什么时候开始的？拾荒者的尸体还倒在支架上，空气里的火药味还未完全散去，帕拉斯也的确是从后门离开，又从那个方向回来。

　　我突然回过头，后门上方的窗户完好无损，刚才被拉法尼亚击落在地的战斗机器人也不知去向——不，应该说它根本就没有出现过才对。

　　"妖姬呢？"我连忙问起拉法尼亚，"那架'小妖姬'呢？"

　　"什么腰什么鸡？"他一脸莫名，"你刚才看见什么了？"

　　此时我才想起来，"小妖姬"这个词是中国人给这款战斗机器人起的昵称，是汉语，在场的所有人中，应该只有我才知道这个称谓。

　　"算了，没什么，"我捂着脸，低声叹道，"不过是些很逼真的幻觉而已。"

　　"嗯……"连拉法尼亚也显得心有余悸，"你又救了我一次，小姑娘，"他捏了捏帕拉斯的肩膀，"谢了。"

　　帕拉斯很不客气地拨开他的手："别乱献殷勤，我什么都没做呢。"

　　拉法尼亚转过头指着窗外，"雀蜂"还在那外边嗡嗡作响："不要告诉我是兰洛丝那畜生突发了脑溢血。"

　　"我看不到广域脑波的信号，几乎全频道的电波都受到了不同程度的干扰。"帕拉斯指指自己的左眼，"根据经验，这应该是电离风暴的前奏。拉法尼亚，是你的运气救了你。"她又看看我，"还有你，哥，你的运气也不错。"

　　确切地说，是我的运气更好，毕竟被压在刀口底下的那个人又不是拉法尼亚。

　　"哦，难怪我的'哈娜'故障百出，"拉法尼亚挠挠头，"高级货就是这点不好，太娇气。"他从风衣口袋里摸出一个手机模样的东西，上下摇晃了一阵，"GPS 也断线了，啊哈，这倒是个好消息。"

帕拉斯点头应道："数字化程度越高，受电离风暴的影响越大。监察军的重型装备都有防辐射涂层，但若等到电离风暴正式开始，直升机什么的还停在空中就是自杀。"

"也就是说，"听到这个说法，我自然振奋不已，"我们能甩掉 COW 了？"

"没那么容易，"她摇摇头，"他们比你想象中专业得多。"

"帕拉斯，"拉法尼亚突然像想起来了什么似的，"你回来得很快，找到离开的路了吗？"

"嗯，后门出去拐个弯就是坑道入口。但……"女孩双手合十，支吾了一阵，"还是杀了人。"

"这次就算了。"拉法尼亚转过身，拍拍我的胸口，"你带上'斑鸠'，我们马上离开。"

也许是因为今天经历了太多的刺激与凶险，百灵出奇地镇定，既没有挂着泪花，也不见受惊的样子，听见我靠近，还主动迎了上来。

"连一句话都还没说上呢，"她淡淡地笑着，气静心平，"就又要走了。"

我轻轻抚摸起她的额发和脸颊，叹了口气道："有什么话，离开这里后再说吧。"

"那到时你可要一直陪我啊。"

她撒娇的时机并不是很好，但着实让人难以拒绝。

"好的，"我笑着点点头，"多久都行。"

十四、偿还

"你可没跟我说是七个人。"拉法尼亚这次是真的有些恼了，"这才几步路？你就杀了七个？"

从小楼的后门出来，钻进小巷，只走了几十米便看到一个坑道的入口。巷子里五个拾荒者躺成一排，显然是准备从后面包抄封锁我们退路的队伍，入口那边一内一外又倒了两个，看上去应该是守卫。这七人的死相都很干脆，没有一点发生过战斗的痕迹。

"他们都有枪，拉法尼亚，"帕拉斯辩解道，"我不杀，遇上了你也会动手的。"

拉法尼亚踢开坑道入口的铁栅门，里面是一条由破旧木板铺成的简易台阶，一股凉风从黑暗中扑面袭来，让我不禁问道："这里面通向哪儿？"

"条条大路通罗马，"拉法尼亚回道，"帕拉斯对这里的坑道很熟，你们跟着她走总不会错。"

"跟着我？"帕拉斯微微一笑，"你又要抛下我自个儿逃跑？"

"什么叫'又'？"拉法尼亚拍拍手里的 Q9M 突击步枪——就是原来我用的那把，"我留在这里引开拾荒者和骑士团，然后再去找你们。"他顿了顿，"你该不会是在担心我吧，帕拉斯？"

"唔，"帕拉斯噘起嘴巴，"我只是在想，这种殿后的工作，是不是应该交给更有实力的人去？比如说——我？"

两人沉默地对视了几秒钟，拉法尼亚点点头："嗯，让你领着两个平民逃跑是让我不那么放心，那么你来引开追兵，然后在……嗯，在三号挖掘场的入口会合，我们大概十分钟后就能到那儿。"

帕拉斯套上兜帽，留下一句轻描淡写的"保重"，就又一次融化在浓雾之中，拉法尼亚也是头也不回，径直往坑道深处走去。

"你们似乎很习惯这样的别离，"带着试探的语气，我轻声问道，"是杀手的职业素养吗？"

"担心你自己吧，白，还有你的小女朋友，"拉法尼亚回头笑笑，"至于帕拉斯，我只希望她别大开杀戒就好，拾荒者说到底都是些平民，没有任何杀他们的理由。"

坑道里很暗，由一条电线穿起的小灯泡，一直延伸到目光所及的尽头，就像在黑夜里翩翩起舞的萤火虫，把四下的静谧与幽暗衬得恰到好处。

"她没有带任何武器啊。"

"她嫌累，所以从不带武器在身上，"拉法尼亚有些无奈地耸耸肩，"再说，如果让一个十六七岁的女孩带着刀枪棍棒喷火器出现在别人面前，一下子就会引起怀疑，而在某些任务中，她本人就已经是很完美的武器了，简直无懈可击。"

我当然明白他的意思："你是说……呃……色相对吧？"

"婀娜的身段，有时比一流的黑客还要管用，"拉法尼亚一本正经地道，"可以毫不费力冲破重重防线，直接走到目标面前。"

"真是……"我突然有些可怜那个女孩了，"很辛苦的工作，对吧？"

"比你想得还要辛苦，"拉法尼亚叹了口气道，"如果她肯利用自己的美色，会省多少事啊。可她总是对我说，"他清了清嗓子，像是在学什么人说话的样子，"'只有低智商的女人才会想要通过上床来达到目的。'"

我会心一笑："蛮有道理呢。"

"是的，"拉法尼亚斩钉截铁地道，"如若失去了原则和个性，人只会剩下苟延残喘的躯壳，我很高兴她至少还有守护自己原则的信念，这让我觉得她是一个人，而不是别的什么鬼东西。"

这段话仿佛在暗示些什么，但我一时拿捏不准，也不便再多问。恰好此时走到一个十字形岔道口，拉法尼亚挥手示意我和百灵停下。

"'废弃镇生活馆'……"他费力地辨认着路标上模糊的字迹，自言自语道，"这条路不行。'二号挖掘场'……走直线会遇上巡逻队吧？"他低头沉思了几秒钟，"算了，"抬起头的同时，他把两把左轮都掏了出来，"人事由天，遇上的，只能怪自己命不好了。"

我们的脚下出现了崭新的窄轨道，一些装着矿渣的木箱被堆在坑道两侧，那些放在木箱边的工具，好像在不久前——确切地说，可能是在昨天还被人使用过。

我们显然是到了一个日常工作区，每前进一米都不得不小心翼翼，如果被什么人发现，叫拾荒者把隧道的两头一堵，三人就成瓮中之鳖了。

"不用紧张，"百灵突然拉拉我的手，"这条通道里没人，除了我们。"

拉法尼亚回头看了她一眼，慢慢收起枪："我差点忘了，你是代偿者对吧？"

百灵有些扭捏地低下头："嗯。"

"那么，你也是有战斗力的人了，"拉法尼亚忽然露出笑脸，"请助我们一臂之力。"

紧张的气氛一下就烟消云散。在如此昏暗的环境里，百灵的耳朵就像是护身符一般，让所有伏击的可能性都降到了零——不得不承认，有时我也会羡慕这些不可思议的代偿能力，甚至幻想自己也拥有一种，但理性告诫我，那是有代价的，而且代价不菲。

"帕拉斯说她是 A 级代偿者？"

"是。"拉法尼亚看了我一眼，"不相信吗？"

"她的那东西叫，叫……'讲理眼'？"

"'真理之眼，'"拉法尼亚更正道，"她管那叫'真理之眼'。在卡奥斯城代偿服务的项目目录里找不到这个称谓，所以也没法告诉你那究竟是什么东西。我曾找过民间游医，提取她脑细胞的样本，结果发现她使用的微调剂不是'海姆达尔'，而是更老的、一种已经不再生产的微调剂。"

这话让我吃惊不小："等等，拉法尼亚，难道不是你给帕拉斯做的代偿？你的杀手集团？"

"不，当然不。"他也显得很是讶异，"为什么你会这样想？"甚至有些气愤，"如果为了获得胜利就可以选择牺牲自己生而为人的价值和尊严，我们和那些可悲的使徒还有什么区别？"他顿了顿，"'旅鸟'绝不会允许代偿者的加入，只要我还活着，就不会允许。"

"抱歉。"我有些不好意思地道，"那么帕拉斯是……"

"嗯，她的工作证问题是有点复杂，"拉法尼亚耸耸肩，"但这丫头的身世更复杂，就连我也说不清她从哪里来，以前做什么，家人是谁。我只知道，她现在能倚靠的人只有我，所认识的朋友也只有我，至于'旅鸟'对她如何，或者愿不愿意收留她，不在我的考虑范围之内。"

"好浪漫的关系呢。"难得百灵也插嘴参与我们的对话，"你们什么时候认识的？"

像是被问住了似的，拉法尼亚面露难色："让我想想……嗯，有五六年了吧。不过，小姑娘……"他停住步子，转身摸了一下百灵的脑袋，"从遇见她到现在，我们经历的每一个故事都和浪漫沾不上边，你想听听看吗？"

"那个，拉法尼亚，"我赶紧把谈话拉回正题，"她好像能让人'变瞎'，也是'真理之眼'的关系吗？"

"从技术上说，那叫'视同步'。"拉法尼亚点点头，"'真理之眼'就是一台小型雷达，雷达可以接受波，也可以发射波。帕拉斯可以释放电信号诱变对方身体里的微调剂重新排列顺序，使它们集中到视神经附近，与自己的微调剂同步。被盯上的人，视线所及的景物都会与帕拉斯共享，而如果帕拉斯挡住那只'真理之眼'，对方也会因此陷入一片黑暗，所以准确地说，那并不是'瞎了'，而是被'黑了'。"

真是相当难懂的说明——很明显，拉法尼亚并不是一个专业的科普教员。

"也就是说她的'特异功能'只对体内有微调剂的人奏效？"

"是的，"他突然装出一副说悄悄话的样子，"这可是不得了的秘密，通常我们都是要灭口的。"

虽然这明显是在开玩笑，但得承认，我还是有些被吓住的感觉。

"她所拥有的力量远远超越她能承受的极限。"拉法尼亚继续道，"由于代谢量的不足，在使用'真理之眼'时，帕拉斯需要为大脑补充海量的葡萄糖，以供应微调剂的消耗与再生产。即便如此，她眼睛的运转也很不稳定，经常会突然就看不见，连普通的光感都没了。"

"如果那真是 A 级代偿能力的话……"

"你是想问，她失去了什么，"拉法尼亚一下就看穿了我的心思，"对吧？"

我点点头："她看上去很正常。"

"代价比你想的还要沉重，"拉法尼亚面色凝重地道，"她失去了百分之五十的人性。"

一个让人瞠目结舌的说法。

"喜怒哀乐，悲欢离合，这些都是人类所应该拥有的基本权利。"他继续道，"如果体会不到纷繁复杂的感情，即使肢体再健全，也不过是行尸走肉。而很不幸，我们的帕拉斯就是其中一员。"

"她怎么了？"

"帕拉斯感觉不到恐惧与愤怒，不知道怜悯与羞耻，也不明白何谓悔恨，何谓悲伤，代偿仪式破坏了她大脑里控制心理反应的区域，除了偶尔表现出的赌气外，她没有一切负面情感，无论遇到多么悲惨的境遇，她都不为所动，不会喊，不会痛，也不会伤心落泪。"

"哦，"我若有所悟，"难怪她总是笑。"

"那是一种令人绝望的坚强，"拉法尼亚摇摇头，"第一次见到她浑身浴血却面带微笑的时候，我惊恐得简直说不出话来，以为她是个疯子。"

"你说怕她嗜杀成性，也是因为她没有怜悯之心吧？"

"是啊，"拉法尼亚意味深长地道，"不懂得尊重生命的人，在杀人时也就没有什么负罪感，如果连握着兵器时的恐惧都没有，自然就会变得嗜杀成性。因为，坦白地讲……"他突然神秘兮兮地对我笑道，"杀戮是有快感，而且是很有快感的一件事。"

我刚准备发表点感想，身旁猛烈的"哐当哐当"声把所有人都吓了一跳。仔细看去，粗糙的墙壁上嵌着一道金属闸门，里面是供电梯上下用的通道，几束链条伴着声响缓慢蠕动，好像正在把什么东西从地下提上来。

"里面有人。"百灵一边小声嘀咕着，一边躲到我身后，"好多人。"

我看了眼拉法尼亚，原以为他会带着我们闪到一边藏起来，谁知道他却拔出了双枪，正对闸门。

"但愿他们讲道理。"他一脸轻松，"否则我就要换种谈话的方式了。"

铁篮带上来一大群人，在昏暗光线的映衬下，显得格外吓人，我情不自禁地护住百灵，向后退了几步，还差点被地上的轨道绊倒。

门开了。

拉法尼亚按下枪上的击锤，抬手瞄准："举高手，绅士们。"

对方没有回答，甚至连半点声响也没有发出，只是迈着沉重的步子，慢慢向前。虽然因为光线的关系，看不太清楚，但我还是能从轮廓上判断，这些人都空着两手，没有带枪，也没有想要反抗的意思。

"听好，先生们，"拉法尼亚似乎也变得有些紧张，"我与你们没有任何仇怨，你们没有必要为了与自己无关的事送上性命，对吧？"他被逼退了半步，"所以，我们各放对方一条生路，如何？"

人群陆续涌出电梯的门口，悠悠然地踱着步子，不紧不慢，他们如果不全是聋子，就是脑子出有点问题——赤手空拳面对冰冷的枪口，既不说话也不退缩，仿佛什么也没有看见一样。

"好吧，"拉法尼亚话锋突转，"那就各安天命吧。"

就在我把头侧向一边，等着枪声响起的瞬间，一个黑影突然从旁边闪出来，架住了拉法尼亚的手腕，然后传来帕拉斯那特有的、柔柔的调侃腔调，"手下留情啊，拉法尼亚。"

漆黑的伪装色从身上慢慢褪下，她身上的长袍又恢复了初见时的那种灰白。从电梯里钻出的人流就这样从我们身边经过，一分为二，向隧道左右两边走去。他们都戴着黑色的尼龙头套，只露出眼睛、鼻孔和嘴巴，穿着破破烂烂的蓝色工作服，脖子上好像还嵌着一个看上去应该是电子元件的小东西，上面的液晶屏微微发着绿光。

"是……是工蚁？"拉法尼亚看上去挺惊讶，"拾荒者买了工蚁来为他们挖矿？"

"谁知道呢？"帕拉斯笑着耸耸肩，"也许是林荫区送的也说不定。"

我不作声，只是本能地避开从面前经过的这些……被称为工蚁的"人"，我当然知道它们是些什么东西，也清楚它们是怎么来的。老实说虽然厌恶，但我也确实为林荫区的变态们送过货，他们至今仍然在赚"亡者热疫"的黑心钱。他们用各种手段搞来新鲜尸体——白道的黑道的，合法的非法的，然后注射设定过程序的"阿努比斯"，做成僵尸，再装上控制单元，当作某种生物机器人来使用。听上去很恶心是吗？但我必须要说，在这个生意背后的故事比那些僵尸本身还要恶心，也难怪世界上百分之九十的国家和地区都禁止工蚁的进口。

"嗯，起码不用付它们工资。"拉法尼亚点点头，转而对帕拉斯道，"你腿脚挺快啊，有遇到麻烦吗？"

"麻烦？到处都是。"帕拉斯朝上指了指，"刚才如果你开枪，自然就会看到它们了。"

"那这些工蚁呢？"拉法尼亚看看周围，"它们不会通风报信吧？"

"不会的，"我插嘴道，"工蚁只按预先设定的程序活动，绝不会阻挠我们。"

"唔……除非有亡灵巫师引导它们，"帕拉斯顿了一下，"不过我想，以林荫区的报价，拾荒者连一个亡灵巫师学徒的大腿都请不起。"

"亡灵巫师"是居住在卡奥斯城林荫区的那些从事工蚁研究的科学家的自称，据说他们都是代偿者，拥有远程改写"阿努比斯"程序的能力，他们有部分人后来成了商人，我还认识其中几个——没错，都是些"坏家伙"。

"很好，"拉法尼亚像是松了一口气，"那我们就直接穿过三号挖掘场，"他指指正前方的黑暗，"那里有无数个通往迷雾丛林的出口，我们可以选个方便的。"

我不知道这些坑道是用什么原则来命名的，所以也看不出"二

斑鸠

号挖掘场"——也就是我们刚刚走过的地段，和"三号挖掘场"的分界在哪里。在帕拉斯和拉法尼亚一前一后的护送下，我也用不着考虑那么多，只要顺着路往前走便可以。

渐渐的，路开始变得复杂起来，原先寂静的隧道也被铁锹电钻的噪声唤醒，数不清的工蚁在我们身边呆呆地忙碌着。这些已经死去的生命是否还有感觉？这些被微调剂牢牢控制的灵魂是否还会思考？工蚁偶尔流露出的眼神告诉了我答案：它们的确已经死了，无论你把尸体玷污到何种程度，即便能让它们站起来走路，为你端茶做饭，也不能改变它们早已死去，而且永远不会复活的命运。

"如果我们被抓住，"我小声道，"说不定也会变成其中一个，在这里挖上几十年的煤。"

"嗯，很有可能。"拉法尼亚笑着点点头，"不过至少你的百灵不会，她身价太高，拾荒者怕是出不起。"

"我也不会，"帕拉斯也跟着笑了起来，"我一定会被拉去做试验，折腾得死去活来，最后解剖切片，或者泡在福尔马林里做成样本。"

真是个可怕的话题，我有些后悔起了个头。环顾四周，我们来到了一个相当大的空间里，一条地下溪流穿行其中，两边有许多脚手架和岔道口。看起来这里原本是准备造一个休息室或者食堂之类的地方，但不知什么原因而被废弃了，只有一些搭建过的痕迹残留在地面和墙壁上，在四个角落还各装着一台大号镁光灯，把整个空间照得宛若白昼。

"这个地方叫'交错大厅'，"拉法尼亚原地转了一圈，"从这里随便进个洞都可以找到通向地面的路。"他指着前方道，"可能的话，我们出去时最好有丛林和迷雾的掩护，所以我的意见是照直走，到'六号挖掘场'的尽头。"

一列工蚁的身影在他所指的方向上出现，十多个的样子，排得整整齐齐，朝我们这边走来。即便知道它们没有"敌意"，在这种压抑的场合撞见数量如此庞大的"死人"还是让我有些不自在。

"'六号挖掘场'是主矿区，"帕拉斯摇摇头，"那里肯定到处都是人。"

那队工蚁突然停止前进，就站在我的右边，一动不动。

"普通的拾荒者不会反抗，"拉法尼亚没有注意到这小小的变化，依旧在和帕拉斯争论着，"而且我们刚刚才杀掉了沙尔特，他们现在的指挥系统应该是一片混乱，你看看这些僵尸，它们就好像什么事也没发生一样。"

"它们懂什么。"帕拉斯朝停在我们身边的工蚁队伍一挥手，"它们只是一些……"

仿佛预感到了不祥，所有人都屏住呼吸不再言语。沉默了几秒钟后，帕拉斯从拉法尼亚腰间拔出手枪，走到我们与静止的工蚁队列之间。

"你看，没有亡灵巫师，"她面对我们摊开双手，"它们什么也不是。"

话音未落，她身后所有的工蚁都同时转过身体，发出一串错落起伏的挪步声。

"莫——萨——里。"它们昂起头，用极为沙哑的嗓音念着，"莫——萨——里。"

斑
鸠

这个奇怪的单词从四面八方扑来，响彻整个坑道，眨眼间，刚才那些或漫无目的、或匆匆经过的工蚁都喊着整齐划一的口号，慢慢朝这边靠过来。

"莫萨里……"我分明看到拉法尼亚咽了一下口水，"莫萨里啊？是……那个莫萨里啊？"

帕拉斯退到我们身边，面色平静，"嗯，是他，'骸骨侯爵'莫萨里，林荫区前任的首席亡灵巫师，"她开心地笑了起来，"真是妙计，知道为什么到现在你们都没见着一个活人了吧？拉法尼亚，他们是要清出无人区给莫萨里发挥呢！"

"少在我面前瞎转，"拉法尼亚也跟着笑了起来，"你不也一样现在才知道？"

说完，他卸下挎在背后的 Q9M，枪口微低，对着正面的工蚁一阵扫射。他只是打腿，被射中的工蚁无不跪倒在地，但依然连滚带爬地向我们靠近。我搂紧百灵，退到拉法尼亚和帕拉斯身后，环顾四周，几乎每一个洞口都是人头攒动，高叫着"莫萨里"的工蚁你推我搡，蜂拥而来。

"它们太多了，"我隐约感觉自己这次在劫难逃，"到处都是！"

"不，"百灵突然在我怀里小声嘀咕，"有个洞里没有声音。"

枪声、工蚁的号叫声、血肉被子弹贯穿的爆裂声混杂在一起，让我不能确定自己到底听见了什么。

"你说什么？"我双手按住百灵的肩膀，大声喊道，"你说有个洞什么？"

拉法尼亚也别过半张脸，用不知是期待还是诧异的目光盯着我们。

"有个洞里没有脚步声，"百灵双目闭紧，顿了几秒钟，"……那里没有人，一个也没有。"

没有更多的选择，我们蹚过浅浅的溪流，顺着百灵的指引退到一盏镁光灯下，那些工蚁虽然行动不是特别迅速，但也坚定地紧随着我们的脚步，渐渐围了过来。

灯的旁边便是一个坑洞的入口，里面既没有轨道，也不见人影，甚至连一点点灯光也没有，只是一片无边无际的黑暗。洞口左侧悬挂着的路牌早已锈迹斑斑，破烂到好像只要吹口气就会散了架似的。

"歌……歌利亚……"拉法尼亚念出了路牌上标示的英文单词，"歌利亚矿井，遗迹……"

"遗迹区，"帕拉斯补充道，"里面没有到地面的路，死胡同。"

歌利亚矿井遗迹区？我好像听过这个名字……等等，我当然听过这个名字！

"不！"我赶忙插嘴道，"有路，阿碧丝偷运私货时就是走的遗迹区，我每次都在地上等她。"

"你走过这条路吗？"拉法尼亚眉头紧锁，"知道里面有什么吗？"

我摇摇头。

他回头看了一眼正在步步紧逼的工蚁大军。

"但愿你的拾荒者朋友没有吹牛，我对歌利亚矿井遗迹区的了解，只停留在网络小说的层面上……"拉法尼亚顿了一下，"还尽是些低俗的恐怖小说。"

Q9M 上的战术手电功率很大，但在漆黑幽深的坑道里还是显

斑
鸠

得有些力不从心，它只能照亮眼前很近的几米路，根本没法知道远处究竟有什么。最烦人的是，那些大呼小叫的工蚁跟在身后，与我们一起涌进了坑道。

我不安地回头观望，但什么也看不见："能甩掉他们吗？"

"能，"走在最前列的拉法尼亚答道，"僵尸也要倚靠器官来进行活动，如果我们走得足够远，它们在漆黑的环境中就会乱作一团。"

"但不是有个亡灵巫师……"

"亡灵巫师只不过能对它们下达命令而已，"是帕拉斯的声音，"最终执行操作的还是僵尸个体。"

我既不知道僵尸的活动原理，也不清楚亡灵巫师的技术手段，但拉法尼亚说得没错，随着步伐的加快，那些烦人的"莫萨里"确实越来越遥远，渐渐变成难以辨认的低吼。

我看不到前方的路，只有紧紧跟在拉法尼亚身后。阴森的风扑面而来，左面原先触手可及的坑道壁消失了，被一片纯粹的黑暗所取代。潺潺的流水在远处回响，像是有了生命似的，时紧时缓、交错起伏；而我们自己的脚步声，此时此刻却了无生气，让人感到分外陌生。

"这是哪儿？"我握紧百灵的小手，似是自语，"是一个溶洞？"

拉法尼亚放慢脚步，把手中的 Q9M 向周围摆动了一圈，战术手电的光刚刚投向左侧，立即就被浓密的黑暗所吞噬，看不到边，也看不见底。

"一个很大的空洞，"拉法尼亚一边小心翼翼地往前挪着脚步一边道，"可能是战前使用的挖掘场。"他把电筒朝脚下扫了扫，在我们四人的左侧，坚实的坑道壁被金属扶手所取代，这些扶手由于年久失修，已经破败不堪，断断续续的锁链把它们穿在一起，在脚下的路与外面的未知之间画出一道不是那么明显的界线。

拉法尼亚把灯光照到扶手下方，道路的边缘就像悬崖般陡峭，再往下便是一望无际的漆黑。他随意地踢了一个小石块下去，叮叮咚咚的声音一直响了十好几秒，远处随即传来无数蝙翼翻飞的动静——看来我们在遗迹区并不孤单。

"小心点儿，"拉法尼亚伸手示意我们贴墙靠右，"掉下去就没救了。"

路越走越窄，到最后只剩下一条半米宽的台阶，而扶手却一根也没有，望着伸手不见五指的前方，不禁让人觉得每挪一步都会有生命危险。

而恰在此时，拉法尼亚手里的、也是周围唯一的光源突然忽明忽暗了起来。

"怎么回事？"我紧张地问道。

"问得好，"拉法尼亚抬起突击步枪的头部，"这是你的枪吧？"

"没电了？在这个时候？"

"还有点……"他话还没说完，战术手电的光芒便迅速暗淡下去，一眨眼就乌了。"现在没了。"他一声叹息，"都别乱动，谁还有电筒之类的东西？"

我上下摸索了一阵："手机行吗？"

"你怎么不说打火机呢。"拉法尼亚苦笑道，"帕拉斯，你呢？"

"我？我全身上下就一件衣服，连内衣都没穿。"

就在我们一筹莫展的关头，百灵突然细声细语地说了一句：

"我想……我能听见路。"

黑暗里，我看不见拉法尼亚的表情，但从语气我可以想象出他脸上的惊讶。

"你说什么？你听得见什么？"他顿了一下，"'路'？！"

"是啊，"百灵立即应道，"只要有回声，我就能听出周围的地形。"

"啊……我早就该想到的！"拉法尼亚好像恍然大悟似的，"那么你来带路，大家互相挽住手，紧跟着前面的人，千万不要走偏了！"

在完全黑暗的台阶上调换身位，并不是一件容易的事，尤其是你还得时刻提醒自己，死亡距离脚趾仅有半米之遥。再起步的时候，百灵站在队伍的最前列，我握住她的左手，侧着身体，小心翼翼地挪着步子。拉法尼亚就跟在我后面，挽着我的胳膊肘，同样走得胆战心惊，连大气都不敢出。我们的行进速度立马就下降到了几乎静止的程度，虽然百灵一个劲儿地拉着我向前，但包括我在内的其他人毕竟对前面的路一无所知，所以在摸索着前行的同时，我还得注意不时将她往后拽些，以免她走得过快。

"说点什么吧，"百灵突然开口，听上去她的心情还不错，"现在的回声太轻了。"

身后的拉法尼亚"嗯"了一声道："那请允许我提前表示感谢，您这次可真帮了大忙。"

"呵，是要感谢我的耳朵吧？"

"它不会对我的谢意有什么反应，但是你会，"拉法尼亚笑道，"好姑娘，你是叫百灵，对吧？"

"对啊，我的朋友才这样叫我。"百灵顿了顿，"……你也可以啊，你也是我的朋友。"

"是吗？"拉法尼亚话锋突转，"但我和帕拉斯是一起的，这样也可以和你做朋友吗？"

几秒钟的沉寂。

"没关系啊。"百灵平静地道，"可以，如果你愿意的话。"

"即使我现在说，我要杀死你，也没问题吗？"

"即便如此，我也不会拒绝和你做朋友，"百灵颇认真地道，"因为我觉得……孤单比死亡更让人讨厌。"她笑了出来，"很天真对吧？但我一直都是这样想的。"

只是简单的话语，却有着不可思议的力量，我仿佛被点到心里的痛处，竟有种想要破坏这段对话的冲动。是她太过稚嫩，还是我太过世故？为什么她能信任别人到忘乎生死的地步，而我又是从什么时候开始，对他人说的每一句话都将信将疑？是什么让我一直如此孤单？是尔虞我诈的现实，还是一颗不愿再相信的心？

"嗯……因为害怕孤单，"隔了几秒钟，拉法尼亚缓缓地道，"你果然和慕玲很像呢。"

"慕玲是谁？"

"那不重要，你只需要明白，她也是一个害怕孤单的女孩，和你一样就行了。"

台阶路终于走到了尽头，但我们依旧紧挨着右边石壁，百灵每多走一步，我们才敢跟进一步，丝毫不敢乱动。

"那帕拉斯姐姐呢？"百灵继续问道，"你也会害怕孤单吗？"

“我很孤单，”帕拉斯答得很干脆，“但我一点儿也不害怕。”

“你……还会杀我吗？”

“这个嘛——”帕拉斯拖了个长音，“就要看你的表现了，‘红色’，我们便相安无事；‘紫色’，就是你死我活了。”

百灵吃惊地支吾了好半天：“我……我有哪里做得不好吗？”

“你会错意了，”帕拉斯顿了顿，“我说的‘表现’，其实和你没什么关系。”

“不会的！”百灵听上去有些着急，“虽然我分不出颜色，但是……但是我决不会伤害你们！我保证！”

“好好好，”帕拉斯笑道，“我接受你的保证，你可要好好努力啊。”

虽说从外表看，百灵比帕拉斯也就小个一二岁，但两人的心理年龄明显不在同一水平，一个天真，一个老成，就好像是真的姐妹俩。

“对了帕拉斯，你之前说的故事，是真的吗？”

“什么故事？”

“你的身世啊，你说你的家乡在地球的另一头……”

“啊，那是真的。”帕拉斯的声音低沉了些许，“你很在意吗？”

“是美国吗？你的故乡？”

帕拉斯笑了一声：“跨过白令海峡就是美国了，还没到‘地球的另一头’那么远吧？”

“其他的部分也是真的吗？”百灵有些犹豫地问道，“比如游击队啊，军队的部分？”

“也是真的。”

"包括……包括你家人的事吗？"

"比如杀害我父母，蹂躏我姐姐那段？"帕拉斯显得有些不耐烦，"你是想知道细节吗？还是——"

"够了，帕拉斯，"拉法尼亚突然打断她道，"我们谈点别的吧。"

我也赶忙接过话茬："也说说你自己吧，拉法尼亚，你以前是做什么的？"

也不知是巧合还是故意，拉法尼亚突然打了一个趔趄，我用力拉住他的胳膊以保持平衡，他惊喘了几口大气后，才缓缓开口道：

"我——以前是个好人。"

等了几秒钟，他没有要继续的意思。

"就这样？"我笑道，"一个好人？"

"嗯，好人，"他一本正经地道，"出生在书香门第，家境宽裕，从小遵纪守法，心中充满了对世界与他人的爱，高中时还是学校网球队的当家，女孩子都不远千里坐着火车来追我，然后……"他突然沉默了起来。

根据拉法尼亚的年纪，一个非常合理的推论脱口而出："是'一星期圣战'对吧？是战争毁了你的生活。"

"十七岁那年，我和家里人闹翻，"他答非所问，"做了一个大胆的决定——去考空军学院。"

"空军？"我自然有些吃惊，"你原来是飞行员？"

"啊，在发现我晕机之前，是的。"他笑道，"普通的教练机我还可以克服，但F-35战斗机开不来，所以只得放弃。但正因如此，我阴差阳错地被特战部门选中，加入了快速反应部队的'第

斑鸠

一空降教导团'。"

开 F-35 的应该不会是中国空军。"你是环约的士兵？"我问道，"在'一星期圣战'之前？"

"之前，之中，之后。还包括停火后九个月的地区冲突，直到全军覆没后除役。"

"也就是说你参加过圣战？是个老兵？"

"是啊。"拉法尼亚长叹了口气，"可惜我父母连阵亡抚恤金都没拿到——他们死得比我还早。"

"难怪……你那么……"莫名的崇敬感涌上我的心头，"强。"

"强？"拉法尼亚苦笑了一声，"那都是假象，无论有多大的力量，无处施展也只是海市蜃楼。让人'强'的，是结果，是改变周围环境的能力。很遗憾，我能改变的世界还不够大，所以还远远配不上'强'这个称谓。"

"肉体的磨炼能让人健硕，"帕拉斯补充道，"但只有令人钦佩的人格和心性才能称得上是'强'，就我个人而言，眼前就有一个真正的'强者'，哥，就是你啊。"

"啊？"我又被惊到了，"你说的是我？"

"哈哈哈，"拉法尼亚插话道，"别理帕拉斯，她总是有事没事地奉承讨好别人，是职业病……不过说实在的，这次我得同意她的观点。白，以前的经历我不好评价，未来会发生什么我也不能乱猜，但今天，单单说今天，你的确表现得像条汉子。"

如果这是奉承话，我得承认，我很受用；但偏偏我自己都明白，他并没有夸大其词，从帕拉斯翻脸的那一刻开始，今天的我，差不多把一生能拿出的所有勇气都用上了。

"你看，那就是爱的力量啊，"帕拉斯半开玩笑地道，"哥，我说得没错吧？你喜欢她，"她说得非常露骨，"你喜欢百灵，是不是？"

"我……"当着百灵的面，这是一个根本没法回答的问题。

"好了，帕拉斯，你安静点儿。"拉法尼亚帮我打了圆场，"白，依我的推理，你只是一个卡车司机，对不对？"

"嗯，我在卡奥斯城和南方的中国城镇之间跑私货，偶尔也会去绿海，或者协助一些政府的小运输项目。"

"我认识不少你这种人……"拉法尼亚顿了顿，"原谅我的措辞，我的意思是……我所见过的卡车司机，都是些……自私自利，没什么爱心的家伙。"

"没错，"我笑了起来，"我是个典型。"

"那你为什么会帮'斑鸠'……我是说百灵呢？她和你无亲无故，你为什么要为她拼上性命，一而再，再而三？"

"这个……"我犹豫了一阵，最后还是开了口，"是为了约定吧。"

帕拉斯和拉法尼亚异口同声："约定？"

"我和那个把百灵交给我的老人做了约定……"

拉法尼亚插了一句："摩尔教授。"

"对，我和摩尔教授做了约定，在重逢之前，决不把百灵交给任何人，也决不让她受到伤害。"

"这理由可有点好笑，白，"拉法尼亚冷冷地道，"是真话吗？"

"绝无戏言。"我斩钉截铁。

"只是……为了一个约定？就可以豁出性命？"他停顿了几秒

钟，"我真不相信呢，白。"

我认真地道："请你相信，拉法尼亚，对我来说，遵守约定本身就和生命一样重要。"

"唔，有故事的人，"他的观察力敏锐得让人害怕，"是以前的什么经历对吗？让我猜猜，一定是在你做司机之前对吧？"

"不，那只是我的处事原则而已。"

"啊，一定不是什么很好的回忆，"他仿佛根本没有听见我的上一句话，"能让你离开故土，孤身一人到遥远的卡奥斯城做一个流浪车手……嗯，应该和女人，或者家人有关，还是说在故乡受到了迫害，天灾人祸什么的？"

我有些生气了："你总是这样自顾自地乱猜吗？"

"这是推理，年轻人。"他不紧不慢地道，"我欣赏言而有信的人，但你和他们不一样，你不是单纯的'讲信用'，我能感觉得出，你背负了什么东西，很沉重的东西，你是在以赌气的心态来对待你所坚持的'约定'。"

我就像是被当场指认出来的罪犯，轻轻地"唉"了一声——既是叹息，也是松了一口气。他推理得没错，用的措辞也完全正确："沉重"，还有什么能比它更能形容我心中的结呢？

"其实也没什么。"我摇摇头，"真的也没什么。"

"在你能够面对的时候，"拉法尼亚安慰道，"一切都不算什么了。来，说说看，白。"

路开始变得柔软而泥泞，好像常年被地下水浸润着一般。

"的确有个女孩，"我一边留意脚下，一边尽可能让自己平心静气，"我们那时都还很小，大概也就是帕拉斯那样的年纪。她家境宽裕，而我家很穷，所以她的父母……怎么说呢，不同意吧，总之就是觉得不般配。当时我们住的那个小城，正在一步步被'鬼种子'形成的丛林吞噬，有钱人可以选择远走高飞，穷人就只能一边咒骂着，一边等待政府的救援。"

"然后就是私奔了？"帕拉斯又插话道，"你之前和我说过的。"

"是啊……"我长叹了一口气，"也许谈不上是私奔，但我们那时确实是决意离开家乡，到外面开始新的生活。和我们一起走的还有几个同龄人，我们约好去北方的一个临时居民点，投靠某个朋友的叔叔。但只走了几天，便发生了意外……"我犹豫了一下，本以为这辈子不会与别人谈起此事，"……我们遇到了一小队难民，确切地说，是一队同路的难民。在当天晚上，土匪突然袭击了我们所有人，他们杀掉了二十几个大人，然后把未成年的男孩女孩全都绑在一起……他们是人口贩子，而且还是最凶狠的那种——"

"'武装掠夺者'。"帕拉斯插话道，"我以前见过很多这种人。"

"在中国，我们管他们叫'人猎'。"我继续道，"只有我和她没有被捉到，很幸运，当时我们并不在营地。我们本打算连夜到最近的村镇求援，可是还没走出几步就暴露了行踪。'人猎'有狗，有摩托车，还有枪……"我稳定了一下情绪，"她中弹了，打中了胸口，立即就死了，非常突然，连一句话也没来得及说。我曾经信誓旦旦地要保护她，要与她相守相依，同生共死……我这样和她的家人发着誓，和我的家人发着誓，也对我自己发着誓，可所有的誓言，却被一颗只有七克重的小小子弹打得支离破碎。我救不了她，也帮不了其他同伴。我失魂落魄，逃亡了一夜，等找到警察回去救人，留下的就只有尸体而已……"

说到这里时，我竟有种如释重负的感觉——也许拉法尼亚是对的："在你能够面对的时候，一切都不算什么了。"

"我无法面对那女孩的家人，应该说，没法面对那样懦弱无能的自己，所以我离开了家乡，直到今天再也没回去过。"我顿了顿，"你说得没错，拉法尼亚，我确实是在赌气，赌自己的气。我知道无论用任何办法，都偿还不了对她失约的罪，但至少我可以……我可以从现在开始，认真对待每个誓约，决不让过去的错误重现。"

沉寂了好半天，黑暗中才传来拉法尼亚的声音："原来如此，真是让人伤感的故事，能告诉我那女孩的名字吗？"

我犹豫了好久。"还是算了，"我笑了笑，"不重要了。"

"所以，白叶你才会如此看重约定？"是拉着我的百灵，她的声音有些低沉，"才会拼了命地保护我？"

如果是昨天，我会毫不犹豫地说"是"，但是现在，在知道了关于百灵的故事之后，我明白她的价值远远超过我的原则，即便从没有做过约定，现在的我也一定会选择手牵着手，与她、拉法尼亚和帕拉斯在这片无边的黑暗中，继续我们的亡命之旅。

而且，除此之外，还有一个更重要的理由，一个我现在才可以确定的理由。

我喜欢她——这难道还不足够吗？

"不，"我顿了顿，"值得我拼命的不是约定，而是你，百灵。"

一片沉默，百灵的手在微微颤抖，让我不能确定自己是否说错了话——至少是时机不算合适。

"唉！"帕拉斯叹了一声，"为什么我就没遇到过这么懂浪漫的好男人？"

"先考虑如何让自己变成个懂浪漫的好女人吧！"拉法尼亚揶揄道，"我个人建议，还是等脱离危险再研究情感话题……话说我们还要走多远？"

确实，不知不觉中，我们已经在黑暗里摸索了快半个钟头了。

"应该不远，"百灵润了润喉咙，"从刚才开始，我就可以听见鸟鸣声，但总是找不到路。"

她突然停住脚步，我们所有人也跟着立住不动。

"怎么了？"队伍最后的帕拉斯问道，"有什么情况吗？"

"嘘！"

百灵挣开我的手，向前跑了几步，我屏住呼吸，生怕打搅到她。没过半分钟，第一缕阳光射进黑暗的洞穴，虽然微弱，却让所有人都兴奋不已。我们不约而同地跑上前帮忙，那是一个用树枝和草叶伪装成的入口，下面垫着土堆，只需要用手便可轻易把障碍物都清除。

森林中的微风混着新鲜空气扑面而来，我从没有想过它会是如此清香甜美。眼前有些发虚，即使是满天乌云下的昏暗光线，也让我不得不抬手遮蔽——这便是黑暗的力量，即便悄悄远离，也会留下一时磨灭不去的痕迹。

身型娇小的百灵首先钻了出去，她平举双臂，伸了一个长长的懒腰。然后，她转过身，面对我们，露出淡雅的微笑，"我很厉害吧？"

我冲她伸出大拇指："完美！"

雷鸣般的尖啸猛然撕裂了空气，在我反应过来之前，伸出的手臂前端已经被染红，鲜血一直溅到了我的下巴上。

百灵像截木桩般，直挺挺地倒了下来，砸在我的怀中。

鲜红的血从腹部的伤口里不住涌出，把连衣裙染出一块块惨不忍睹的血迹。我脑里一片空白，张着嘴却说不出话。如果不是拉法尼亚用力按下我的头，第二发子弹——可能是子弹，就已经贯穿了我的太阳穴。

百灵只是剧烈地喘着气，连半点呻吟也发不出来。

拉法尼亚把我推到一边，撕开她肚子上的衣布，端详了几秒钟，"对穿，可能打中了肾脏，"他面色凝重，"创口不大，但肉都翻了过来，嗯……是高动能武器，轨道枪之类的，看口径……"他顿了顿，"糟了，就是'哈娜'，是监察军！是卡奥斯监察军！"他马上把怀里的 Q9M 突击步枪卸了下来，"帕拉斯！"

帕拉斯身上的长袍骤然变色，她一语不发，抓过 Q9M 便跳出坑道，瞬间就没了踪影。

拉法尼亚从腰间掏出一个白色的小盒子，翻开，然后抽出注射器，朝百灵的脖子上扎了一针。

"这是什么？"我在一旁干着急，丝毫帮不上忙。

"守护天使。"他继续着手里的动作，忙着给伤口止血，连头也不抬。

"有用吗？"

拉法尼亚微微摇了摇头："不知道。"

不远处传来了 Q9M 射击的声音，紧接着是不知从哪里打过去的还击，各种火器一并作响，乱成一团。

百灵的脸色开始发白，嘴角一个劲儿哆嗦，我心急如焚却无能为力，指尖滑过她手腕上的血珠，滑腻黏稠，让我疑惑不已，"为什么监察军要朝百灵开枪？他们怎么会朝百灵开枪？"

"雾很大，他们用的是红外准镜，也许只是误射，"他抹了一下额头的汗珠，"没瞄着脑袋打，已经是万幸了。"

拉法尼亚的手法很熟练，很快就包扎完毕，外面的枪声激烈异常，而百灵也依旧气息奄奄。

"来，白叶，"他轻轻托起女孩的后背，"你就这样抱着她，保持平躺。"

我小心翼翼地捧起百灵，就好像接过一个易碎的陶器，连动也不敢动。

"这里不能待，我们必须出去，"拉法尼亚抽出双枪，朝外探出小半个脑袋，"帕拉斯会为我们吸引火力，你跟在我身后，我叫你开始跑的时候，你就要开始跑，没我命令千万不要停下。"

怀里的百灵微微抽搐着，嘴里念念有词，但就是听不见在说什么。我把视线从她的身体上挪开，努力让自己尽快平静下来，可拉法尼亚并没有给我足够的时间。

"跑！"他大喊一声便跳出洞口，我抱起百灵，跟着他冲了出去。

他跑得非常快，一步三跳，跃进浓雾，跨过草丛，躲开枝叶，所有动作都如行云流水般一气呵成，就好像事先已经预排过一样。我不敢相信自己能跟上他的速度，如果是平时，我甚至连想一下都觉得不可能，但在这个时候，我根本就没法思考，只是循着他的背影，飞也似的追逐向前。

直到脚下出现了大片的"守身草"，直到零星的枪声已被甩在身后，直到一栋守林人小屋在前方的雾气里若隐若现，我们才慢慢停下，大口大口地喘息起来——我的体力已经到了极限，几乎都没法站稳了。

"出丛林了……"拉法尼亚抹了抹嘴角，"这里应该是……死寂草原。"

一道霹雳划过天际，继而是隆隆翻腾的闷雷，天空浮现出阵阵闪光，晶莹耀眼——是电离风暴，从现在开始的几个小时，甚至一天内，飞机无法离开地面，手机无法收到信号，任何没有被保护的电子设备都有可能遭到攻击，甚至彻底毁坏。

突然，一长串红色的曳光弹朝这边打了过来，拉法尼亚拽住我的袖口，压低我的背，猫着腰，两三步就闪到了屋子后面，靠着木墙坐在地上。

弹头溅起的尘土足有一米高，落点又集又密。

"是机炮，口径至少十二点七毫米，"拉法尼亚侧着身蹲坐在墙沿，朝外探出半张脸，"雾太浓，不知是什么东西，但肯定是个大家伙，"他转过头，"她怎么样？"

我握住百灵的小手，看着她气若游丝的样子，真不知该如何回答。

"还活着，"我的泪水在眼眶打转，强迫自己不要在此刻表现出脆弱，"……现在还活着。"

"普通人现在已经死了。"拉法尼亚伸手摸了一下百灵的额头，"微调剂暂时救了她……但也只是暂时而已。"

"现在怎么办？"

"听天由命吧。"拉法尼亚摇了摇头，"子弹不在体内，伤口也不算太大，但是动能弹可能破坏了某些器官，能不能活命，就要看破坏的是什么了。"

我粗粗扫了一眼纱布缠着的地方，大概是腹部偏右上的位置。

"如果是胃或者肠子，那就是小伤，止了血就没事。如果是肾脏或者肝脏……"拉法尼亚与我对视了几秒钟，"……那就只有祈祷了，如果你信神的话。"

我刚要说些什么，身后又是一阵密集的机炮扫射——这次朝着另一个方向。我们抬头望去，是帕拉斯灰白色的身影在迷雾中出现，她踩着飞扬的尘土和草根扑到我们身边，炮弹尾随她的步伐，落在木屋的墙体上，碎屑横飞，发出击鼓般的闷响。

"有一个陆战队班，"帕拉斯拉下兜帽，连着喘了几口气，"……我打死了一个，打伤了可能两个。"

"很好，"拉法尼亚关切地问道，"他们现在人呢？"

"他们还在找我呢，一时半会儿可能过不来。"

帕拉斯松开绑在后脑勺的马尾辫，轻轻抖了抖，柔顺的长发散在指间，像金子般耀眼夺目。她朝后比了比大拇指，"那么，这部驱逐机甲又是怎么回事？你们来时撞上的，还是一路追着你们过来的？"

"一部驱逐机甲？"拉法尼亚吃惊地瞪圆了眼睛，"你确定？"

"'梵天'，重型多脚反坦克机器人，中国制造。"帕拉斯皱起眉头，"不要告诉我你们连对手是什么东西都没搞清楚，就抱着头蹲这儿了啊。"

她一语中的，拉法尼亚只得点点头。

"那就糟了，"帕拉斯笑道，"我们手头可没有什么能和它周旋的玩具啊。"

"真是活见鬼了，"拉法尼亚愤愤地道，"为什么它能在电离风暴下活动？"

帕拉斯耸耸肩："高级货啦。"

草皮上传来微微的有节奏的震颤，像是一部大马力越野车发动时的感觉。

"它要过来了，"帕拉斯轻声道，"可能有步兵协同，小声点儿。"

一道红色激光束穿过层层浓雾，照在拉法尼亚的脚边，与地面呈大概二十度的夹角。

"是校准线，"帕拉斯闭上右眼，用她那颗黑色的瞳孔盯着激光束，"根据'梵天'的高度，它距我们大概二十米。"

光束微微向木屋这边移动，在靠近墙边的地方停下，然后突然消失不见。

帕拉斯脸色大变："攻击线！趴下！"

一把看不见的激光锯刀贴着我的头顶扫过，额发上的灼烧感告诉我，死亡刚刚离我只有半寸之遥，我此时才反应过来，连忙趴下身子，用胸口护住百灵。

木屋中间出现了一条细小的黑色裂痕，屋体的上半部分顺着裂痕倾斜的方向慢悠悠地下滑，最终倾覆崩裂，轰然倒塌。

"还好它只是乱打，"帕拉斯直起身体，半倚半靠在一截木桩上，松了口气似的道，"不然我们早就碎成尸块了，那可是三十倍焦的反坦克激光炮啊。"

拉法尼亚的表情就没那么自如了："百灵恐怕坚持不了太久，我们要赶快找家医院，起码是可以休息的地方。"

"坚持不了太久，啊？"帕拉斯缩起双膝，诡异地笑着，"那不如就在这里让她解脱算了。"

我抬头看着拉法尼亚，他先是默不作声，继而摇了摇头，"帕拉斯，她的血还是红色，到现在还是红的。"

"你是说我们错了？"帕拉斯笑道，"从一开始就搞错了？追逐一个根本不应该追逐的目标，直到陷入现在这样的窘境？"她顿了顿，"你若是下不了手，我来。"

"杀一个人是需要理由的，雅典娜，"拉法尼亚认真地道，"很多时候我们在不得已的情况下，作出草率的选择，错杀一个好人，或者放过一个坏人，这没关系，那是我们作为杀人者必须要背负的罪恶。但是——"他润了下喉咙，提高嗓门道，"如果把杀人当作理所当然，当成一件根本不需要理由就可以毫不犹豫做到的事，那么你和那些把你赶出家园，强奸你姐姐的暴徒有什么区别？"

若是普通的女孩子，此时就算不生气，也一定会露出委屈的样子吧。但帕拉斯竟"哈哈"大笑起来，而且笑得那么真诚，没有丝毫的做作，"拉法尼亚，你不知道啊，你认真起来的样子最帅了。"

反倒是拉法尼亚有些尴尬，一时语塞。驱逐机甲的脚步声又一次在远处慢慢响起，留给我们的时间已经少到不容有片刻的犹豫，我看着意识模糊依旧的百灵，一点办法也想不出来。

"把枪给我，"帕拉斯冲拉法尼亚微微笑道，"你的'血腥玫瑰'，随便哪把。"

"你要做什么？"

"把枪给我。"女孩顿了顿，收起笑容，"还有所有的穿甲弹。"

"穿甲弹？你开什么玩笑？"拉法尼亚眉头紧锁，"你要用九毫米的左轮手枪干掉一台重型反坦克机器人？拜托！吹牛皮也要有点限度！"

帕拉斯拨弄了一下额发："电离风暴让它的主瞄准系统失效了，所以我还有机会。"她避开拉法尼亚的目光，"我留下来，挡住所有人，只有这样你们才有可能逃掉，这是你们唯一的机会。"

拉法尼亚颇坚定地道："不，这次我留下来，你带着白先生从死寂草原离开。"

"你？"帕拉斯露出不屑的神情，"你连半分钟的时间也争取不到。给我枪，拉法尼亚！"她几乎是在下命令，"'在战场上，片刻的犹豫导致死亡'，这可是你教我的。"

拉法尼亚愣了几秒钟，然后微微点点头："你总是这样勇敢……让我惭愧到说不出话来。"他从腰间掏出一把银色的左轮手枪，又摸出一个方方正正的小纸盒，递到帕拉斯手上。

"我才不是勇敢，"帕拉斯笑着接过枪，熟练地甩开转轮，倒出里面的残弹壳，"只是无所畏惧而已。对了，"她突然抬起头道，"还有糖水吗？"

拉法尼亚二话不说，从大衣里摸出两根牙膏似的东西，丢到帕拉斯怀里。

"左眼已经要看不见了，头也疼得厉害。"帕拉斯撕开纸盒，取出子弹，一边将其塞进弹巢，一边道，"今天我最大的收获，就是知道原来'真理之眼'也是有极限的。"

拉法尼亚伸出手，轻轻抚了一下帕拉斯的头发，"帕拉斯，别再逞能了，我们两个人留下来的话……"

"逞能的是你，拉法尼亚。"帕拉斯依旧笑得很坦然，"你留下来除了给我拖后腿，还能起什么作用？"她顿了顿，脸色突然变得严肃了起来，"你带他和'斑鸠'走时，注意可别把自己给弄死了，我没几个你这样的朋友。"

拉法尼亚叹了口气，欲言又止。

帕拉斯身上的光学迷彩服发出一阵"噼里啪啦"的脆响，她扬起脖子，连着吞下两管糖水，然后扎好马尾，拿好左轮枪，半跪在地，斜着右眼盯住我们。

"听到我的枪声后，你们就出发，"她冷冷地道，"不要等，但更不要提前。"

刚说完，她便一跃而起，动若脱兔，眨眼间便探身进弥天大雾之中。密集的机炮扫射，紧紧跟随着她的身影，炽红的弹线一直延伸到看不见的远方。一个银白色的机械物体，在浓雾里若隐若现，它笨拙地转过身，朝帕拉斯消失的方向追去。

"她不会有事的，"拉法尼亚拍拍我的肩膀，不知是在安慰我还是他自己，"巴顿说过，只有勇敢者才有资格享受奇迹。"

我一头雾水："巴顿是谁？"

"巴顿是……"他看了看我，"……一个男人。"

十五、诀别

雾越来越淡了。

我们一开始是跑，没出几米就开始走，脚下长草过膝，即使只是普通的挪步，也颇为费力。拉法尼亚拿着一把长匕首在前面开路，我抱着百灵紧随其后。闷雷滚动的声音此起彼伏，震耳欲聋，连二十毫米机炮的射击都被完全盖过，一点也听不出来了。

放眼向前，能隐约看到雾气之后白茫茫的地面，一片朦胧却又一望无际。

拉法尼亚喘了几口粗气，横刀指着前方："前面是雪蔺草的旷野，再直走几公里就能看到公路。"

雪蔺草是这个世界上最典型的"鬼种子"。它们优雅、顽强，美得令人难以置信，却也裹挟着不可侵犯的威严。这些顶着白色花朵的小草，总是会长得满山遍野，在夏日艳阳的照耀下，随着微风轻轻摆动，像是吐露着白色浪花的绿色海洋，纷繁艳绝。但这样的绝景只可远观，如若胆敢靠近，雪蔺草花粉散发出的毒素——一种被称为"甜气"的东西，会让你的神经慢慢被麻痹，一开始只是感觉想打盹，很快连呼吸也变得困难，最终，当毒素侵入脊椎，或者麻痹一些关键性的神经，人就会一睡不起了。

我看了看怀里双目紧闭的百灵，不禁对前方的旅程感到担忧："我们过得去吗？"

"我们体内注射有'守护天使'，可以抵抗微量的神经性毒素，"拉法尼亚摇摇头，"虽然不一定保险，但现在也没别的路可走了，我们必须得过去，而且要快。"

没有了枪弹的追迫，肾上腺素再也支持不住体力的消耗，难以抵抗的疲劳感袭上我的心头。我的脚步开始沉重，身体开始僵硬，连思维的速度都变得缓慢。

突然，身后传来一声沉闷的爆炸，我连忙回头观望，却只能看到一片绸缎般的白雾。拉法尼亚拍拍我的肩，"累吗？换我抱她吧。"

"不，不用，"我勉强地笑笑，"我没事。"

"那就赶快走吧，"他转过身，"你没有回头的时间。"

我们继续前进了几步，身后又是一声爆炸，比刚才还要剧烈。

"你不担心吗？"我轻声问道，"那个女孩。"

拉法尼亚一开始并没有回话，沉默了几秒钟再开口时，也是答非所问：

"白叶，你知道吗？万有引力。"

"啊？"我以为我听错了，"万有引力？"

"是的，引力，"他稍稍放慢脚步，但始终没有回头，"引力是世界的基本，它的力量让我们眼前所见的一切——树、草、动物、人，乃至天空与大地，成为现实。但是你知道吗？根据施瓦茨的弦论，我们所能感觉到的引力只是它应有力量的数分之一，数十分之一，也许是数百万分之一，知道这是为什么吗？"

老实说，这超越我的理解范围了："……为、为什么？"

"很简单——因为我们生活在一个被称为'三维世界'的池塘里。根据物理学家的计算，宇宙由十一个维度组成，引力会因为穿越这些维度而分散，因此在我们的这个小池塘里，它的力量自然会显得微不足道。无法观测到其他维度的空间，便永远计算不出引力的真实大小，也就会永远被眼前的表象所欺骗。"他顿了顿，歇了口气道，"就像那个被苹果砸中脑袋的牛顿，如果他知道引力的实际数值，恐怕就不太敢站在苹果树下了。"

"呃……"我支吾了一阵，不知道该如何表达。

斑鸠

"你一定不明白我的意思，"他别过头，诡异地笑着，"是吧？"

"嗯，像是科幻小说。"

"哈哈……那一定是 20 世纪 60 年代的科幻小说了，"拉法尼亚笑道，"早在战前，欧洲强子对撞机就部分证明了弦理论的正确，相信再过一百年，人类就能获得观察其他维度的技术手段——嗯，"他撇了撇嘴，"但愿那时候人类还在。"

"其实我不明白的是，"我摇摇头，"你现在为什么要说这个？"

他"嗯"了一声，而后深深叹了口气："'银剑''梵天'，还有'雀蜂''哈娜'，还有骑士团、亡灵巫师，它们都是毁灭性的杀伤武器，是卡奥斯城力量的象征。但和我们这个星球上的引力类似，这些武器只是它实际力量的冰山一角，白叶，你只能看到三个维度，因此，你也只能对这些表面上的强大有所敬畏。"

他用手拍拍自己的胸口："而我呢，我能多看到几个维度，我能看到它们力量的更大部分，因此我远比你害怕，远比你恐惧。我也更清楚，如果不加以阻止，它们将会对世界造成多大的伤害——一些远远超越武器本身的伤害。"

我微微点点头，他的比喻不算很恰当，但至少我还能听懂。

"对抗如此强大的力量，怎么可能不付出代价？又怎么可能奢望没有牺牲？"

"所以……"我好像开始明白了，"你牺牲掉了帕拉斯？抱歉……还是说她牺牲了她自己？"

拉法尼亚突然停住步子，仰天长笑。

他笑得很奇怪，既没有聊看苍生的坦然，也不是苦中作乐的无奈。

我走到他身边，再往前数步，便是一整片的白色汪洋。雪蔺草的花粉结成团块，在空中随风起舞，宛若北国的雪景。

"牺牲？你太小看帕拉斯了，"拉法尼亚突然止住笑，"恰恰是因为她不知道害怕，才能时刻保持冷静，才能不受感情影响地判断双方实力对比，才会准确地预知什么时候该打、什么时候该逃。这些兵法的基本要素，对她来说就像顺应本能一样轻松自如。"

"那你刚才说的那些话……"

"您让我忍俊不禁，白叶先生，"他冲我微微一笑，"那些话是说给您听的。"

我一时惊得说不出话来，但很快也就理解了他的意思。

"我明白了……你说的'牺牲'，指的是百灵吧？"我故作镇定地道，"你准备现在动手？"

"我说'是'，"他冷冷地回道，"你会怎么样？"

"可是你自己也说过，"我发现此时在拉法尼亚面前，语言竟是如此无力，"她是无辜……"

"她是无辜的，你就想用这个词来救下她吗？"拉法尼亚摇摇头，"如果我现在拔出枪，像这样……"

我甚至没有看到他的肩膀有所动作，左轮的枪口就已经顶在了我的脑门上。

"然后说，把女孩交给我，"他继续道，"你准备怎么做？"

拉法尼亚面无表情，让我根本猜不透他是在下死亡通牒，抑或只是在开玩笑。

"我……"我艰难地吞了一下口水，"我……会说，除非你杀了我。"

"嘭！"

他轻咂嘴唇，模拟出射击的声响，并不算逼真，但我还是不禁打了个冷战。

"然后你就死了？"他微微笑着，"嗯？是吗？"

那是迎着眉心的一枪，答案根本就不需要我去思考，"是的，死定了。"

"死，是啊。"他好像很失望的样子，叹了口气道，"你大概认为这已经是你能做出的最大牺牲了吧？"

我疑惑不解——还有什么比拼上性命的牺牲更大？

他先是猛地加重语气："死，"继而又恢复刚才的腔调，"诚然是种解脱，但也把责任留给了生者，在我看来，死亡根本就谈不上什么牺牲，那不过是丧失能力、无法继续任务的标识，而活着——"

他突然把左轮手枪在手里转了半圈，原地掉了个个儿，用枪把轻轻点了一下我的额头："白先生，活着，才是牺牲，比起慷慨赴死，它不仅需要更大的勇气，也需要更多的智慧，而最需要的却是强大的力量，强大到足以对抗卡奥斯城的力量。"

"对抗什么？"我惨笑了一声——偶尔被监察军追杀是一回事，与卡奥斯城公然对抗可就是完全不同的另一回事了，"我可从来没有那样的打算。"

"你活着，就是抗争，你带着百灵活着，便是大逆不道，你觉得卡奥斯城会放过你们吗？"

它们当然不会，我阴着脸，不作声。

"不，不会，"拉法尼亚摇着头，替我做出了回答，"即使追到天涯海角，即使要把月球拉进大西洋，卡奥斯城也不会放过你们，你决定要活下去，你决定要和她一起活下去，那么你就等于决定与卡奥斯城对抗，而且是一生一世与它们对抗。"

拉法尼亚的话让我有些毛骨悚然，但也是无法反驳的真理，凭我现在的所作所为，死上十次都不算过分。

"这——才叫牺牲，白，这才配得上叫牺牲。"

他把左轮手枪慢慢放下，绕过我抱着的百灵，小心翼翼地把它塞进我的裤袋："它叫'血腥玫瑰'，我只能给你这么多了。你需要更大的力量，你必须得自己去寻找。"

他微笑着，朝我行了一个轻松诙谐的军礼，然后转过身，看样子是要往回走。

我一脸茫然："你这是要去哪儿？"

"还能去哪儿？"他颇委屈地耸耸肩，"当然是去替帕拉斯擦屁股。"

"你……你就这样走了？"我这次是真的惊呆了，"我刚刚还以为你要杀百灵，至少……"甚至有些语无伦次，"至少你要护送我们一起离开对吧？我根本不可能阻止监察军或者骑士团，百灵她会被抓住的！"

拉法尼亚回过头来，轻轻抹了抹百灵的嘴角，将黏稠的红色血丝在指间来回搓揉了几下。"她做不了使徒了。"他把手抬到我眼前，"血液的稠度比中弹时还要低，这是微调剂获能不足的表现，它们开始收缩，然后聚集在一些重要的器官和神经附近，做垂死挣扎，简单地说，卡奥斯城的试验失败了，微调剂已经抛弃了这个女孩，即便骑士团最终抓住了她，也不会改变故事的结局，我已经没有跟着你们的意义了，那样做只能更危险。哦，对了，白……"他顿了顿，"就算没有遇到骑士团，你也要做最坏的打算，她可能撑不过今晚。"

我叹了口气，看看躺在臂弯中的百灵，安静如水。

"我会陪着她，"我朝拉法尼亚点点头，"直到她生命的最后一刻，无论那一刻何时来临。如果你说这就是牺牲，那么这牺牲我愿意接受。"

"唔，"他故作惊讶的时候，一道闪电正好从天而降，"我可以认为这是你的诺言吗？"

我突然心生一种不太好意思的感觉，带着尴尬的表情，点了点头。

"这可不是一个能随随便便完成的诺言，哥们儿，"拉法尼亚轻轻拍了拍我的胳膊，"现在除了祝福，我帮不了你什么了……就此拜别吧，白叶，快走，别回头，我们肯定还会再见的，我有预感。"

"也祝福你，拉法尼亚……"我想不出要祝福他什么，只得随口说道，"找到对抗那个强大力量的办法。"

他没有再回头，甚至连手也没有挥，只是留给我一个渐行渐远的背影，仿佛是在用行动告诉我：已经没有什么可说的了。

于是，就和以往每一次停泊后的启程那样，在前进的路上又只剩下了孤单的我……当然，这次还有沉睡不醒的百灵。

卷过草原的风在耳畔回荡，无数白色的种子团在眼前飞舞。雪蔺草的毒素似乎开始有了作用，不光是游弋在身边的风和种子，连我自己的身体好像也变得轻飘飘的。渐渐麻木的手臂已经快要支撑不住百灵的体重，我下意识地用力把她往上捧了捧，谁料想这个动作竟让她突然有了反应。

百灵猛地咳嗽了两声，吐出一小口瘀血，我连忙跪坐在草地上，将女孩的头轻轻托起，让她能够半倚半躺在我身上。她吃力地抬起一只胳膊，我伸过腾出来的右手将其紧紧握住。

"我还……"她本能地张开双眼，目光迷离，"……活着？"

风声呼啸，女孩的气息羸弱得就好像将熄的烛火，挣扎着、努力着，也继续痛苦着。

"嗯，"我一阵酸楚，"你没事的。"

她慢慢把头歪向内侧，贴着我的胸口："谢谢你……"

我低下头，就像是在对她耳语："怎么了？"

"一直……陪着我。"

我笑着，用额头轻轻碰了她一下："以后再谢吧，我们还要赶路呢。"

她点点头，伸出双臂，搂住我的脖子。

也许是因为这个简单的动作，也许是因为心中又燃起的一丝希望，我竟觉得脚步轻快了起来，怀里的她也变得没有那么沉重了。雾色渐薄，白色种团在四周纷飞起伏，铺天盖地，煞是美好。草坪像地毯般酥软柔滑，在上面留下一长串脚印后，我竟有种舍不得继续踩踏的感觉。

"我……"百灵喃喃地道，"听不清了……能告诉我……周围有什么吗？"

天边的雷声震耳欲聋，此起彼伏。拉法尼亚说得没错，那原先赐予百灵千里耳的微调剂，已经开始抛弃她了。

"一片草原，"我轻声回道，"很大的草原。"

"啊……"百灵微微笑着，"美吗？"

"是的，很美。"我顿了顿，"和你一样美。"

一片小小的种子团飘到百灵的脸上，宛若从天而降的羽毛。她歪了歪头，用下巴轻轻蹭了下种子团，"这是……什么？"

"是种子，一种小草的种子。"

周围的视野已然被漫天的白色小点所笼罩，有那么一个瞬间，我以为它们是雪——和梦里的场景竟是如此相似：浪漫的夜晚，美丽的女孩，开满野花的山坡，洁白的飘雪……但可惜，它们不是雪，我所正在经历的故事，也不会是梦。

百灵咳嗽了两声，嘴角沁出一缕血丝，继而双目微闭，像是要昏睡过去的样子。我怕是雪蔺草的毒素起了作用——那样她就再也醒不过来了，于是一边轻轻摇着她的肩膀，一边唤着她的名字。

她渐渐有了反应："你还在吗，白？"

我敷衍地"嗯"了一声，同时加快了步子——必须得赶快离开这片草原。

"我总是……一个人呢……"她断断续续地道，"所以，能认识白叶先生……"

苍白的小手滑过侧脸，已不像先前那样温暖柔软，她指间残留的力气告诉我，生命正从这个女孩身上迅速流去，最后的时刻临近了。

再也忍不住的泪水，终于不争气地滑出眼眶。我一直认为自己是个坚强的汉子，但我错了——有一个人彻底拨乱了我心中的弦，让这两天的白叶，一而再，再而三地潸然泪下。

"能认识白叶你……真是太好了。"又是一声带着血丝的咳嗽，她微微侧过头，"我有点儿冷，你呢？"

失血过多导致体温下降，这是一种由内而外的寒冷，无论我抱得再紧，也无论周围的天气如何，都无法将暖意引向她的心间。

"嗯，冷，"我哽咽着，"我也觉得很冷。"

也许是感觉到我在说谎，百灵有些不满地、轻轻地摇了摇头："我这是……要死了吧？"

"别说傻话，百灵，你不会有事的，一定不……"

"白，"她好像根本就没有在意我说的话，"我想……问你一个……问题。"

沉默了几秒钟后，我点点头："说吧。"

"只是……为了预……预防万一……啊，"她艰难地笑着，"你……别……当真。"

"嗯，说吧。"

她非常吃力地说出了一句完整清晰的话："你喜欢我吗？"

这本应该是一个温馨浪漫、让人怦然心动的问题，但现在提起，却分明沉重到令人难以回答。

"喜欢，是的，很喜欢。"

"那我……就不会死……"她有气无力地笑着，"我有理由……活下去……"

百灵的声音已经很小了，就像是要融化在风中的露珠。我无能为力，甚至连一点让她好受的办法都没有，前方的草原依旧漫漫无边，不知何时才能走到尽头。

斑鸠

"我好累……"鲜血顺着唇角，流到了她的下巴上，一滴一滴，让人目不忍睹，"我……想要……睡一会儿……"她的声音越来越细，越来越轻，"就……睡一小会儿……"

"坚持住，百灵，我们就要到了。"我摇摇她的肩膀，"来，唱首歌吧，唱你最喜欢的歌……"

她沉寂了几秒钟，然后慢悠悠地哼出了调——是那首《离远的约定》，那首我最喜欢的歌。

"那一天……你离开了家乡……"

只是起了个头，她便轻喘着气，没法再继续了。

"我像往常一样，挥挥手说'再见'，"我跟着她的调子，一句接一句地唱了下去，"大路边，小树旁，种下的约定，伴着枫叶飘零，带着淡淡桂香。十年一晃，可曾记得乡间路上，属于儿时的过往……"

搂着我脖子的那只手，终于无力地松开了，耷拉在她娇小、满是血污的身上。

百灵死了，默默地离开了这个本来就不属于她的世界，连一声简单的"再见"也没来得及说出口。她没有父母，也谈不上有过什么亲人，唯一值得欣慰的，恐怕就是最后的结局——至少她死在喜欢的人的怀抱中……我的怀抱中。

最后一口血从她的嘴角流落，一直淌到我的袖子上，那是紫色的血，像熟透的葡萄那样，深紫色的血——可惜太迟了，它没法恢复百灵已经停歇了的脉搏和呼吸，也无法挽留已经消逝的生命。

突然，最后一点继续前进的动力和意愿都离我而去，腿脚像灌了铅般沉重，每走一步都仿佛要用上一生的力气。我累了，双膝跪地，把百灵的身体轻轻平放在面前，然后仰头看了看阴云密布、不时闪着电光的天空。

本能告诉我，我不能在这里倒下，不能在雪蔺草的环抱下睡着。

但我真的累了。

不光是这两天的冒险，漂泊在外这么些年的疲倦仿佛一股脑儿地全涌了过来。

是的，我也太累了。

我只是需要……稍稍地休息一下……

只是一小会儿……

斑鸠

十六、第三十五个

有人在唤我的名字。

若那是天使的声音，不得不说"他"实在有些太老了。我虽然不信神，但起码还有点想象力，在我心目中，天使应当是穿着白色短裙的美丽少女，有着甜美动人的声线和温柔可爱的脸庞。

而不是像拉法尼亚那样——沙哑低沉的嗓音，粗犷性感的面孔。

他不等我站起身，便抓住我的衣领，猛地把我向后拖扯了好几米才停下。我疑惑不解地回过头，刚好看到帕拉斯那疲惫、满是尘土的脸，她冲我笑笑，什么也没有说。

百灵依旧躺在我最后把她放下的地方，一动不动，雪白的种子团飘落在她身上，仿佛盖上了一层毛茸茸的薄毯。

"我必须向你道歉，白叶。"拉法尼亚一脸严肃，"我犯了一个极其严重的错误。"

他这样一说，让我更摸不着头脑："错误？"

"是的，一个大错误，好在发现及时……"

帕拉斯突然插话道："是在我的提醒下。"

"对对，"拉法尼亚不耐烦地耸耸肩，"是在你的提醒下，要我说'谢谢'吗？"他顿了顿，把手里的左轮手枪来回转了两圈，"也好，帕拉斯，就由你来给他解释吧。"

"我不清楚要从何说起，哥，"帕拉斯看着我，语速很快，"原理对你来说可能稍微深奥了一点儿。所以我决定直接告诉你结论：微调剂在血液中扩散有其优先级别，在研发新款微调产品的时候，生产厂商会假设患者体内有更早型号的同类微调剂，于是设计了被称为'升级'的子程序，用来压制甚至清除原先残留的微调剂细胞，为新产品腾出空间。这种现象被称为'覆盖'，存在于有'代差'的微调剂之间。"

我茫然地眨了眨眼睛，完全不明白她要说什么。

"'阿努比斯'，也就是那种让人变成僵尸或者使徒的鬼东西，"帕拉斯继续道，"本身是一种相当于'始祖'的微调剂原型，也就是说，它与所有其他人工生产的微调剂之间都有'代差'，像'海姆达尔'那样的新产品会对其进行'覆盖'。虽然这不能阻止'阿努比斯'的复制，但从理论上说，可以大大减缓它扩散到全身的速度。"她与拉法尼亚交换了一下眼神，"因此，刚才拉法尼亚看到的血液稠度下降，其实是由提供代偿能力的'海姆达尔'引起的，脑部神经系统供氧量不足后，它便开始大面积死亡，造成了一种垂死的假象。"

"我……我还是不明白……"

"你解释得太过专业了，帕拉斯。"拉法尼亚道，"白，简单来说，我犯的错误就是，认定百灵身上的'阿努比斯'没有起作用。但实际上在'海姆达尔'开始大规模死亡的时候，恰恰是'阿努比斯'繁殖的机会。"

他猛地抖开手枪的转轮，从口袋里摸出两颗闪着金光的子弹：

"这是含有'清道夫'的崩溃弹，如果你的女朋友要取我们性命，我们就只有指望它了。"

子弹在我面前晃了两晃，便被塞进转轮的弹槽中。

"你是说她……"我不敢相信地朝百灵伸出手指，"……没有死？"

"你理解得很快，白先生。"拉法尼亚合上转轮，在袖子上滚了一圈，"但可惜这次没有抓住重点。你的百灵确实是死了，再过五分钟，那个躯壳就会以卡奥斯城持律者议会成员的身份站起来——以第三十五个使徒的身份站起来。"

我瘫坐在地上，甚至开始怀疑，现在所见的一切会不会又是幻觉。

"没有五分钟，"帕拉斯摇摇头，"我看到微调剂的浓度正在升高，速度很快，而且已经开始侵入脑前叶……哎哟，"她露出淡淡的笑，"脊椎已经变色了哟。"

"不行！"我挣扎着想要站起来，"我们得做点什么，帮帮她。"

拉法尼亚用力摁住我的肩膀，把我控制在地上，"你坐好！"他威严的声音，根本容不得半点辩驳，"现在能帮百灵的，只有我手里的枪。如果她在天有灵，如果她能看到自己成为使徒后丑恶的模样，她也一定会对我们现在的抉择，坚信不疑。"

他伸直左臂，横过左轮手枪，瞄准躺在地上的百灵。

"不！"我呼喊着刚要挣扎，手腕却被帕拉斯紧紧钳住，她微笑着，俯身轻声耳语道：

"出于善意，我必须提醒你，他装了两颗子弹。"

一片雪蔺草种子团被风吹到拉法尼亚的脸上，他松开抓住我肩膀的右手，轻轻地将它拨开。帕拉斯刚才的话让我不敢有所反抗，只能呆呆地坐着。

"白，本来我们可以先动手，再把你唤醒……"他揉捏着手心里的种子团，就好像在玩着一块棉花的孩子，"但在考虑再三之后，我还是希望你能看到这一幕，能够理解我们不得不消灭这具躯壳的理由，否则我总觉得好像欠了你什么东西似的……而我这个人最讨厌欠别人东西。"

我不敢肯定是不是眼花了，但仰面躺在五米开外的百灵，分明动了一下。

"'阿努比斯'修复了植物神经，"帕拉斯一步向前，"……我看不清楚……但我得说，我从没见过这种微调剂的型号，"她揉了揉左眼，"很特别的生物电波型……等等……"

百灵的胸口上下起伏着，半个身体也在微微抽搐，这真是难以置信的场面——虽然我早就听说过尸体被"阿努比斯"复活的故事，但亲眼所见时，还是让人震惊不已。

"是僵尸，"拉法尼亚扔掉了手里的种子团，也走了上去，"还是使徒？"

"不，"帕拉斯很缓慢地摇了摇头，"……不是僵尸……我看到脑波了，很遗憾，不是僵尸。"她转过身，"没什么好说的了——那是第三十五个使徒，拉法尼亚，做你该做的事吧。"

就在这个瞬间，就在拉法尼亚举枪欲射的这个瞬间，百灵睁开了双目，依旧是那种没有光彩的、明显是什么也看不见的眼神，她侧过脸，朝我这边侧过脸。

"白……叶？"声音很轻很小，但它穿过了呼啸着的风，钻进我的心底，"是你在那儿吗？"

不只是我，帕拉斯和拉法尼亚都愣了一下。他们面面相觑，脸上写着不亚于我的讶异。

枪口下的百灵慢慢爬了起来，一开始动作还有些迟钝和乏力，甚至连翻身都做不到，但她恢复得很快，站定的时候，已经和常人的模样没什么差别。

"白叶，"她茫然地向前方伸出胳膊，"是你吗？"

我鼓足最后一点力气，一个箭步跑了上去，接过她的手，"是我，"继而将她的整个身体搂进怀里，"我在这儿，一直在这儿。"

百灵的身躯依旧娇小柔嫩，体温也很正常，甚至连吐息的感觉都和平时一样。她的死而复生来得如此迅速，却也如此完美，也许卡奥斯城的微调剂并没想象中那么可怕。

拉法尼亚仍然端着他的左轮手枪，只是表情已不像刚才那般决绝，取而代之的是一种迷惑，一种在他脸上从没出现过的、深深的迷惑。

"这是怎么回事？"他转头对帕拉斯道，"你刚才不是说她已经变成使徒了吗？"

"是啊，"帕拉斯显得挺委屈，"她现在还是啊。"

"那她应该……呃，"拉法尼亚支吾了几秒钟，"……应该更'强硬'才对。"

帕拉斯笑道："没错，按理说，我们现在应该已经死了。"

"那你能给个合理的解释吗？"

帕拉斯先是摇摇头，然后耸耸肩："可能是某种血清素效应引起的强迫行为，和强迫症相关的化学反应导致的内分泌紊乱以及荷尔蒙异常，最终间接影响了微调剂的排列顺序，使它们在脑部的侵蚀超越了通常的规律。"

"你确定你刚才说的是英语？"拉法尼亚皱起了眉头，"难道就没有再通俗易懂点的解释吗？"

"通俗的解释？"

"是的，"拉法尼亚笑着，终于放下了枪，"一听就懂的。"

"是'爱'吧，"帕拉斯双手合十，一副虔诚的模样，"那一定是'爱'吧。"

她说得没错。

我摸着怀里女孩的头发，觉得在这个世界上，只有"爱"，才配得上这等奇迹；只有"爱"，才是足以对抗卡奥斯城的强大力量；也只有"爱"，才能给这个残缺的世界带来希望。

十七、斑鸠

上一次来到卡奥斯城，已经记不清是哪一年的事了。

总之，现在是第十六年——也就是二〇三一年的七月五日，我一定要好好记住这个日子，因为这很可能是我最后一次站在这座全世界最富有传奇色彩的城市之上了。

身份识别卡，尤其是中央区的身份识别卡并不好搞，但事实证明，至少在这个尘世，钱总是最好的通行证。

中国有句古话，"大难不死，必有后福"。

差不多也是一年前的这个时候，我带着百灵落荒而逃，回到家乡的时候，已经身无分文，而现在呢？我甚至能够抽上这种由上等甜樟树叶精炼成的细烟——简而言之，我转运了，虽然还谈不上发财，起码暂时衣食无忧，也不用担心什么时候被人在背后捅上一刀。而这看似平淡普通的一切，正是我一直梦寐以求却又一直没有实现的生活。

更为重要的是，我得到了百灵。她是天使中的天使，不仅涤荡了我心中的魔与罪，也带着我的灵魂一起走向未来——一个与以前完全不同的、幸福光明的未来。

但是今天，我必须暂且抛开来之不易的平凡，回到卡奥斯城，这个我曾经来过无数次，以后却再也不想看到的地方。我要见一个人，见一个为数不多、可以称我为"朋友"的人。

中央区比我想象中的还要宁静、秀美，和煦的阳光穿过冰清透明的泉水，浸润着路人脸上的喜悦和安详。与我到过的其他地方相比，毫无疑问，这里是世外桃源，是最美、最平和、最无可挑剔的乌托邦——就像持律者议会所一直宣传的那样，是人类未来的希望之星。

第五大道。一条稍有坡度的步行街，地面完全由古色古香的雪花石铺就，道路两侧尽是两三层高的小楼，别致的街景和植物点缀其间，无不修整得恰到好处。漫步其上，仿佛回到了一百年前的南欧老城，每一步都显得悠闲、庄重。高耸入云的大厦和高塔在远方矗立，与周遭相比，简直是两个世界的景致。

"第五大道咖啡馆。"我轻轻念出这个名字，像是对上暗号的地下组织成员，暗自松了一口气。

这是一家开在路边的小咖啡馆，颇不起眼，乍看之下还以为是间两层高的公寓，发旧的暗黄色杉木制成的栅门半虚半合，三四张白色茶几散在正门两边，几个顾客正坐在塑料椅上一边聊天，一边品着点心和咖啡，他们神色悠闲自若，并没有因为身边呆立着个不速之客而显出丝毫的尴尬。

我立即就找到了他。

他正坐在其中一张茶几的旁边，太阳伞投下的阴影，刚好遮住半张脸。但那颇具个性的胡茬儿，以及棱角分明的下巴，让我百分之百确定此人的身份。

他叫拉法尼亚，第五大道咖啡馆的老板，一个生活在卡奥斯城中央区的中年人，一个看上去就没什么远大抱负的小人物。

而此时坐在他对面的那位绅士就显得有来头多了——穿着大摆的礼服，银灰色的长裤，挂着根镶嵌有红宝石的手杖，一顶深色礼帽放在右手边，把食指上那枚硕大的钻戒衬得恰到好处。毫无疑问，如果他不是什么剧团的演员，就一定是位了不得的人物。

谈话似乎刚好到了尾声，绅士站了起来，我正巧能够看到他消瘦修长、布满皱纹的脸——谈不上有多英俊，却有着一种不怒自威的庄严。从他花白的胡子和头发来判断，此人已年过花甲，但眸子依旧矍铄有神，充满了自信与朝气。

他甚至没有对拉法尼亚说再见，便掸了掸礼帽，匆匆离席——也许已经说过了，只是我没有在意。

很自然的，我接替了他的位置，坐到了拉法尼亚的对面。

吃惊的表情只在拉法尼亚的脸上停留了半秒钟，他正了正身子，"我以为你晚上才会到，白……嗯哼，"他故意咳嗽了一声，"我的朋友。"

"呵，议会并没有通缉我不是吗？我的名字还至于那么晦气吗？"我笑道，"对了，刚才那位先生是谁？"

"他？"拉法尼亚扭头看了远去的老人一眼，"莫萨里，基恩·莫萨里。"

这真是一个奇怪的名字……等等，我好像在哪里听过……

"莫萨里？"我有些吃惊，"是不是一年前控制僵尸袭击过我们的莫萨里？"

"正是他。"拉法尼亚微笑着点点头，"当然，他并不知道一年前袭击过我，他甚至连目标是谁都不清楚。"

"他来找你做什么？"

"唔，谈些生意了。"拉法尼亚端起面前的咖啡杯，轻轻啜了一口，"都是些你不该感兴趣的生意。"

的确，我连半点要去"感兴趣"的意愿也没有。

"那个……你最近过得如何？"

"老样子，"他耸耸肩，"还是做那些我该做的事。倒是你，我的朋友，听说你发财了？"

我不好意思地挠挠头："只是运气好而已……帕拉斯呢？她怎么样？"

"她很好，"拉法尼亚意味深长地道，"她成长得很快，这多少还要感谢你，我的朋友，一年前的事对她产生了……某种积极的影响，"他顿了顿，放下杯子，"起码她现在开始想谈恋爱了，总算是向正常的人生又迈进了一步。"

"恋爱？"我笑道，"我原来以为她会跟你呢。"

"哦，抱歉，"拉法尼亚颇无奈地道，"她对我来说太嫩了点儿。"

"以她的相貌和身段，多半会被哪个有钱的公子哥给拐了去吧？"

"那可真是太好了！"拉法尼亚举起双手，呈投降状，"我希望这位公子哥可以天天晚上爱她，多生几个孩子，好让她忙得不可开交……"他干笑了两声，"冷笑话等会儿再说，先谈谈你自己吧，你今天该不会是特地跑我这儿来喝咖啡的吧？"

我从上衣口袋里掏出一张粉红色的信封，递到他面前。

"我是来送请柬的。"

"让我猜猜，是你要结婚？"

我微笑着点点头。

"不要告诉我，对象是百灵啊。"

"抱歉，正是她。"

不知是不是故意，拉法尼亚显得挺惊讶："真让人嫉妒，那么漂亮又稚嫩的小丫头，就要嫁给你做老婆了。"

"其实她还不太明白什么是结婚，"我笑道，"我们只是相约生活在一起而已，然后我的父母希望我至少应该给她一个名分。"

拉法尼亚拆开信封，将里面的请柬翻开，正正反反地看了好几遍，"是在中国境内进行婚礼？"

"对，我老家。"

"她今年多大？"

"十五，"我顿了顿，"你知道的。"

"哦……对，所有'斑鸠'都应该是这个年纪。"他皱起了眉，"我记得中国的法律不允许未成年人结婚的。"

"这个……"我有些不好意思了，对我来说，这个话题还是有些难以启齿，"我得对她负责。"

"嗯？"

"……她怀孕了，大概两个月前发现的。"

拉法尼亚端起咖啡杯，一脸坏笑："那你可真够猴急的，我的朋友。你应该再等几年，等她发育成熟了以后再……"

我在他的眼神里看到了一丝……惊恐。

"等等，"他端着杯子的手突然停在了空中，"你刚才说什么？她怀孕了？"

"是……是啊，"我有些不解地道，"怎么了？"

他放下杯子："你确定？"

我点点头："已经去医院检查过了，是双胞胎。"

他靠在座位上，眼神移向远方，像是陷入了思考，这个姿势让我也有些紧张起来。

"怎么了？拉法尼亚？有什么问题吗？"我问道。

拉法尼亚摇摇头，"不，没什么，只是……"他转过头来，面色凝重，"只是我想冒昧地询问一句，百灵她身上的血，是什么颜色的？"

我不自在地朝四周看了看，并没有人注意到我们的对话。

"紫色，"我压低声音，"还是紫色。"

"据我所知，使徒是不能怀孕的。"拉法尼亚继续道，"这是一个非常简单的生物学原理，高浓度的微调剂相当一种……哦，等等。"他突然捂住下巴，用手指轻轻敲了下桌面，"让我再想想……"

看着他的样子，我越发不安起来。在沉默了两分钟后，我终于忍不住问道：

"到底是怎么回事？和百灵有关吗？"

他斜眼瞄着我，过了好半天才开口："'斑鸠'，是'斑鸠'。"

我更糊涂了："'斑鸠'？"

"是的，'斑鸠'。"他顿了顿，"准确地说，是'欧洲灰斑鸠'，一种很像家鸽的小型飞禽，相貌平平，肉也不很好吃，数量还特别庞大，曾经遍布中西欧的城镇旷野。"

"然后？"

"然后它们灭绝了，'一星期圣战'结束后仅仅几年的工夫，它们就几乎全部灭绝了，你知道是为什么吗？"

我耐住性子："为什么？"

"很简单，因为它们没法下蛋了。"拉法尼亚眉头紧锁，"'鬼种子'的毒素沉积在食物链底部，对所有的野生动物都造成了影响，但欧洲灰斑鸠却格外不幸，在食用了大量'鬼种子'之后，它们丧失了生育能力。我们的世界为什么容不下这些可怜的鸟儿，科学家至今都还在研究其中的奥秘。"

"好吧，拉法尼亚，你说的这些，和百灵又有什么关系呢？"

拉法尼亚长叹了口气，继而笑道："我猜摩尔教授在理解上出现了小小的语法错误。"

"什么意思？"

"当时他告诉我们，'斑鸠计划'的目的是'让使徒自然地增长'，以此得出结论，认为百灵身上的微调剂样本有可能成为毁灭人类的钥匙。"

让使徒自然地增长——我记得拉法尼亚曾经对我讲过类似的话，于是点点头，示意他继续说下去。

"我想是他错了，'自然地增长'并不是说要克服百万分之一的概率，让每一个普通人都能够顺利转化成使徒。而是指……"他耸耸肩，"用某种'合乎自然规律'的方式生产使徒，比如——"

"生育，"我接过他的话，"你是想说这个对吧？"

"对持律者议会来说，使徒获得生育的能力，无论生下的是不是小使徒，这本身就是微调剂研究领域的重大进步。"拉法尼亚把手肘撑在桌上，探过身来，低声道："你现在知道为什么卡奥斯城没有再去找百灵了吧？"

我用力摇摇头。

"因为根据我的推理，在这个试验中，你也是……"

拉法尼亚好像突然想到了什么似的，欲言又止。他愣了几秒钟，然后慢慢坐了回去，露出淡淡的微笑，"算了，我的朋友，忘记我刚才说的话吧，"他挥挥手，"都是一派胡言，就当是我讲的另一个冷笑话好了。"

"但你刚才说百灵是使徒……"我犹豫了一下，"……你说的可能是真的，因为她从来就没有生过病，发烧感冒都没有过，被小刀割破的手指，只要半个小时就能复原。我……我没有告诉过其他人，但我觉得……这确实不是很正常。"

"你瞧，她是个使徒，我可从来没否认这一点。"拉法尼亚一本正经地道，"她身体里流着紫色的血，血液里的微调剂浓度是成年男子承受极限的三倍多。她不可能是正常的人类，如果不是使徒，那就只能是僵尸了……怎么样？要不你选一个？"

"别开玩笑了，拉法尼亚，我……"

"嘿，伙计，你听好了，"他突然拍拍我的肩膀，"这个不完美的世界啊，缺粮食、缺淡水、缺能源，甚至缺少最起码的正义与公平，但你知道它最缺的是什么吗？"

"是什么？"

"是爱。如果有一天，我们丧失了彼此之间的爱，那样的人类还值得被拯救吗？那样的世界还会有未来吗？"他摇摇头，"不，我觉得不会。而且我宁愿死，也不愿意看到那一天降临在人间。"

他说得没错，我也曾一度认为，这个世界已经没什么未来可言了——仔细想来，那是因为当时的我生活在一个完全体会不到爱的环境里。

"如果一个使徒也懂得去爱自己，爱别人，"拉法尼亚微笑着点点头，"那我得说，她还真不坏，起码，她比我们中的很多人都更有资格活在这个星球上，你觉得呢？"

我与他相视而笑，然后一字一顿地说道："我完全同意。"

"难得的共识。作为庆祝，我的朋友，来喝点什么吗？"拉法尼亚抬手看了看腕表，"哟，现在可是正经的下午茶时间呢，怎么样？来杯第五大道的名产'帕拉斯特品'，如何？"

"'帕拉斯特品'是什么？"

"啊，是一种我发明的奶茶，这里的招牌饮料，"他不无得意地道，"帕拉斯特别喜欢，她一次能喝上半水缸！"

"谢了，还是给我来杯卡布奇诺吧，"我略作思考，"一杯不加糖的卡布奇诺。"

斑鸠